T0355906

El cantar del profeta

Paul Lynch

El cantar del profeta

Traducción de Eduardo Iriarte

Papel certificado por el Forest Stewardship Council®

Penguin
Random House
Grupo Editorial

Título original: *Prophet Song*
Primera edición en castellano: octubre de 2024

© 2023, Paul Lynch
© 2024, Penguin Random House Grupo Editorial, S. A. U.
Travessera de Gràcia, 47-49. 08021 Barcelona
© 2024, Eduardo Iriarte, por la traducción

Este libro ha sido publicado con la ayuda económica de Literature Ireland

© Diseño: Penguin Random House Grupo Editorial, inspirado en un diseño original de Enric Satué

Printed in Spain – Impreso en España

ISBN: 978-84-204-7905-7
Depósito legal: B-12834-2024

Compuesto en Arca Edinet, S. L.
Impreso en Rotoprint by Domingo, S. L. Castellar del Vallès (Barcelona)

AL79057

Para Anna, Amelie y Elliot

Lo que fue, eso será,
y lo que se hizo, eso se hará;
no hay nada nuevo bajo el sol.

Eclesiastés 1,9

En los tiempos sombríos,
¿también se cantará?
Sí, también se cantará,
sobre los tiempos sombríos.

BERTOLT BRECHT

1

Ha caído la noche y ella no ha oído la llamada a la puerta, está delante de la ventana mirando el jardín. Cómo la oscuridad congrega los cerezos sin sonido alguno. Congrega las últimas hojas y las hojas no se resisten a la oscuridad sino que aceptan la oscuridad entre susurros. Ahora está cansada, la jornada casi ha concluido, todo lo que aún queda por hacer antes de acostarse y los chicos están acomodados en la sala de estar, esa sensación de descansar un momento ante el cristal. Contempla el jardín cada vez más oscuro y siente el deseo de estar en sintonía con esa oscuridad, de salir y tenderse con ella, tenderse con las hojas caídas y dejar que pase la noche, despertar con el amanecer y levantarse renovada con la mañana que llega. Pero la llamada a la puerta. La oye tomar forma de pensamiento, el golpeteo brusco, insistente, cada golpe tan plenamente poseído de quien lo da que empieza a fruncir el ceño. Entonces Bailey también está golpeando la puerta de cristal de la cocina, la llama, mamá, señalando el pasillo sin quitar los ojos de la pantalla. Eilish ve cómo su cuerpo se desplaza hacia el recibidor con el bebé en brazos, abre la puerta de la calle y hay dos hombres ante la puerta de cristal del porche con el rostro casi difuminado por la oscuridad. Enciende la luz del porche y los individuos son reconocibles al instante por cómo están plantados, el frío aire nocturno parece suspirar cuando desliza la puerta del porche para abrirla, la quietud de la zona residencial, la lluvia que cae casi sobreentendida sobre Saint Laurence Street, sobre el coche negro aparcado delante de la casa. Cómo los hombres parecen ser portadores de la sensación de la noche. Los observa desde su propia sensación protectora, el joven de la izquierda pregunta si su marido está en casa y hay algo en su manera de mirarla, los ojos remotos y sin embargo escudriñadores que dan la impresión de que estuviera intentando apoderarse de algo dentro de ella. En un abrir y cerrar de ojos Eilish ha mirado calle arriba y abajo, ha visto a un paseante solitario con un perro bajo un paraguas, los sauces que cabecean bajo la lluvia, los destellos de una televisión grande en la casa de los Zajac enfrente. Se refrena entonces, casi riéndose, ese reflejo universal de culpabilidad cuando la policía llama a tu puerta. Ben empieza a retorcerse entre sus brazos y el agente mayor de paisano a su derecha mira al niño, su rostro parece suavizarse, así que se dirige a él. Sabe que él también es padre, cosas así siempre se saben, el otro individuo es demasiado joven, demasiado pulcro y de huesos marcados, ella empieza a hablar, consciente de un repentino titubeo en la voz. Volverá a casa pronto, en una hora o así, ¿quieren que lo llame por teléfono? No, no será necesario, señora Stack, cuando venga a casa, dígale que nos contacte a la mayor brevedad, aquí tiene mi tarjeta. Llámeme Eilish, por favor, ¿les puedo ayudar en algo? No, me temo que no, señora Stack, este asunto atañe a su marido. El agente mayor de paisano le sonríe de oreja a oreja al niño y ella se fija un momento en las arrugas en torno a la boca, es un rostro marcado por la solemnidad, el rostro equivocado para su trabajo. No tiene de qué preocuparse, señora Stack. ¿Por qué iba a preocuparme, Garda? Desde luego, señora Stack, no queremos quitarle más tiempo, y anda que no vamos empapados esta noche haciendo visitas, nos va a costar secarnos con la calefacción del coche. Eilish cierra la puerta del patio con la tarjeta todavía en la mano, ve a los dos hombres regresar al coche, ve que el coche va calle arriba, se detiene al llegar al cruce y las luces de freno refulgen y adoptan el aspecto de dos ojos brillantes. Mira una vez más la calle que ha vuelto a sumirse en la quietud del anochecer, el calor del recibidor cuando entra y cierra la puerta y luego se queda un momento examinando la tarjeta y se da cuenta de que estaba conteniendo la respiración. Esa sensación ahora de que algo ha entrado en la casa, quiere dejar al bebé, quiere pararse y pensar, ve cómo eso que estaba con los dos hombres ha entrado en el recibidor por voluntad propia, algo sin forma que aun así ha sentido. Lo percibe ocultándose junto a ella cuando cruza la sala de estar donde están los chicos, Molly sostiene el mando a distancia sobre la cabeza de Bailey, que agita las manos en el aire, se vuelve hacia ella con gesto suplicante. Mamá, dile que vuelva a poner mi programa. Eilish cierra la puerta de la cocina y deja al bebé en la hamaca, empieza a recoger de la mesa su portátil y la agenda, pero se detiene y cierra los ojos. Esa sensación que ha entrado en la casa la ha seguido. Mira el móvil y lo coge, su mano vacilante, le envía a Larry un mensaje, se encuentra de nuevo ante la ventana mirando fuera. Ahora el jardín cada vez más oscuro ya no es algo que desear, pues parte de esa oscuridad ha entrado en la casa.

Larry Stack camina de aquí para allá por la sala de estar con la tarjeta en la mano. La mira con el ceño fruncido y luego la deja en la mesita de centro y menea la cabeza, se derrumba en la butaca, se agarra la barba con la mano mientras ella lo mira en silencio, juzgándolo de esa manera familiar, después de cierta edad un hombre se deja barba no para adentrarse en la madurez sino para ponerle una barrera a su juventud, ella apenas lo recuerda afeitado. Ve cómo busca las zapatillas con los pies, su rostro se vuelve más afable mientras descansa en la butaca, parece que está pensando en otra cosa hasta que se le tensa el entrecejo y se adueña de su cara un gesto ceñudo. Se inclina hacia delante y coge otra vez la tarjeta. Seguramente no es nada, dice él. Eilish hace saltar al niño sobre su regazo mientras lo observa con atención. A ver, Larry, ¿cómo que no es nada? Él suspira y se pasa el dorso de la mano por la boca al tiempo que se levanta de la butaca y empieza a rebuscar por la mesa. ¿Dónde has dejado el periódico? Deambula por la habitación mirando sin ver, igual ya se ha olvidado del periódico, está buscando algo entre las sombras de sus propios pensamientos y no logra arrojar luz sobre ello. Se vuelve entonces y examina a su mujer mientras ella le da el pecho al bebé, y verlo lo reconforta, una sensación de vida reducida a una imagen tan reñida con la maldad que su mente comienza a serenarse. Va hacia ella y tiende una mano pero la retira cuando sus ojos le lanzan una mirada perspicaz. La Oficina de Servicios Nacionales de la Garda, dice Eilish, la OSNG, no son los habituales, un inspector jefe de policía en nuestra puerta, ¿qué quieren de ti? Él señala el techo, ¿es que no puedes hablar en voz baja? Va a la cocina apretando los dientes, le da la vuelta a un vaso del escurridero y deja correr el agua, mira más allá de su reflejo hacia la oscuridad, los cerezos son viejos y no tardarán en pudrirse, quizá haya que talarlos en primavera. Toma un largo trago y luego vuelve a la sala de estar. Oye, dice, casi observando su voz, que pasa a ser un susurro. Al final no será nada, estoy seguro. Mientras habla nota que se esfuma su convicción como si hubiera vertido el vaso de agua en sus manos. Eilish lo ve ahora entregarse otra vez a la butaca, el cuerpo maleable, la mano automatizada que va cambiando el canal de televisión. Se vuelve para verse acorralado por una mirada y entonces se echa hacia delante y suspira, se tira de la barba como si quisiera arrancársela de la cara. Mira, Eilish, ya sabes cómo trabajan, lo que buscan, recaban información, lo hacen con suma discreción y supongo que tienes que facilitársela de un modo u otro, sin duda están reuniendo pruebas contra un profesor, conque tiene sentido que quieran hablar conmigo, que nos pongan sobre aviso, quizá antes de efectuar una detención, mira, llamaré mañana o pasado y veré qué quieren. Ella observa su cara consciente del mal funcionamiento en el centro de su ser, la mente y el cuerpo buscan la superioridad del sueño, en un momento subirá y se pondrá el pijama, contando las horas hasta que el bebé la despierte para que lo alimente. Larry, dice, viéndolo retroceder como si ella le hubiera pasado electricidad en la mano. Han dicho que llames lo antes posible, llámalos ahora por teléfono, el número está en la tarjeta, demuéstrales que no tienes nada que ocultar. Está ceñudo y luego inspira lentamente como calibrando algo suspendido ante él, se vuelve y la mira de hito en hito, los ojos entornados de ira. ¿A qué te refieres con demostrarles que no tengo nada que ocultar? Ya sabes a qué me refiero. No, no sé a qué te refieres. Mira, no es más que una forma de hablar, Larry, haz el favor de llamarlos ahora. ¿Por qué siempre eres tan puñetera?, dice, mira, no voy a llamarlos a estas horas. Larry, llama ya, por favor, no quiero que la OSNG venga otra vez, has oído los rumores, esas cosas que dicen que han estado ocurriendo estos últimos meses. Larry se echa hacia delante en la butaca como si no fuera capaz de levantarse, frunce el ceño y luego va hacia ella, le coge el bebé de los brazos. Eilish, por favor, escucha un momento, el respeto va en ambas direcciones, ellos saben que soy un hombre ocupado, soy subsecretario general del Sindicato de Profesores de Irlanda, no voy a ir corriendo cada vez que ellos quieran. Eso está muy bien, Larry, pero ¿por qué han venido a casa a estas horas y no a tu despacho durante el día? A ver, dime. Mira, cariño, los llamaré mañana o pasado, ahora ¿podemos dejarlo por esta noche? Su cuerpo permanece plantado delante de ella, aunque tiene la mirada vuelta hacia la tele. Son las nueve, dice Larry, quiero ver las noticias, ¿cómo es que no está Mark en casa ya? Ella mira hacia la puerta, la mano del sueño le rodea la cintura, va hacia él y le coge el bebé de entre los brazos. No sé, dice, he dejado de perseguirlo, tenía entrenamiento de fútbol esta tarde y seguramente habrá cenado en casa de algún amigo, o igual ha ido a ver a Samantha, son inseparables de un tiempo a esta parte, no sé qué le ve.

Conduciendo por la ciudad se ha irritado consigo mismo, cómo la cabeza se le va de aquí para allá, en pos de algo que busca y que, sin embargo, siente la necesidad de eludir. La voz por teléfono era de lo más práctica, casi amable, lamento llamar tan tarde, señor Stack, no le vamos a quitar mucho tiempo. Aparca en una callejuela a la vuelta de la esquina de la comisaría de la Garda de Kevin Street pensando cómo acostumbraba a estar la carretera general casi todas las noches, más concurrida sin duda, esta ciudad últimamente se ha vuelto demasiado tranquila. Se sorprende apretando los dientes mientras va hacia la recepción y relaja la boca para sonreír, pensando en los chicos, Bailey sin duda se habrá dado cuenta de que ha salido, ese crío es todo oídos. Observa la mano pálida y pecosa de un agente de guardia que habla por teléfono de manera inaudible. Lo recibe un joven inspector huesudo y enérgico de camisa y corbata, la cara cerosa y correcta, cuya voz coincide con la del hablante de antes. Gracias por venir, señor Stack, si es tan amable de seguirme, haremos todo lo posible para no quitarle mucho tiempo. Sube por una escalera metálica y sigue por un pasillo flanqueado de puertas cerradas antes de que le hagan pasar a una sala de interrogatorios con sillas grises y paredes de paneles grises y todo de aspecto nuevo, la puerta se cierra y se queda a solas. Toma asiento y se mira las manos. Mira el móvil y luego se pone en pie y pasea por la sala pensando cómo lo han dejado en desventaja, le han faltado al respeto, son bastante más de las diez de la noche. Cuando entran en la sala, descruza los brazos, acerca lentamente una silla y se sienta, ve al mismo agente enjuto y a otro de su edad un poco fondón, una taza cubierta de salpicaduras de café en la mano del hombre. El tipo mira a Larry Stack con un indicio de sonrisa o tal vez no es más que afabilidad lo que hay en las arrugas de su boca. Buenas noches, señor Stack, soy el inspector jefe Stamp y este es el inspector Burke, ¿quiere un té o un café quizá? Larry mira la taza manchada y hace un gesto de que no con la mano, se ve observando la cara del que habla, busca una imagen que intuye conocida. Le conozco de antes, dice, del fútbol en Dublín, ¿no?, usted jugaba de centrocampista en el UCD, debió de vérselas conmigo cuando se enfrentaron a los Gaels, por entonces éramos un portento, fue el año que los enterramos. El inspector jefe le escudriña la cara, las arrugas se han desplomado en torno a la boca, la mirada se ha vuelto opaca, un silencio inescrutable se adueña de la sala. Habla sin negar con la cabeza. No sé de qué habla. Larry percibe ahora su propia voz, la oye cuando habla como si él también estuviera en la sala presenciando la entrevista, se ve desde el otro lado de la mesa, se ve por la mirilla de la puerta, no hay otra manera de observar el interior, ni siquiera el espejo unidireccional que se suele ver en la tele. Oye su voz impostada, un poco demasiado informal, quizá. Claro que era usted, jugaba de centrocampista en el UCD, nunca olvido a un rival. El agente toma un trago de la taza y se enjuaga los dientes con el café, le sostiene la mirada a Larry hasta que este la baja a la mesa, pasa un dedo por el barniz descascarillado y luego vuelve a levantar la vista hacia el inspector jefe. Los huesos del rostro son más prominentes, sin duda, el contorno es más grueso, pero lo que dicen los ojos nunca cambia. Mire, dice, quiero quitarme esto de encima, tendría que estar en casa con mi familia a punto de ir a la cama, díganme, ¿en qué les puedo ayudar? El inspector Burke hace un gesto con una mano abierta. Señor Stack, sabemos que es un hombre ocupado, así que nos alegra tener ocasión de hablar con usted, hemos recibido una acusación de suma importancia, una acusación que le concierne directamente. Larry Stack ve cómo lo miran los dos individuos y nota que se le seca la boca. Algo se mueve en la sala, ahora lo nota, por un momento se queda de piedra y luego levanta la mirada y ve el plafón abovedado de la lámpara donde una polilla está atrapada y arremete furiosa contra el cristal, la cúpula ámbar sucia y llena de cadáveres de antiguas polillas. El inspector Burke ha abierto una carpeta y Larry Stack ve ante sí las manos exangües de un cura, ve en la mesa entre ellos una hoja impresa. Larry empieza a leer la hoja, parpadea lentamente y luego aprieta los dientes. Resuenan unas pisadas por el largo pasillo y remiten al cerrarse una puerta. Oye los golpeteos asordinados de la polilla, cobra conciencia un instante de que algo en su interior empieza a marchitarse. Levanta la mirada y ve al inspector Burke observándolo desde el otro lado de la mesa, los ojos que lo miran como si tuvieran la potestad de vagar libremente por sus pensamientos, tratando de desatar algo en su interior que no está ahí. Larry mira al inspector jefe que lo contempla ahora con el rostro distendido, y carraspea e intenta sonreír a los dos hombres. Agentes, ¿seguro que no me toman el pelo? Ve cómo perciben que la sonrisa se le esfuma de la boca, se sorprende cogiendo la hoja y agitándola. Esto es una locura, esperen a que se entere la secretaria general, apelará al ministro directamente, eso se lo aseguro. El joven inspector tose con elegancia en su puño y luego mira al inspector jefe, que sonríe y empieza hablar. Como sabrá usted, señor Stack, corren tiempos difíciles para el Estado, tenemos instrucciones de tomarnos en serio todas las acusaciones que nos llegan... ¿De qué coño habla?, dice Larry, esto no es una acusación, no tiene sentido, están retorciéndolo, cogen una cosa y la convierten en otra, parece como si lo hubieran escrito ustedes mismos. Señor Stack, sin duda estará al tanto de que en el mes de septiembre se aprobó la declaración del Estado de Excepción como respuesta a la crisis actual, es una ley que otorga disposiciones y potestades adicionales a la OSNG para velar por el orden público, así que debe entender lo que esto parece a nuestros ojos, su comportamiento se asemeja a la conducta de alguien que alienta el odio contra el Estado, alguien que siembra cizaña y malestar: cuando las consecuencias de un acto afectan a la estabilidad a nivel del Estado se nos presentan dos posibilidades, una es que el autor sea un agente que trabaja en contra de los intereses del Estado, la otra es que ignora sus actos y actúa sin intención de hacerlo, pero de todas formas, señor Stack, el resultado en ambos casos es el mismo, esa persona está al servicio de los enemigos del Estado y en consecuencia, señor Stack, le instamos a que haga examen de conciencia y se cerciore de que no sea el caso. Larry Stack permanece en silencio un buen rato, está mirando la hoja sin verla y luego carraspea y cierra los puños. A ver si lo entiendo bien, dice, ¿me están pidiendo que demuestre que mi comportamiento no es sedicioso? Sí, correcto, señor Stack. Pero ¿cómo voy a demostrar que lo que hago no es sedicioso cuando me limito a hacer mi trabajo como sindicalista, ejerciendo mi derecho amparado por la constitución? Eso es cosa suya, señor Stack, a menos que decidamos que hay que investigar más a fondo, en cuyo caso ya no será cosa suya y decidiremos nosotros. Larry ve que se ha levantado de la silla y tiene los nudillos apretados contra la mesa. Lo que aprecia en la cara es voluntad y entiende que lo han llevado allí para quebrarlo contra esa voluntad, una voluntad que no es sino la autorización de un absoluto que tiene la potestad de convertir un sí en no y un no en sí. Quiero que quede muy claro, dice, esto llegará a oídos del ministro y traerá cola, no pueden amenazar a un alto cargo del sindicato que está haciendo su trabajo, los profesores de este país tienen derecho a negociar mejores condiciones y a tomar medidas de presión laboral pacíficas que no tienen nada que ver con la supuesta crisis a la que se enfrenta el Estado, ahora, si no les importa, voy a irme a casa. El segundo inspector abre lentamente la boca y Larry está casi seguro de verlo, piensa en ello mientras va de regreso al coche y se queda sentado dentro un buen rato mirando cómo le tiemblan las manos sobre el regazo. Cómo la polilla parecía salir volando en libertad de la boca del agente.

Primero Ben a la guardería y luego los chicos a clase, Molly se apea por la portezuela del acompañante del Touran con los auriculares puestos mientras que Bailey da un portazo atrás, Eilish vuelve la vista por encima del hombro mientras él permanece con aire puntilloso ante el cristal colocándose la capucha de la parka. Se dispone a incorporarse al tráfico cuando una mano golpea la ventanilla, Molly le grita que pare, se abre la puerta y Molly coge la bolsa de gimnasia del suelo y desaparece. Esa luz invernal, un frío borrón de noviembre, Eilish se desplaza a través del tráfico consciente de su agotamiento, los ademanes automáticos, parada ante un semáforo en rojo no ve el día que tiene por delante sino cómo transcurrirá el día sin dejar huella, otro día olvidado y asimilado por el silencioso pasar de los días, se ve en el trabajo y cómo ya no considera su trabajo una carrera: el auténtico trabajo de un microbiólogo es pasar largas horas a la mesa del laboratorio buscando pruebas, testando hipótesis contra la realidad, contra aquello que un individuo aspira a creer, si la respuesta es verdadera o falsa se aprecia en el resultado. Ahora se pasa el día escribiendo emails y haciendo llamadas, es una especialista convertida en generalista sin bata blanca, gestiona el personal, va a la deriva durante las reuniones, plantea las preguntas equivocadas. Se sienta a la mesa y mira el correo y cambia la hora de una llamada a las cinco y media. Coge el móvil y llama a Larry. ¿Has rellenado las solicitudes de pasaporte que te pedí?, pregunta. Escucha, cariño, sigo un poco alterado, no me lo quito de la cabeza. Habla como si se le hubiera escapado el aire mientras dormía y al despertar se hubiera visto desinflado, sentado en el borde de la cama mirando el suelo. ¿Lo has contado en el trabajo?, pregunta ella. Lo oye hablar con un colega un momento tapando el teléfono con la mano. Las he dejado en el escritorio de arriba. ¿Qué has dejado en el escritorio de arriba? Las solicitudes de pasaporte. Larry, tienes que llamar a Sean Wallace y hablar con él, Estado de Excepción o no, todavía hay derechos constitucionales en este país. Quiero exponérselo directamente a la secretaria general, pero hoy está de baja con un virus. Dime una cosa, ¿sigue Sean paseándose por ahí con esa chica? Sean Wallace está hundido hasta el puto cuello con el juicio de Fitzgerald ahora mismo, no quiero molestarle, oye, ¿quién prepara la cena esta noche? Sigo creyendo que tienes que llamarlo, te toca a ti cocinar. Vale, tengo una reunión a las seis y media, pero voy a cancelarla, no estoy de humor. Larry. ¿Sí, cariño? Bah, nada. Ayer compré carne picada, puedes preparar hamburguesas, tengo que colgar. Finaliza la llamada, pero se queda un momento sentada con el teléfono en la mano con un mal presentimiento. Mira el móvil y vuelve a la llamada siguiendo su propia voz hasta el teléfono de Larry, la señal tiene que repetirse para llegar al móvil de Larry, un repetidor de red la recoge y la retransmite. De repente oye su propia voz como si se estuviera escuchando a sí misma en otra habitación. Habla con él, Estado de Excepción o no, todavía hay derechos constitucionales en este país. De pronto Eilish tiene frío, se levanta abruptamente de la silla y va hacia la cocina de la oficina pensando, en otros países, sí, pero aquí no tenemos esa clase de líos, los gardaí, el Estado, no pueden escuchar las llamadas, sería un escándalo. Piensa en el coche de la víspera aparcado delante de casa, piensa en la OSNG y los rumores que ha oído acerca de lo que se dice que ocurre, camino ahora de la cocina tiene la sensación un momento de que no conoce la habitación. Paul Felsner, el nuevo ejecutivo de cuentas globales, está delante de la máquina de café arreglándose el puño de la camisa. La máquina deja de zumbar con una suave sacudida y él se vuelve y sonríe sin que la sonrisa le llegue a los ojos. Ah, Eilish, esperaba verte, no respondiste a mi mensaje de voz, tuvieron que reprogramar la videoconferencia con Asakuki a las seis de la tarde. Hay algo falso en su rostro, piensa ella, debería tener los ojos oscuros, pero en cambio son verdes y nota que se le va la mirada a la chapa que lleva en la solapa del partido de la Alianza Nacional, el PAN, ese nuevo emblema del Estado. Vuelve a mirarle las manos y se fija en que son un poco demasiado pequeñas. Ah, no lo vi, dice, me temo que no podré hacer esa llamada, pero gracias por informarme.

Hay un caballo azul en la orilla y viene hacia ella, ahora cabalga junto al agua y no tiene edad, cabalga envuelta en luz, suena el teléfono abajo en el pasillo, sale cabalgando del sueño a la habitación. Larry está sentado en el borde de la cama frotándose los ojos. Por el amor de Dios, susurra Eilish, es la una y cuarto, ¿quién llama a estas horas? Más vale que no sea tu hermana, dice él. Se inclina hacia delante y va a la puerta al tiempo que alarga las manos hacia una sombra que extiende las alas convirtiéndose en una bata. Los pasos almohadillados de las zapatillas escaleras abajo mientras ella permanece tumbada escuchando la respiración de Ben en la cuna, una tos sofocada en la habitación contigua de los chicos. Las palabras amortiguadas de Larry llegan arriba y entran sin forma en la habitación, y se pregunta quién puede estar llamando, piensa en su hermana Áine en Toronto, ocurrió una vez hace años, ay, Dios mío, cuánto lo siento, hermanita, me he equivocado con las zonas horarias, me he tomado unas cuantas copas. Eilish cierra los ojos y busca el caballo azul en la playa, lo busca en el recuerdo, ¿qué edad tenías? Es invierno, el cielo bajo sobre el mar, toca los flancos del animal con los talones, la vitalidad vibrante bajo su cuerpo, el peso de Larry hunde el colchón a su lado. Me estaba quedando dormida otra vez, dice ella. Larry no habla sino que tiene la mirada fija en la pared y parece triste, le cuesta respirar, ella alarga la mano y le aprieta el brazo. ¿Qué pasa, Larry? Eilish enciende la lámpara y se incorpora, lo ve transformado en niño por la caricia de la luz, con un semblante ceñudo y burlón al volverse y carraspear. Era Carole Sexton, la mujer de Jim, estaba casi histérica al teléfono, Jim salió de la oficina ayer y no volvió a casa. ¿Eso es todo, Larry? Por un momento he pensado que ibas a decir que había muerto alguien. Eilish, ha dicho que se lo llevaron. ¿Quién se lo llevó? ¿Tú qué crees? La OSNG. ¿La OSNG? Sí, eso ha dicho. Pero eso no tiene ni pies ni cabeza, Larry, ¿a qué se refiere con que se lo llevaron? Lo arrestaron, supongo, lo detuvieron, resulta que alguien vio cómo lo metían en el asiento de atrás de un coche pero no se le ocurrió contárselo a nadie, ella se enteró después de hacer unas cuantas llamadas. Jim Sexton, vaya bocazas, ¿qué ha hecho? El caso, Eilish, es que nadie ha tenido noticias suyas desde entonces. Pero ¿ha llamado al abogado del sindicato, como se llame? Michael Given, no, nada, ni siquiera ha llamado a su mujer. Pero no se puede detener a alguien así sin darle recursos legales, estas cosas siguen unas normas. Carole dice que Michael está ahora en Kevin Street, pero le están dando largas y lo deja por esta noche, ni siquiera se puede hablar con la OSNG, por lo visto no tienen número directo, no entiendo por qué no me ha llamado nadie del sindicato, esto parece un lío de mucho cuidado. No es verdad. ¿Qué no es verdad? En la tarjeta de ese inspector jefe que vino la otra noche hay un número, un número de móvil, tú mismo llamaste, Larry, ¿qué ocurre? No lo sé, cariño, al parecer está furioso. ¿Quién está furioso? Michael Given. Asegúrate de que se la das, la tarjeta. Sí, no se me había ocurrido, voy a buscarla, ¿dónde la dejaste? La dejé en la repisa de la chimenea en la sala de estar, luego la metí debajo del reloj. Eilish, Carole me ha dicho que lo llevaron a comisaría la semana pasada, le dijeron que habían hecho una acusación contra él y ella dice que él se les rio a la cara, ya sabes cómo es Jim, por lo visto cuando preguntó si estaba detenido y le dijeron que no, recitó de pe a pa el artículo 40.6.I, sección tres, allí mismo delante de ellos, el derecho de los ciudadanos a constituir asociaciones y sindicatos, ya sabes, y dijo que tendría a la mitad de los profesores de secundaria de Leinster en un autobús camino de la ciudad si la huelga sigue adelante. Ella tantea con la mano la mesilla, coge el vaso de agua sin mirar y toma un trago. Larry, ¿hasta qué punto pueden suspender nuestros derechos constitucionales con esos poderes de excepción? No lo sé, no tanto, no así, la potestad de detener a alguien sigue sujeta a la ley, pero ¿qué es la ley si están ocurriendo cosas así? Mira, de momento seamos discretos, y no se lo cuentes a los chicos. Larry, no puedes hacer nada a estas horas, vuelve a la cama, haz el favor.

Eilish contempla el jardín de su padre. Viejos recuerdos estampados en las hojas húmedas, columpiarse de una cuerda, acurrucarse en los arbustos, voces que llaman desde el pasado, listos o no, allá voy. Ve cómo el fresno que su padre plantó cuando ella cumplió diez años descuella sobre la estrecha parcela. Bailey corre de aquí para allá entre la hierba crecida y da puntapiés a las hojas mientras Molly hace fotografías de las plantas hibernando. Eilish se vuelve de la mesa a la que está sentado su padre con la nariz hundida en un periódico, Ben duerme en la sillita del coche a los pies de ella. Eilish coge dos tazas y mira dentro, frota el borde con el dedo. Papá, mira estas tazas, ¿por qué no usas el lavavajillas?, tienes que ponerte las gafas cuando friegas, de verdad. Simon no levanta la mirada del periódico. Ahora mismo llevo las gafas, dice. Sí, pero tienes que ponértelas mientras friegas, estas tazas tienen cercos de té. Échale la culpa a la inútil de la mujer de la limpieza, nunca hubo una taza sucia en esta casa en vida de tu madre. Al verlo ahora se adentra en el sentimiento de su infancia, ve a su padre como era antes, la nariz aguileña y los ojos veloces, escudriñadores, la figura que ahora se encoge en la silla, la espalda que encorva el jersey de lana, los delgados huesos de los dedos insinuándose bajo la piel como de papel. Dobla el periódico, sirve el té y empieza a tamborilear con los dedos sobre la mesa. No sé por qué sigo leyendo esto, dice, no trae nada más que la gran patraña. Ella le coge el periódico y empieza a hacer el crucigrama con un boli. Sus dedos han dejado de tamborilear, sin necesidad de mirar sabe que la está examinando, pero cuando levanta la vista su padre tiene el ceño fruncido. ¿Quién es ese en el jardín con Eilish?, pregunta. Por un instante ella mira afuera y luego se vuelve hacia su padre al tiempo que le coge la mano. Papá, ese de ahí fuera es Bailey con Molly, yo estoy aquí mismo. Un gesto de perplejidad cruza el semblante de su padre, y luego parpadea y desestima su comentario con un movimiento de la mano, aparta la silla. Sí, claro, dice, pero siempre anda enfurruñada por ahí igual que tú, nunca está alegre como tu hermana. Ella lo mira ahora con una sonrisa dolida. Entonces las dos somos igualitas a ti, dice. Está mirando a Molly, se ve a sí misma en ese mismo cuerpo, el reloj que se dispone a dar la hora en el pasillo tañe tres veces desde su infancia. A esa chica no le pasa nada, añade, tiene catorce años, eso es todo, es una edad difícil, lo recuerdo a la perfección. Dirige la mirada de nuevo al crucigrama. Distintivo honorífico, dice, ocho letras vertical, la quinta es una G. Simon deja escapar la palabra «insignia» como si la hubiera tenido esperando en la punta de la lengua todo el rato. Lo mira a la cara contenta por él, ve la papada que cuelga en torno al cuello, los ojos medio ocultos

29

bajo las capuchas de piel, y la mente que se desinfla. Eilish sirve el té pensando, no le digas nada todavía, al tiempo que observa a Bailey, de complexión tan delicada, mientras que Mark es todo músculo como su padre. Levanta la vista y dice, Larry está teniendo problemas en el sindicato, el Gobierno no quiere que el Sindicato de Profesores de Irlanda vaya a la huelga, lo citaron en comisaría, papá, y más o menos lo amenazaron, ¿no es increíble? ¿Quién lo requirió? La OSNG. Simon se vuelve y la observa sin decir nada, luego niega con la cabeza y se mira los dedos. Larry debería tener cuidado con esa gente, la OSNG, la Alianza Nacional la instauró para sustituir a la Unidad Especial de Investigación nada más llegar al poder, hubo cierto revuelo durante una semana y luego pasó, sin duda lo reprimieron, nunca habíamos tenido policía secreta en el Estado hasta ahora. Papá, se llevaron al organizador de zona de Leinster, sin derecho a llamada, sin abogado, lo tienen retenido, el sindicato está armando mucha bulla pero la OSNG guarda silencio. ¿Cuándo ocurrió? El martes por la noche... Molly grita y se vuelven y la ven retorcerse y hacer aspavientos mientras Bailey está colgado de una vieja cuerda y la tiene cogida entre las piernas. Se abate sobre Eilish la súbita mirada de su padre. Dime, dice él, ¿tú crees en la realidad? Papá, ¿qué quiere decir eso? Es una pregunta sencilla, estudiaste la carrera, ya entiendes qué quiere decir. Si lo dices así, sí, sé a qué te refieres, pero ahórrate el sermón. Él desvía un momento la mirada hacia el aparador donde hay altas pilas de periódicos amarillentos, revistas de temas de actualidad manoseadas, la vieja sonrisa le tira del labio dejando a la vista los dientes. Los dos somos científicos, Eilish, formamos parte de una tradición, pero la tradición no es más que aquello en lo que todo el mundo está de acuerdo: los científicos, los profesores, las instituciones, si cambia la propiedad de las instituciones, entonces se puede cambiar la propiedad de los hechos, se puede alterar la estructura de lo que se cree, aquello en lo que se está de acuerdo, eso es lo que están haciendo, Eilish, es así de sencillo, el PAN está intentando cambiar lo que tú y yo llamamos realidad, quieren enturbiarla como si fuera agua, si dices que una cosa es otra y lo repites lo suficiente, entonces debe de ser así, y si sigues diciéndolo una y otra vez la gente lo acepta como verdad; es una idea antigua, por supuesto, no es nada nuevo, pero estás viendo cómo ocurre en tu propia época y no en un libro. Ella ve viajar su mirada a un pensamiento lejano, intenta vislumbrar el interior de su mente, la mano moteada que saca un pañuelo arrugado del bolsillo del pantalón, se suena la nariz y luego vuelve a guardárselo. Tarde o temprano, la realidad se revela, dice, puedes hurtar cierto tiempo a la realidad pero la realidad siempre está a la espera, paciente, silenciosamente, para exigir el pago y equilibrar la balanza... Ben despierta con un balbuceo y mira de un lado a otro. Empieza a berrear y Eilish echa atrás la silla y lo acalla, lo coge en brazos y se lo lleva al pecho bajo un pañuelo. Le apetecen las comodidades de siempre, quiere llamar a los chicos y tenerlos alrededor, pero en cambio se encuentra con una sensación de oscuridad, una zona de sombra que busca extenderse. Coge aire y suspira e intenta sonreír. Acabamos de reservar las vacaciones de Pascua, vamos a quedarnos con Áine y sus amigos y luego viajaremos durante una semana, a las cataratas del Niágara si nos da tiempo, a otros lugares cerca de Toronto, los niños se lo pasarán en grande. Los ojos de Simon están a la deriva delante de ella y no sabe si la ha oído o no. Él levanta las manos de la mesa y se las mira fijamente, luego vuelve a posarlas y alza la vista. Quizá, dice, os deberíais plantear quedaros en Canadá. Ella retira al niño del pecho, se levanta de la silla y lo mira desde arriba. Papá, ¿qué se supone que significa eso? Significa que soy muy viejo para hacer nada ya, pero los chicos todavía son pequeños, se pueden adaptar con facilidad, aún hay tiempo para empezar de nuevo, se les pegará el acento en un abrir y cerrar de ojos. Por el amor de Dios, papá, hay que ver qué cosas dices, ¿no te parece que estás exagerando?, y qué hay de mi carrera y el trabajo de Larry y los colegios de los chicos, y luego está el hockey de Molly, este año van a ganar la liga escolar de Leinster, ya van nueve puntos por delante, y Mark acaba de empezar el último ciclo de secundaria, ¿quién va a echarte un ojo a ti que ni siquiera eres capaz de fregar las tazas?, la señora Taft solo viene una vez a la semana, y si te caes y te rompes la cadera, a ver, entonces ¿qué?

La lluvia invernal cae opulenta y fría, los días que transcurren entumecidos por la lluvia de tal modo que parece enmascarar el paso del tiempo, cada día deja paso a otro día anónimo hasta que el invierno alcanza su esplendor. Ha colmado la casa un ambiente extraño, intranquilo. Llegó con los dos hombres que llamaron a la puerta y ha ido adueñándose de su hogar, ahora es una sensación de que la unidad de la familia ha empezado a desbaratarse. Larry trabaja hasta las tantas y por las mañanas está irritable y retraído, se mueve como presa de una ferocidad queda, las manos tensas, el cuerpo en apariencia rígido como bajo el efecto de una gran presión que lo atornillara. Demasiadas noches ha vuelto a casa tarde a estas alturas, Eilish mira por entre las lamas de la persiana y luego las suelta para que no la vean, como una solterona, piensa, la vieja del visillo, esperándolo en el recibidor cuando él entra por la puerta. Se suponía que ibas a llevar a Molly a entrenar, Larry, he tenido que suspender otra llamada con nuestros socios, acabo de reincorporarme al trabajo después de la baja de maternidad, ¿qué imagen te crees que da? Él está plantado junto a la puerta con un pie medio fuera de la bota y entonces baja los ojos como un perro sumiso y apaleado, menea la cabeza y la mira fijamente y ella ve que le sobreviene un cambio, su voz es un susurro furioso. Intentan trastocarnos, Eilish, están sembrando mentiras en el seno del sindicato, no vas a creerte lo que he oído hoy... La voz se le quiebra ante la mirada entornada de ella y entonces sus ojos vuelven a buscar el suelo. Mira, dice él, entiendo lo que dices y lo siento. Le enseña un pequeño móvil de prepago, un teléfono de usar y tirar, lo llama él. Aunque quisieran escuchar, no saben el número. Eilish lo observa pensando en los chicos oyéndolos susurrar en el recibidor. Te estás comportando como un delincuente, Larry, oye, parece que Bailey está incubando un virus, ha ido arriba... Larry levanta la mano en el aire y la ataja. No soy precisamente un delincuente cuando intentan cargarse el sindicato, detienen a miembros de nuestra organización sin permiso, no van a parar esta manifestación. Pasa por su lado a la sala de estar y entra en la cocina cerrando la puerta tras él. Ella ve por el vidrio cómo deja la cartera en una silla y va al fregadero a lavarse las manos, se apoya en la pila mirando hacia el exterior. Quiere ir con él, buscar la mente en el interior del cuerpo, el hombre bueno y orgulloso en el interior de la mente, pertinaz, honrado y comprometido, la guerra dentro de él se recrudece contra ese algo que no pueden medir. Eilish piensa en cómo de un tiempo a esta parte quiere estar solo; al final, todos los hombres buscan el mismo aislamiento, lo leyó una vez en una pintada. Abre la puerta y asoma la cabeza a la cocina. ¿Quieres cenar?, dice. No, estoy bien, he comido tarde, igual luego pico algo. Molly entra en la habitación con una máscara antigás. Ha estado desinfectando los pomos de las puertas, los grifos y los tiradores de las cisternas, ha acordonado el cuarto de los chicos con cinta adhesiva y se niega a comer en la mesa. No hace caso cuando Eilish le explica que difícilmente se puede detener al virus, imagina cómo el virus invade la célula huésped y se replica, una fábrica silenciosa dentro del cuerpo, el virus se desplaza invisible en el aliento. Al día siguiente Molly y Mark están en cama enfermos, y luego Larry también, ella se alegra de tenerlos a todos en casa, hasta Larry parece ser otra vez el de siempre, bromea acerca de que ella y el bebé son inmunes, le toma el pelo a Mark cuando entra por la puerta con el flequillo sobre los ojos sonándose con un pañuelo de papel. Hay que ver qué pelos llevas, podría cruzarme contigo por la calle y no te reconocería. ¿Alguien que no sea papá quiere café?, pregunta Mark. Se reúnen para ver una película y Mark vuelve con las bebidas, ella contempla el cuerpo largo, sólido, tiene casi diecisiete años y es tan alto como su padre. Hazme sitio, dice Mark al tiempo que se le sienta al lado, le apoya el brazo en el hombro y ella no recuerda la última vez que todo el mundo estaba en casa así, Molly ovillada a su lado, Bailey en el puf comiendo helado a cucharadas, Larry delante de la tele, Ben dormido en su regazo. Anda, venga ya, ¿cuántas veces hemos visto esta bazofia sensiblera? A mí me gusta, dice Bailey. Sí, a mí también, conviene Molly, es muy mono, recuérdamelo, mamá, ¿cómo os conocisteis vosotros dos? Larry ríe y Mark rezonga y dice, cuántas veces nos lo han contado, ¿no sabes que papá es un romántico empedernido y tuvo que perseguir a mamá durante meses con una red? Eso no es verdad, dice Eilish sonriéndole a Larry. Bueno, en parte sí, dice Larry, desde luego soy un romántico y, por lo demás, lo que usé fue un saco de patatas. Cuando Ben despierta en su regazo ella le mira la cara intentando ver el hombre en el que se convertirá, tanto

Mark como Bailey han demostrado que es un razonamiento erróneo, de un manzano puede caer una naranja y Ben se hará sin duda hombre por derecho propio. Y aun así busca en el bebé algún parecido con Larry, con la esperanza de que esté a la altura de su padre, consciente de que todos los niños crecen y se van de casa para deshacer el mundo bajo la apariencia de estar construyéndolo, es una ley de la naturaleza.

El niño despierta de repente con un llanto como si le sorprendiera despertar y ella asciende a través del sueño hasta que su sueño yace hecho añicos en la habitación a oscuras. Desliza un pie hacia Larry pero su lado de la cama está frío. Levanta al bebé de la cuna y se lo lleva al pecho, la boquita jadea y devora, la manita se le clava en la carne. Le da el dedo, y lo aferra con tal fuerza diminuta que ella comprende su terror innato, el niño lo agarra como si le fuera la vida en ello, como si no lo vinculara a la vida nada más que su madre. Los pájaros del amanecer resuenan en el silencio cuando se pone la bata y lleva a Ben abajo. Ahí está Larry sentado a la mesa en la oscuridad, la cara iluminada por el portátil. No la ha oído bajar, así que lo observa a placer, el rostro triste y atribulado, la preocupación que le impide pestañear. Alarga la mano hacia la pared y enciende la luz, y él levanta la vista y suspira y luego sonríe, le pide el bebé, se lo pone de pie sobre el regazo dejando que el niño soporte su propio peso. ¿Ha dormido toda la noche?, pregunta, no lo he oído despertar, ¿cómo es que te levantas tan temprano? Podría preguntarte lo mismo, Larry, parece que no te hubieras acostado siquiera. Larry levanta al bebé hasta que quedan nariz con nariz. Fíjate, pequeñín, primero nos coges por sorpresa y dentro de poco te destetarán. Ella está junto a la cafetera con los brazos cruzados y entonces se vuelve y observa a Larry con tal intensidad que su rostro se le hace extraño, los ojos inyectados en sangre por la falta de sueño y el pelo hacia un lado, la baqueteada chaqueta de espiga encima del jersey de merino, se compara con él un momento, Larry ha empezado a envejecer más rápido, es verdad, tiene la barba salpicada de gris. Es entonces cuando cae en la cuenta de que no recuerda el aspecto que tenía, la renovación celular es a la vez rápida y lenta, empiezas con un cuerpo y con el tiempo se transforma en otro, es el mismo y sin embargo es diferente, solo los ojos permanecen inmutables. Le coge a Ben de los brazos y lo mira fijamente. Aún no es demasiado tarde, dice. Él la está mirando y arruga el ceño. ¿Para qué no es demasiado tarde? Ese juego que te traes con el Gobierno, todavía estás a tiempo de parar. Él guarda silencio un momento y luego suspira y cierra el portátil, lo mete en una funda de cuero y se levanta. Por el amor de Dios, Eilish, la maquinaria está en marcha, uno no puede retirarse de algo así sin más, sería un bochorno terrible para la organización, los profesores nos abandonarían en masa, la manifestación tiene que seguir adelante. Sí, Larry, pero Alison O'Reilly no ha vuelto todavía al trabajo, ¿tú por qué crees que es? Su marido dice que tiene gripe. Esa gripe ya dura tres semanas. Sí, lo sé, parece un poco raro; tengo que ir temprano, hay una rueda de prensa antes... Ella le ha dado la espalda, mira el jardín húmedo y oscuro, todo flota en la humedad en suspensión, los árboles ceden al frío. Sin darse la vuelta mide la fuerza de la voluntad de él enfrentada a la suya, ambas voluntades trabadas en muda adversidad, describen círculos una en torno a otra y luego luchan cuerpo a cuerpo antes de retirarse magulladas y doloridas. Larry va hacia la sala de estar cuando se detiene y dice, anoche murió la madre de Mary O'Connor, recibí un mensaje justo antes de medianoche, tenía noventa y cuatro años, la última de los titanes. Eilish niega con la cabeza y deja a Ben en la hamaca. Esa mujer era feroz en sus tiempos, ¿cuándo es el funeral? El sábado por la mañana en la iglesia de los Tres Patronos. Se acerca a Larry pensando que ojalá la mañana fuera distinta, le pone la mano en la muñeca y aprieta. Larry, Alison O'Reilly no está enferma y lo sabes. Eilish, no puedes demostrarlo. Con la OSNG no se juega, si abres esa puerta, Larry, no sabes qué hay al otro lado. Eilish, tranquilízate, la OSNG no es la Stasi, solo están presionando, nada más, un poco de alboroto y acoso para que demos marcha atrás, somos quince mil y el Gobierno está nervioso pero no puede detener una manifestación democrática, espera y verás. Ella está lo bastante cerca para ver el moteado de sus ojos, los apagados tonos de rojo y ámbar, sus ojos no tienen un color uniforme. Dime, Larry, ¿dónde está Jim Sexton? Él parpadea, frunce el ceño, y se aparta. De verdad, Eilish... Niega con la cabeza y coge el maletín, entra en la sala de estar pero no va hacia la puerta. Lo oye permanecer inmóvil y luego sentarse con un largo suspiro. Por un momento ella se siente superada, mira otra vez por la ventana y ve los árboles que relucen en el día plomizo, pensando, qué rápido pasa el amanecer, la luz gris fresca sobre las hojas, las figuras sombreadas de las urracas que grajean en los árboles. Esa sensación de urgencia en las manos cuando entra en la sala de estar y ve a Larry muy quieto en el sillón como si viera un pensamiento tomando forma ante sí. Él levanta la vista, niega con la cabeza y dice, igual tienes razón, Eilish, no es el momento, es una locura seguir adelante, los llamaré, les diré que estoy enfermo. Va hacia él percibiendo la victoria, lo mira desde arriba. Hace ademán de hablar pero algo se libera en su interior, una urraca embustera que remonta el vuelo, y se queda delante de él negando con la cabeza. No, dice, hay que hacerlo, ya no va de ti ni de mí, el PAN parece creerse por encima de la ley, todo el mundo sabe que este Estado de Excepción no es más que una manera de hacerse con el poder, ¿quién va a defender nuestros derechos constitucionales si no lo hacen los profesores? Lo ve sentado como si le pesaran los huesos, un chico con una mente adulta entre las manos y luego en un instante está de pie y tiene el aspecto inquebrantable de siempre. Claro que sí, cariño, hace un día asqueroso para una manifestación, los acompañaré a tomar una pinta luego pero no beberé, todavía puedo recoger a Molly del entrenamiento. Eilish se apoya en la puerta viéndole ponerse las botas de montaña verdes en el recibidor. Coge el chubasquero e intenta ponérselo encima de la chaqueta, la manga está del revés y por un momento se queda atrapado en el umbral batallando con la manga, ella piensa que sigue sin estar convencido, él levanta la vista y la mira a los ojos. Ve, dice Eilish con una sonrisa, ve y quítatelo de encima.

Entra en la oficina después de comer con un pensamiento evasivo en la cabeza. Hay algo oculto que sin embargo apremia, la mente inquisitiva arroja luz sobre otras cosas. La muda de Ben que olvidó preparar para la guardería, las solicitudes de renovación de pasaporte que tenía que enviar. Es entonces cuando se acuerda del móvil que se había dejado en el escritorio. Lo coge esperando encontrar alguna llamada perdida pero no tiene ninguna, no es propio de Larry no llamar desde una manifestación. Va hacia la cocina y los ojos de Rohit Singh la interceptan por encima de su pantalla, está hablando por teléfono y sin embargo le dice algo con los ojos, es una mirada que ella no atina a entender, así que se encoge de hombros y curva el labio inferior en una expresión fingida de pena universal. Entonces oye que alguien dice su nombre y se vuelve y ve que Alice Dealy sale de su despacho con un aire de indecisión. Eilish, ¿no estás viendo las noticias? No, acabo de volver de comer. En cuanto ha hablado sabe lo que transmite el semblante de Alice, va ahora al despacho y por un instante se ve ralentizada como si nadara erguida, vadea hacia delante, coge una bocanada de aire al entrar, los ve reunidos en torno a la pantalla grande de Alice. Lo que ve en las noticias es la imagen desgarradora de unos caballos que de repente cargan por una calle convertida en un infierno sombrío y humeante. Ve policías con porras, golpean a los manifestantes hasta reducirlos a formas serviles, los golpean hasta arrinconarlos en la calle, el gas lacrimógeno acecha dentro de una franja temporal atenuada mientras que los manifestantes huyen en secuencias repetidas. Se encogen en los portales cubriéndose la nariz con el cuello de la ropa mientras se repite la imagen de un profesor al que unos hombres de paisano llevan a rastras a un coche sin distintivos. Le asalta una sensación de impotencia, se encuentra sentada a su mesa con el teléfono pegado a la oreja, suena, deja de sonar, Paul Felsner está mirando por las persianas de la oficina. Está sentada delante de su pantalla intentando visualizarlo, a Larry, pero en cambio ve la mirada lenta y escudriñadora de Felsner, se ve a sí misma hace media hora comiéndose un sándwich mientras el tiempo ya estaba corriendo, el tiempo ya la había dejado atrás. Debe ir a buscarlo, ahora lo siente, siente una oscura sensación de culpabilidad. Mete el documento identificativo y sus cosas en el bolso, cruza la oficina con una manga del abrigo puesta, en la escalera reverbera el taconeo de sus zapatos y luego está plantada en la calle con el móvil en la oreja, el móvil de Larry no contesta y cuando vuelve a llamar su teléfono está apagado. Es entonces cuando levanta la vista y le parece como si el día hubiera quedado encapotado bajo un cielo extraño, tiene una sensación de desintegración, la lluvia cae lenta sobre su cara.

2

Camino del coche con el bebé en brazos, Ei- lish insta a los chicos a que se den prisa, se insta a sí misma en un deseo silencioso. Se vuelve y ve a Molly, que carga en silencio con dos bolsas de la compra, Bailey juega con el carro de la compra cuando ella lo llama. Fija la sillita de Ben en su lugar y este la mira con una sonrisa soñolienta mientras Molly deja las bolsas en el maletero y lue- go se acomoda en el asiento de delante poniéndose los auriculares. Eilish quiere abrirse, tocar y ha- blar, Bailey corre hacia el coche con los brazos abiertos. Se sienta atrás, cierra de un portazo y luego se asoma por entre los dos asientos y exami- na a su madre en el espejo retrovisor. Mamá, dice, ¿cuándo vuelve a casa papá? La larga caída de su corazón y aun así sigue cayendo. Busca las pala- bras que no atina a encontrar, aparta la mirada de su hijo, siente que Molly también la está miran- do. Por un momento contempla la calle cada vez más oscura, un grupo de adolescentes que pasa, los reconoce por sus huesos despreocupados mientras se hostigan y se burlan entre ellos, ve a la Molly en ciernes y la pierde, quizá ya se ha ido. Se vuelve hacia Bailey inspirando lentamente, busca su mirada en el espejo y se la sostiene. Ya te lo he dicho, cariño, tenía que irse por trabajo, volverá en cuanto pueda. Ve cómo la mentira le crece en la boca, la mentira invisible haciendo su trabajo, Bailey se recuesta en el asiento con un «bah», ve cómo acepta lo que ella dice como un hecho. Bailey alarga el brazo y tira del cinturón de seguridad de Molly aprisionándola hasta que ella se vuelve e intenta darle un golpe en la mano. Le lanza a su madre una mirada penetrante y Eilish desvía la suya pensando que Molly debió de darse cuenta de que ocurría algo cuando no fueron a recogerla de hockey, no consiguió hablar por teléfono con sus padres, se quedó en la puerta del polideportivo viendo a sus compañeras irse una tras otra mientras anochecía hasta que la señorita Dunne la llevó a casa. Su rostro cuando entró por la puerta estaba rojo de ira y luego no abrió la boca, lo que hubo que contarles a Mark y Molly esa noche, que habían hecho una redada al personal clave del sindicato, que vivimos tiempos difíciles, tendrán que soltarlo pronto, debéis recordar que vuestro padre no ha hecho nada malo, es objeto de las intimidaciones del Gobierno, pero vosotros dos tenéis que ir con cuidado, no habléis de esto fuera de casa ni le digáis una sola palabra a nadie en el instituto. Ve el terror reflejado en el rostro de Molly, les suplicó que no se lo contaran a Bailey, es demasiado pequeño para entenderlo. La furia de la chica fue amainando hasta el silencio, la puerta del dormitorio cerrada, Eilish plantada delante con miedo de llamar. Mark asimiló la noticia con una discreción extraña, no hizo más que una pregunta, ¿por qué no le permiten llamar a un abogado? Ahora gira la llave en el contacto temerosa de las siguientes mentiras, las mentiras que le brotan cada vez más de la boca, ve cómo una sola mentira que se le dice a un niño es una atrocidad que ya no se puede desdecir y una vez que la mentira queda al descubierto continuará escindida de la boca como una especie de flor venenosa que hurgara con una lengua muerta. Conduce por entre el tráfico laborioso, los chicos callados en el coche, están casi en casa cuando el teléfono suena en su bolso junto a los pies de Molly. Pide el móvil y luego lo vuelve a pedir, de pronto le grita a Molly y se desvía al arcén, coge el bolso y le arranca los auriculares a Molly, la chica mira horrorizada a su madre. La llamada perdida es de un número desconocido, se queda mirándola y decide devolverla. Hola, sí, soy Eilish Stack, tengo una llamada perdida de este número. Es Carole Sexton que quiere hablar. Mira, Carole, no puedo hablar ahora mismo, estoy en el coche, ¿te llamo esta noche? Bailey la mira hosco por el retrovisor. ¿Por qué no puedo llamarlo por teléfono, mamá, os vais a divorciar, es eso? Cuando aparca en el sendero de acceso, Eilish abre la portezuela y hace ademán de apearse, pero vacila como si se hubiera abierto un abismo ante ella en la grava. El paso a tientas tras todos los pasos a tientas, tanteando la larga noche que se avecina.

Michael Given hace las visitas casa por casa, no es seguro hablar de estas cosas por teléfono, siempre hay que sospechar que están escuchando. Ella lo ve entrar encorvado en la cocina con un aire casi como de disculpa, la urdimbre de sus dedos amarillentos cuando se sienta, ve cómo abre el móvil, saca la batería y la deja en la mesa. Pone a Ben en la hamaca y sigue observando a Michael Given, se da cuenta de que tanto fumar va a conseguir que la tos se convierta en algo grave. Pareces cansado, Michael, ¿te preparo algo de comer? Rehúsa el ofrecimiento con un aleteo de la mano, pero ella le pone delante unas galletas en un plato y él coge una y le da la vuelta sin comérsela. Escucha, Eilish, hay rumores de que van a trasladarlos. Ha estado absorta viendo cómo entraba el agua por la boca del hervidor, está conteniendo el aliento, cierra el grifo y deja el hervidor. Trasladarlos ¿adónde? Se dice que a centros de detención en el Curragh, no es más que un rumor, pero aun así es de suponer que no pueden retenerlos a todos en la ciudad cuando han detenido a tantos, durante la guerra tenían allí, en el Curragh, a aquellos que por entonces el Estado consideraba una amenaza para la seguridad. ¿Qué quieres decir, Michael, que Larry es ahora una amenaza para la seguridad? Ve cómo Michael Given levanta las manos al aire. Dios, no, Eilish, no es más que una forma de hablar, es el término que utilizan. Larry está detenido por motivos políticos, Michael, no quiero oír hablar así en esta casa. Michael Given sella los labios, abre los ojos como un niño sorprendido, asiente en dirección al fregadero. Más vale que no dejes eso ahí, dice él. Eilish se vuelve y ve el hervidor eléctrico en el fregadero. Estoy hecha una idiota, dice negando con la cabeza. Seca el hervidor con un trapo y lo deja en la encimera, mira de nuevo a Michael

Given en busca del motivo de su ira, lo ve como una presa, amarillo e insectil delante de la mesa. Están deteniendo a gente en todas partes, dice, ¿oíste que detuvieron al periodista Philip Brophy?, un puto periodista, vaya cara tiene el PAN, se han hecho eco todos los medios extranjeros pero aquí no se ha dicho ni palabra, ahora controlan todas las redacciones, aunque las redes sociales echan humo. Observa a Michael Given mientras habla, pensando que parece mecerse suavemente adelante y atrás en el asiento, le atraviesa el cuerpo un cansancio cimbreño como si estuviera debajo del agua. Maridos y mujeres, madres y padres hundiéndose bajo el agua. Hijos e hijas, hermanos y hermanas descendiendo, descendiendo hacia el fondo hasta desaparecer. Boquea en busca de aire, va a la sala de estar rebuscando algo en sus pensamientos mientras coge el mando a distancia, pone un canal de noticias y lo deja sin sonido. Esa sensación que tiene ahora de vivir en otro país, esa sensación de que el caos se abre, los atrae hacia su boca. Entra en la cocina sintiendo su ira y luego estruja el aire entre las manos como si hubiera agarrado el problema por el cuello. Michael, dice, lo que no entiendo es que no te dejen verlo, he leído las leyes yo misma, los tratados, es una violación flagrante del derecho internacional, así que ¿por qué se les permite hacer lo que hacen? ¿Por qué nadie grita que paren? Sus palabras arremeten contra el silencio de Michael Given y Eilish escudriña el rostro que parece a un tiempo triste y perplejo, un perro desconcertado ante una orden extraña, levanta las manos y hace ademán de hablar pero ella se lanza de nuevo. Se supone que el Estado tiene que dejarte en paz, Michael, no entrar en tu casa como un ogro, coger a un padre de un zarpazo y devorarlo, ¿por dónde empiezo siquiera a explicarle a los chicos que el Estado en el que viven se ha convertido en un monstruo? Todo esto se olvidará, Eilish, el PAN tendrá que dar marcha atrás tarde o temprano, toda Europa está escandalizada... Entonces, cómo es que la OSNG detiene a más gente cada día, Michael, dicen que estamos en una emergencia nacional, los agentes de paisano que vinieron el martes a nuestra oficina y se llevaron a un joven de su escritorio, Eamon Doyle, un estadístico, la última persona en el mundo que podía estar dando problemas, y ¿sabes qué dijo cuando cogió el abrigo?, pidió que alguien llamara a su madre, y eso dos semanas antes de Navidad. Se sienta y sirve café con un agresivo movimiento de la cafetera de émbolo. Está fuera de su propio cuerpo y el cuerpo tiene que seguirla, plantada otra vez delante de la tele fingiendo ver las noticias, procura sofocar un sollozo. Michael Given habla de rumores de protestas en Cork y Galway que fueron reprimidas de inmediato pero ella no escucha, está pensando en los chicos arriba en la cama, está pensando en Mark, que en cualquier momento meterá la llave en la cerradura y cruzará la casa con la bici hasta el patio de atrás, no tiene nada que decirle. Michael Given dirige la voz hacia la sala de estar para que le oiga. Ahora han ido demasiado lejos, Eilish, el malestar social va en aumento, aunque seguro que eso no lo verás en las noticias, el PAN quiere convertir este país en un Estado de seguridad y han dicho que van a empezar a reclutar para las Fuerzas Armadas, imagínatelo en este país, se habla mucho en la calle, la gente quiere ponerle fin ya, eso es lo que me llega... Eilish está delante de él con la boca a punto para rezongar. Si tanto se habla en la calle, ¿quién se pasea en medio escuchando? Lo mira hasta que él hace una mueca arrepentida y le da la espalda. Hay que veros, dice ella, los sindicatos acobardados y mudos, y al menos la mitad del país apoya esta patraña y considera que los profesores son los malos... Algo inexpresado que sabía ha tomado forma y está asustada, ahora lo oye y se lo dice a sí misma en silencio. Has estado dormida toda tu vida, todos estábamos dormidos y ahora comienza el gran despertar. Esta sensación de noche al acecho que no la abandona, piensa en Larry vacilante en la puerta, Larry metiendo los pies en las botas verdes y luego peleándose para ponerse el chubasquero. Él sabía a lo que se enfrentaban y te otorgó el poder de decir que no, se quedó sentado en ese sillón y se puso completamente en tus manos. Las noches ahora se le hacen larguísimas, eso le gustaría decir mientras mira las manos cetrinas apoyadas en la mesa. Dormir en la cama fría con el olor de Larry en su pijama sobre la almohada a su lado. Se vuelve hacia Michael Given y suspira y se sienta y no sabe qué hacer con las manos. Voy a perder el trabajo si esto sigue así, dice Eilish. ¿Se lo has dicho?, pregunta él. Mira, ya sabes cómo son las cosas, hay acólitos al partido en la empresa que están haciéndose con los puestos de responsabilidad, ahora hay que andarse con cuidado, por lo visto el que está bien situado puede hacer lo que le venga en gana. Puedes pedir una excedencia de un año, Eilish, siempre cabe esa posibilidad. No puedo pedir una excedencia después de haber estado seis meses de baja por maternidad. Sí, pero se trata de circunstancias extraordinarias, en cualquier caso, el sindicato dispone de fondos si tienes problemas, basta con que lo pidas. Sí, Michael, pero ¿quién quedará en el sindicato para tramitarlo? Él guarda silencio un rato mirándose los dedos largos y amarillentos que le piden a la boca un pitillo. Ella tiene las manos inquietas en las piernas, se levanta de la silla y mira hacia abajo sintiendo su poder sobre él. Michael, quiero recuperar a mi marido. Eilish, hacemos lo que podemos… No me estás escuchando, quiero que consigas llevarlo ante un juez, un juez se lo devolverá a sus hijos. Eilish, en cualquier otro momento habríamos presentado una demanda en el Tribunal Supremo por detención ilegal, lo habríamos sacado, pero se ha suspendido el *habeas corpus* con el Estado de Excepción, de hecho, el Estado tiene poderes especiales y ha acallado al poder judicial. No me estás escuchando, Michael, quiero que me escuches, quiero que hagas que ocurra algo, quiero recuperar a mi marido. Eilish, no estás siendo razonable, esto no tiene precedentes, el país está sumido en la histeria, no puedes chasquear los dedos y esperar que el Estado cumpla tus órdenes… En su imaginación, se desplaza hacia su cuello con las dos manos, lo ha agarrado por la laringe y lo obliga a abrir la boca, mete la mano y tira de la lengua cobarde, la sostiene un momento por la raíz y luego se la arranca de cuajo. Observa cómo abre las manos sobre la mesa, las manos sin tabaco, mansas y medio esbozadas como si expresaran la auténtica renuncia a su poder. Michael alza la cara y ella ve los ojos de un hombre que no ha dormido y siente lástima por él, por lo que sabe gracias a lo que revelan las manos, cómo el hombre ha sido adiestrado para las reglas del juego pero el juego ha cambiado, así pues, ¿qué es ahora el hombre? Se abre una veta de ira dentro de ella. Quiero que vayas y lo traigas, dice, y si no vas tú, iré yo misma y lo traeré, eso haré, antes muerta que ver cómo su ausencia desfila todo el día ante los chicos. Michael Given se pone en pie, le sostiene la mirada y la observa largo rato como si estuviera tomando una decisión. Eilish, tienes que escuchar lo que voy a decir, no quería decírtelo pero me temo que ahora debo hacerlo, la OSNG nos ha advertido directamente que si seguimos presionando con esto, si seguimos solicitando un mandato de *habeas corpus*, nos detendrán y encarcelarán también a nosotros. Ella abre la boca pero no emite sonido alguno, se ha visto expulsada del cuerpo convirtiéndose en un único pensamiento negro, un pensamiento que se hace más intenso, se expande amenazante hasta engullir toda materia. Cuando vuelve a hallarse en su cuerpo un suspiro abandona su boca. Michael Given se aparta de la mesa, va al fregadero y se lava las manos. Dicen que se avecina tiempo tormentoso, dice él, se llama tormenta Bella, ya puedes andarte con cuidado los próximos días. Se vuelve hacia él deseando abandonarse a la locura, en cambio mira por la ventana. Los cerezos estaban cubiertos de rocío esta mañana cuando ha despertado, pero ahora los árboles en su estúpida conspiración asienten hacia la oscuridad.

Despierta en el lado de la cama de Larry ya entrada la noche. En alguna parte en la oscuridad de su cuerpo arde una vela por él pero cuando busca la vela para iluminar más allá de su cuerpo solo encuentra negrura. Ha oído en sueños la llamada del viento y ahora resuena por la casa como si se hubiera quedado abierta la puerta de la calle. Se acerca a la ventana a mirar, las nubes se ven azotadas y de color naranja, contemplan la ciudad y la anhelan. Camina por la casa a oscuras notando cómo se le enfrían los pies, siente que se ha convertido en un espectro de su pasado. Se detiene ante las habitaciones de los chicos para oírlos dormir mientras el viento sopla en el exterior. ¿Qué hay más inocente que un niño dormido? Que duerman los niños y cuando él haya regresado seguiremos adelante. Se mete en la cama y se frota los pies y despierta en medio de una luz furiosa, oye un áspero aullido del viento, la ventana golpea la grava húmeda. Va soñolienta hacia la ventana con la sensación de que la casa hubiera remontado el vuelo, de que está girando con el viento. En la acera de enfrente el contenedor verde de los Zajac está volcado, hay papeles, latas y cajas de pizza esparcidos por el sendero de acceso, el viento arrebata un puñado de lluvia y lo lanza contra los sauces sin hojas. Entonces la ve, una urraca solitaria pegada a un árbol, se queda mirando un rato cómo el pájaro mueve las alas y sin embargo permanece agarrado a la rama combada por el viento, ve ahora que no es ella quien debe aferrarse sino Larry, él debe aferrarse y enfrentarse a lo que le salga al encuentro, ahora nota su fuerza y la conoce, se adentra en ella y la estrecha contra su propio cuerpo.

Al llegar la mañana está junto a la puerta de la calle diciéndole a Bailey que baje. Son casi las ocho y veinte, dice, Molly va a llegar tarde a clase y tú también... Mark lleva la bici hacia la calle y entonces se detiene y levanta la vista al cielo. Ella sigue su mirada percibiendo calma en el aire confuso, lo ve pasar la pierna por encima del sillín al tiempo que impulsa la bici con un movimiento fluido sin despedirse. Espera un momento, dice ella. Examina su rostro cuando se vuelve a mirarla, una única ceja arqueada bajo el cabello castaño rizado. No sabe qué quiere decir, no quiere decir nada en absoluto, solo quiere mirarlo. Tienes el pelo muy largo, señala, quiero que vengas a casa a cenar, casi no pasas por casa. Mark pone los ojos en blanco y luego sonríe y dice, yo también te quiero, mamá, se da media vuelta y se va pedaleando calle arriba. Ella cruza la calle hasta donde se ha volcado el contenedor verde de los Zajac y luego examina la casa, las luces tendrían que estar encendidas, la puerta de la calle abierta, Anna Zajac tendría que estar montando a los niños en el

Nissan con prisas, en cambio las cortinas están echadas y la casa parece vacía aunque el coche está aparcado delante. Se encuentra con Molly que sale por la puerta. ¿Dónde está tu hermano?, pregunta, vamos a llegar tarde a clase, dime, ¿ya han se han ido los Zajac a casa por Navidad? Molly se encoge de hombros, qué sé yo, me parece que Bailey no ha salido de su cuarto, no ha bajado a desayunar. Eilish encaja la sillita del bebé en el asiento y le pide a Molly que espere con Ben. Entra en casa y llama a Bailey desde el recibidor, se vuelve y se ve de verdad en el espejo, la cara pálida y decaída que ha cedido a los ojos hundidos, los ojos que plantean la pregunta y casi se ríen de ella, espejito, espejito. Por un instante ve el pasado abarcado en la mirada franca del espejo como si el espejo contuviera todo lo que ha visto, se ve sonámbula ante el cristal, las idas y venidas mecánicas a lo largo de los años, se ve llevar a los niños al coche y con todas las edades y Mark ha perdido otro zapato y Molly se niega a llevar un abrigo y Larry pregunta si tienen las mochilas y se da cuenta de que la felicidad se oculta en lo rutinario, reside en el ir de aquí para allá cotidiano como si la felicidad fuera algo que no se debe ver, como si fuera una nota que no se puede oír hasta que suena procedente del pasado, ve sus incontables reflejos presumidos y satisfechos ante el espejo mientras Larry aguarda impaciente en el coche, está en el recibidor quitándose el chubasquero, pide a gritos las zapatillas de estar por casa mientras se quita las botas verdes. Ella llama a Bailey y sube y descubre que ha echado la llave. Sacude el pomo y golpea la puerta con el puño. Desde cuándo tienes llave de esta habitación, abre la puerta ahora mismo, vas a llegar tarde a clase. Cuando gira la llave en la cerradura ella abre la puerta y ve a su hijo en la penumbra de las cortinas metiéndose en la cama. Saca la llave de la cerradura y se la guarda en el bolsillo, se acerca a la cama y retira el edredón, se queda mirándolo con los brazos en jarras. Bien, señorito, tienes dos minutos para vestirte y bajar al coche. Es entonces cuando le llega el olor de la cama, Bailey dobla las piernas contra el vientre y ella ve que tiene el pantalón del pijama mojado. Se queda en silencio, va a la ventana y descorre las cortinas de un tirón, la luz sucia desenmascara el cuarto. Se agacha para recoger la ropa del suelo y habla sin mirarlo. Desvístete y lávate rápido, nos estás retrasando a todos. Bailey va hacia la puerta y ella empieza a retirar la ropa de cama preguntándose cuántas veces ha ocurrido desde que se fue Larry, antes nunca había mojado la cama. Se vuelve y ve a Bailey junto a la puerta con un aire de afilada malicia, él le grita, lo echaste, ¿verdad?, eso hiciste, no eres más que una puta vieja. Eilish se queda inmóvil con las manos vacilantes, la boca trémula, hace un bulto con la ropa de cama húmeda y se imagina huyendo escaleras abajo. Sajará el mal en el ojo de su hijo como quien revienta un forúnculo, cerrará la puerta de la calle y se montará en el coche y lo dejará recocerse a solas en su cuarto. No se ha movido, ha bajado la vista para mirarse los pies cuando la oye caer de su boca, la verdad sobre su padre, está explicando la detención y el encarcelamiento ilegales, los esfuerzos que se están haciendo para llevarlo ante un juez, el hecho de que no ocurrirá nada antes de Navidad. Nota el corazón dolorido al ver al chico fruncir el ceño con incredulidad, la mirada huidiza en su ojo, cómo descienden sus labios y luego se hunde en silencio hasta el suelo cogiéndose las rodillas con los brazos. Lo que ve ante sí es una noción del orden que se desmorona, el mundo que se sume en un mar oscuro y ajeno. Lo abraza, busca reconstruir con sus susurros el viejo mundo de leyes que yace destrozado a los pies de su hijo, pues ¿qué es el mundo para un niño cuando se puede hacer desaparecer a un padre sin una sola palabra? El mundo cede al caos, el suelo sobre el que caminas te lanza al aire y el sol brilla oscuro sobre tu cabeza. Molly está apoyada en la puerta. ¿Qué pasa?, pregunta, estamos esperando fuera en el coche, tenemos que ir a clase. Bailey se yergue, la aparta para ir al cuarto de baño.

Son más de las nueve cuando oye que llaman suavemente a la puerta. Mira más allá de la persiana y ve un coche pequeño aparcado delante de la casa, las luces de Navidad centellean bajo los aleros y las velas eléctricas destellan en las ventanas aunque la casa de los Zajac está a oscuras. Mark y Samantha están repantigados en el sofá cogidos de la mano, sus mentes entrelazadas con la pantalla, apenas levantan la vista cuando Carole Sexton pasa encorvada por su lado con una sonrisa titubeante, parece demasiado alta pese a los zapatos de suela plana mientras sigue a Eilish hasta la cocina. Eilish mira de nuevo el reloj, Bailey y Molly acaban de subir a acostarse, en cuanto Carole haya salido por la puerta le dará a entender a Samantha que es hora de que se vaya a casa. Carole mete una mano en una bolsa de tela y saca tres cajas de metal de galletas. En sus ojos se notan las largas horas de la noche y cuando habla su voz suena cargada. Lamento abusar de tu amabilidad, Eilish, pero tenía que verte. Pasea la mirada por la habitación, examina las encimeras, no había estado nunca aquí, Eilish ve su propia cocina como por primera vez, el desorden de tazas y platos junto al fregadero, el lavaplatos medio lleno con la puerta abierta, el cesto de ropa sucia todavía por lavar, si Carole hubiera llamado de antemano habría tenido tiempo de recoger. Qué árbol tan bonito tienes, Eilish, ojalá tuviera un árbol de Navidad así, este año no lo he puesto, me parecía, no sé, simplemente me parecía... Da la impresión de que va a hablar de nuevo pero hace un gesto con la mano. Bueno, es lo mismo, resulta que ayer me entraron ganas de probar el pan de soda, ni siquiera sé si me gusta el pan de soda, ya sabes, el tradicional, pero de pronto me entró el antojo, la primera hogaza salió bien, la segunda mucho mejor, y había comprado muchísimos huevos, ¿sabes?, una vez que te da por hornear es difícil parar aunque no tengas ni idea, no horneaba nada desde la clase de economía doméstica en el instituto, pero me entraron tantas ganas anoche que ya puesta hice también tortas de avena, hay que ver cómo huelen recién salidas del horno, Dios mío, y unos bollos de fruta también, una antigua receta que saqué del cuaderno de recetas de mi madre, y entonces caí en la cuenta de que el año pasado por Navidad, Eilish, no compré el pastel de Navidad, estaba muy liada, ya sabes, y él, Jim, hizo un comentario, dijo que le habría gustado comer pastel de Navidad, así que anoche preparé uno de esos también, pero, sea como sea, al acabar me entró la risa al verme horneando todas esas cosas cuando yo solo quería un poco de pan, además no tengo nada de apetito mientras que tú tienes muchas bocas que alimentar, así que mira, he traído parte de lo que cociné y también un pastel de Navidad, hay unos cuantos bollos y un poco de *crumble*... El olor a repostería ha atraído a Mark a la puerta de cristal, está mirando con la nariz, sus ojos preguntan si puede entrar. Eilish niega con la cabeza pero Carole le hace un gesto de que pase, observándolo mientras toma un plato y empieza a servirse pastel. Coge un poco para tu novia también, qué alto estás, dice, ancho de espaldas como tu padre... Una súbita sombra desciende por su cara mientras Mark farfulla un «gracias» y sale por la puerta comiéndose un buen bocado de pastel. Carole se vuelve hacia Eilish abriendo las manos, lo siento mucho, dice, ha sido sin pensar. Eilish observa la incomodidad de la mujer y por un momento se alegra, ve el cabello despeinado, los dos centímetros de raíces grises, la recuerda en una fiesta hace unos años, más alta que los hombres con los tacones, la boca sensual con tendencia a las pullas y la risa, la manera en que llevaba subrepticiamente la mano a la muñeca de Larry y la dejaba allí mientras hablaba con él, qué difícil era tenerle aprecio. Dentro de poco se montará en el coche y volverá a una silenciosa casa sin niños. Eilish alarga el brazo y le coge la mano a Carole. Da igual, dice, no está enfadado contigo para nada, está enfadado conmigo, con el mundo, mi otro hijo ni siquiera me dirige la mirada, he intentado hablar con Mark sobre lo que ocurre pero lo único que obtengo es un silencio enervante, él lo sabe, entiende perfectamente lo que le está pasando al país, quiere estudiar Medicina, ¿sabes?, creo que será un buen médico. Le sirve té a Carole y la deja hablar sin mirar el reloj, percibe que las palabras de la mujer han permanecido demasiado tiempo encerradas en el silencio, la ve buscarse sentido por medio del habla, las palabras salen de la boca y la mente va detrás de las palabras y se logra cierta sensación de entendimiento. Escucha pensando en lo que le gustaría decir pero no puede, cómo ha intentado esconderse de parientes y amigos diciéndose que tiene que volcarse en el trabajo, en busca de las horas concedidas para llenar el cuerpo vacío, buscando perderse en los chicos aunque son los chicos los que la llevan de regreso a su padre. Carole toma un largo sorbo de té y se queda mirando al vacío. No sabes cuánta gente ha dejado de hablarme desde que detuvieron a Jim, es como si yo fuera culpable de algún modo, ¿por qué nos hacen sentir culpables cuando lo que nos han hecho es pura maldad? Eilish se ve mirando el reloj, se pone en pie, niega con la cabeza. No es momento de hablar, dice, sino de guardar silencio, todo el mundo está asustado, nos han arrebatado a nuestros maridos y nos han colocado en este silencio, a veces por la noche oigo un silencio tan estrepitoso como la muerte, pero no es muerte, solo detención y encarcelamiento arbitrarios, tienes que repetírtelo una y otra vez. Se ha puesto de pie sin nada que hacer, va al fregadero y empieza a ordenar. Hemos hecho las reservas para las vacaciones familiares de Pascua, dice, sigo creyendo que iremos. Cuando se da la vuelta ve a Carole inclinada hacia delante en la silla mirando más allá de su reflejo en el cristal, examinando el jardín, sus ojos feroces como si quisieran percibir algún augurio en la oscuridad. ¿Qué hay ahí fuera, Eilish, eso blanco del árbol? Lazos, Carole, lazos blancos, cada semana desde que su padre desapareció, Molly saca una silla y ata un lazo al árbol. Guardan silencio un rato viendo los lazos mecerse en las ramas inferiores. Tengo la sensación, Eilish, de que tarde o temprano tomaré cartas en el asunto. Eilish deja de mirar por la ventana y contempla la cara que permanece inmóvil como una máscara. ¿Qué quieres decir? Carole guarda silencio y luego menea la cabeza como si saliera de una ensoñación, recoge las migas de la mesa y se pone en pie para llevarlas a la basura. El médico me ha recetado somníferos, Eilish, pero cómo se puede dormir, no he dormido una noche entera desde que se fue, la otra noche encontré mi vestido de novia en una caja en el ático y lo bajé, ¿te puedes creer que todavía me cabe después de tanto tiempo?

Ha salido de la oficina cuarenta minutos antes de almorzar, abrigada contra el viento cortante, el paso ligero, la luz invernal veleidosa, un indicio de nieve en el aire. Un mensajero en bicicleta se detiene en un semáforo en rojo entre el tráfico y permanece en equilibrio hasta pararse sin apoyar los pies y ella lo observa un instante con la sensación de que la ciudad se ha detenido y el tiempo ha quedado suspendido salvo por una sombra que sobrevuela la calle y entonces el ciclista despierta y se inclina hacia el semáforo en verde. Dobla por Nassau Street pensando en los zapatos que empiezan a hacerle daño, levanta la mirada y ve a Rory O'Connor con un niño de la mano. Va a cruzar la calle pero él la llama por su nombre y ella se gira fingiendo sorpresa. Te has vuelto a dejar el pelo largo, Eilish, casi no te reconozco. Rory, dice ella mirando la compra de Navidad en una mano y al niño pequeño de la otra. ¿Es tu hijo?, pregunta, no sabía que tuvieras un hijo. Le sonríe al niño y ve al padre en la cara saludable y gordezuela, el cráneo coronado por el mismo pelo tirando a rojizo que recuerda que tenía Rory hace años, ve ahora los mechones ralos de color cobre y gris, podría ser un hombre cualquiera de mediana edad. Uno de los pocos días que tenemos libres los dos, ¿verdad que sí, Fintan?, te veo bien, Eilish, ¿cuánto hace que no nos vemos? Fintan, dice ella lentamente, preguntándose si el nombre le va a la cara. Cuánto tiempo hace, Rory, unos diez años o más. Él se apresura a hablar de los viejos tiempos y ella le mira la cara metiéndole prisa con los ojos, un autobús arranca expulsando gases calientes de diésel y Rory retrocede un paso, se le mueve la bufanda y deja a la vista la insignia del partido en la solapa de la chaqueta. Ella ha dado un paso atrás, traga saliva y cierra los ojos, Rory sonríe mostrando los dientes. Y qué tal Larry, como siempre, supongo, ¿no? Eilish no puede apartar la mirada de la insignia del partido, mira al otro lado de la calle y luego echa un vistazo de reojo al reloj. Ah, Larry está bien, dice, hasta las cejas de trabajo, nunca tiene un momento de paz, ya no da clases en Mount Temple, ¿sabes?, ahora trabaja a jornada completa en el... Oye, me ha encantado verte, pero tengo que irme, a ti también, Fintan, cielo, voy con una prisa terrible, tengo que llegar a la oficina de pasaportes, nos vamos con los chicos a Canadá por Pascua... Se ha puesto delante de una furgoneta y echa a correr hacia la acera opuesta notando la rozadura de los zapatos, se ve con los ojos de Rory mientras continúa trotando torpemente como para demostrar que tiene prisa. Esa sensación de vacío cuando gira por Kildare Street y ve ante sí al Rory O'Connor que conocía de antes, el joven ruboroso e inexperto que era colega de Larry, esa sensación acechante de repetición como si su vida transcurriera dos veces por caminos paralelos.

El aire cálido azota la puerta cuando entra en la oficina de pasaportes de Molesworth Street y coge número, se sitúa junto a un árbol de Navidad aflojándose la bufanda mientras espera a que quede libre un asiento. Tiene tanto que hacer, escribe una lista en una libreta y ve a un hombre obeso con cabeza de huevo ir arrastrando los pies hacia la ventanilla trece, ocupa el asiento que deja y lo ve regresar mirando con ojillos parpadeantes un formulario. Se guardará todo esto para luego, ve la cara de Larry al otro lado de la mesa, su asco cuando le cuente lo de Rory O'Connor, siempre fue un idiota inútil, dirá Larry. Tiene que llamar a la oficina para avisar de que llegará tarde. Son las tres y cuatro minutos cuando aparece su número en la pantalla y la atiende una mujer sin apenas cara. Recibí esto ayer, dice Eilish, debe de ser un error. Una mano indica que quiere ver la carta, luego los dedos se ponen a teclear. ¿Me enseña su documento de identidad? Eilish desliza el carnet de conducir por debajo del vidrio y la mujer lo coge, luego hace retroceder la silla y se aleja. Eilish se muerde el labio por el interior, ensaya para sus adentros las palabras que dirá cuando vuelva la mujer, levanta la vista y ve que se acerca un hombre. Toma asiento pulcramente y la saluda con una mirada inexpresiva. Bien, dice, señora Eilish Stack, ya puede guardárselo. Le devuelve el carnet por debajo de la mampara y sigue mirándola abiertamente, de modo que ella se ve obligada a apartar la vista. Bueno, señora Stack, tienen planeado salir del país, ¿no es así? Sí, nos vamos de vacaciones. De vacaciones. Sí, a ver a mi hermana en Canadá por Pascua, tenemos los vuelos comprados. Los vuelos están comprados. Sí, eso he dicho, lo siento pero no entiendo qué más les da eso a ustedes, solo he solicitado la renovación del pasaporte de mi hijo mayor y el de mi bebé. Alcanza a oler levemente a tabaco mentolado desde el otro lado de la ventanilla. El procedimiento ha cambiado, señora Stack, ahora tiene que pasar un control de seguridad y antecedentes antes de presentar la solicitud. Observa la cara con tanta intensidad que le sobreviene la sensación de una existencia inalterablemente separada de la suya propia, nota que la sonrisa se le desencaja de la cara, la sonrisa le baja por la barbilla hasta el suelo. Tartamudea un momento y luego carraspea. Lo siento, dice, no entiendo a qué se refiere, nunca había oído nada parecido, solo estoy solicitando un pasaporte como había hecho otras veces. Sí, pero no ha hecho el trámite preliminar, señora Stack, ahora tiene que pasar un control de seguridad y antecedentes en el Ministerio de Justicia antes de presentar la solicitud, así lo estipula el Estado de Excepción que ha entrado en vigor este año. Ve que el hombre hace ademán de coger algo cuando ella se inclina hacia la ventanilla. Entonces, ¿está diciendo que necesito pasar un control de seguridad para obtener los pasaportes de mi bebé y de mi hijo adolescente? La funcionaria se permite una sonrisa. Correcto. Sigo las noticias, dice ella, no han dicho nada al respecto en ninguna parte, quiero hablar con su supervisor. El hombre le pasa un formulario por la ventanilla. Señora Stack, el supervisor soy yo, me llamo Dermot Connolly y me han trasladado temporalmente desde el Ministerio de Justicia, este es el formulario que necesita, el F107, tiene que cumplimentarlo y solicitar una entrevista, le llevará unas semanas como mínimo, ¿puedo ayudarla en algo más? Mira fijamente un rostro que no altera en absoluto su expresión, los ojos incoloros, la boca y lo que dice aunque la boca no habla: su esposo está detenido, señora Stack, se les considera una amenaza para la seguridad. Es entonces cuando le asalta la sensación de que un animal salvaje ha entrado detrás de ella y deambula por la sala, coge el formulario y lo dobla poco a poco, se lo guarda en el bolso, ve al supervisor abandonar la silla, oye los pasos silenciosos del animal, nota su aliento pestilente en la nuca, le da miedo darse la vuelta. Las caras mudas, sentadas, miran boquiabiertas los móviles.

El día de Navidad pasea con los chicos por la orilla del mar, el cielo y el agua de hormigón, la brisa del este que trae un infierno gélido a Bull Island e incita al pensamiento enfriando la mente. Ben va sujeto a su pecho mientras los chicos se desperdigan delante de ella, percibe la ira en sus corazones, los conoce por su manera de andar, Molly sola y cautelosa al pisar como si sondeara algo con el cuerpo, Mark con las manos en los bolsillos del abrigo, atento y distante hasta que coge un jirón de alga y se lo lanza a Bailey, le da en el culo. Observa a las demás familias en la playa, sus huellas solitarias en la arena, buscando en los rostros de los que pasan lo que ella misma siente. Observa la luz sobre la playa pensando, este tiempo de luz, cómo los días pasan acumulando la luz y soltándola, la luz hacia la noche, y alargamos la mano pero no podemos tocar ni asir lo que pasa, lo que parece pasar, el sueño del tiempo. Y sin embargo estos días han hecho florecer las campanillas de invierno. Vio una silvestre y solitaria en el aparcamiento que imprimía el aire en blanco y se agachó para examinarla, en ese instante le vino a la cabeza una imagen de todo lo que se ha perdido Larry. Le cuenta cómo fue cuando se dio la vuelta y vio a Ben sentado sin ayuda, y otro día, sus manitas hinchadas de hacer fuerza cuando se incorporó para ponerse de pie. El ceño cada vez más oscuro y la estatura disparada de Bailey que es casi tan alto como su hermana. El tiempo que ha pasado sin Larry, y ella se ve no haciendo nada, capaz de nada, pero no se puede hacer nada, dice una vocecilla, detesta esa voz, ¿qué crees que puedes cambiar tú? Michael Given ha dejado de devolverle las llamadas. Eilish ha escrito al ministerio, al director de la OSNG, a organismos de derechos humanos consciente de que su voz permanece silenciada. Pronto las campanillas de invierno se marchitarán en la tierra y habrá otras flores. Conduce de regreso a la ciudad donde las casas dan al mar, observa cada coche que pasa, busca detrás del cristal de apariencia líquida las caras en el interior. Estas son las personas anónimas que han hecho cobrar forma al presente, sin embargo, lo que ve son caras iguales que la suya, caras que pasan como siempre en esta ciudad mientras arroja las incesantes exhalaciones de la noche hacia el día.

Va hacia el porche delantero de su padre con las llaves en la mano y en la puerta le sale al encuentro un gruñido. Se detiene y titubea mientras el gruñido aumenta detrás de la puerta y se convierte en agudos ladridos. Vuelve la vista hacia el coche como pidiendo ayuda y ve a Molly con la mirada fija en el móvil. Le viene algo a la mente pidiendo que lo recuerde, no sabe qué es, tiene que ver con Mark, se acerca a la puerta y llama al timbre, golpea estrepitosamente la ventana mientras los ladridos continúan, se oye la voz de Simon, espera, espera, le grita al perro que se calle. Cuando abre la puerta tiene agarrado por el collar un perro oscuro y fornido, le parece que es un bóxer atigrado, Simon lleva guantes de jardinería, el pelo húmedo de la lluvia de antes. ¿Sí?, dice con el ceño fruncido, ¿qué quieres? ¿Sí?, dice ella, que pasa por su lado y entra al recibidor mirando al perro. ¿Entonces ahora me van a atacar cuando venga a visitar a mi padre? ¿Qué haces con ese perro? Se agacha y recoge el correo del suelo, en el recibidor huele a perro mojado y cuando se vuelve ve una mirada de perplejidad vidriosa en los ojos de su padre. Papá, te dije que iba a venir, íbamos a llevarte de compras, quedamos así la semana pasada. En un instante le ha cogido el correo de la mano y parece otra vez él mismo. ¿Por qué no estás trabajando?, pregunta. Papá, hoy es sábado, ¿de quién es el perro? Simon manda al bóxer a la cocina con un puntapié y el perro se vuelve y se relame los belfos negros, se queda junto a la puerta calibrándola con una mirada hambrienta. Creía que eras otra persona, dice él, el otro día tuve problemas en la puerta. ¿Problemas?, dice Eilish, ¿qué clase de problemas? Es difícil saberlo con exactitud, vinieron tres hombres a la puerta y no me gustó su aspecto, dijeron que eran del partido, parecían matones, dijeron que yo no figuraba en el registro local y querían saber si estaba dispuesto a dar mi nombre... ¿Qué partido, papá, te refieres al PAN, quién era esa gente? Les dije que no volvieran, pero llamaron a la puerta de nuevo unos días después y golpearon la ventana, oí a uno de ellos reírse antes de que se marcharan. Ella mira el morro oscuro del perro, algo que masculla negramente mientras la observa. ¿Por qué no me lo dijiste, papá? Se lo dije a Spencer, dice a la vez que señala con la cabeza al perro, que estornuda dos veces y se sienta sobre las patas. Spencer, repite ella meneando la cabeza, este perro es adulto, ¿quién te lo ha dado?, dime, ¿cómo vas a cuidarlo tú solo? Simon coge la chaqueta del perchero. En un abrir y cerrar de ojos se han apoderado del jardín, dice. Ella se vuelve a mirarlo desde la puerta. ¿El qué? Las rosas trepadoras, las estoy podando yo solo, nadie se ha ofrecido a ayudarme. Venga, dice Eilish, no tenemos todo el día, va a ponerse a llover dentro de poco, por qué no le pides a Mark que te ayude, vino el verano pasado e hizo un montón de cosas. No pienso tomarme la molestia, dice, ya lo haré yo solo.

El asfalto se oscurece antes del chaparrón en el momento en que Eilish cruza el aparcamiento, los cuerpos huyen y se encorvan bajo la lluvia mientras los que van con paraguas se toman su tiempo. Aminora la velocidad y señaliza que va a aparcar, observa a una mujer medio calva doblada bajo la lluvia que llena el maletero y luego se monta en el coche agarrándose las solapas del abrigo. Eilish manda a Molly a coger un carro y Bailey se ha bajado sin decir palabra poniéndose la capucha. Corre tras su hermana de puntillas y Molly trota con los codos pegados al cuerpo. He contratado a esa abogada nueva, dice Eilish, me la recomendó Sean Wallace, Anne Devlin, parece que está especializada en este tipo de casos, no somos los únicos, ¿sabes?, lo cierto es que no da abasto. Los dedos de Simon empiezan a tamborilear en el salpicadero. ¿Ha presentado una demanda ya?, pregunta él. Celebra las reuniones al aire libre, dice Eilish, tuve que dejar el móvil en el coche, es muy dinámica, la demanda será el siguiente paso. Se forrará el abrigo con tu dinero, pero el resultado será el mismo que con ese traidor del sindicato. Papá, trabaja sin cobrar, dice que el Gobierno ha tomado el control de la judicatura nombrando a sus partidarios, ese es el quid de la cuestión, una vez que colocas a los tuyos puedes hacer lo que te venga en gana. El volumen de la lluvia se vuelve atronador y ambos miran afuera mientras el agua borbotea sobre el asfalto. Ve a Molly forcejear con Bailey para llevar el carro, luego Molly aparta a su hermano de un empujón y este levanta los brazos con gesto desesperado y lanza una mirada furiosa hacia el Touran. Me ha costado conseguir que Molly se levantara esta mañana, es el segundo sábado seguido que no va a entrenar, es una de las mejores jugadoras, aunque dejará de serlo si continúa así. Mira el cielo convencida de que escampará y entonces la lluvia calla un instante. Hace ademán de abrir la portezuela, pero Simon le agarra la muñeca con un velo de pánico en los ojos. Les van a votar, Eilish, es impensable en un país como el nuestro... Ella lo mira sin emoción diciéndose que no es verdad, ve cómo el rostro ha cedido aún más a la gravedad, los músculos elevadores pierden fuerza mientras los ojos siguen hundiéndose, la piel se descuelga de los huesos en una sosegada avalancha hacia el fin arrastrando consigo la mente confusa. Ella suspira y niega con la cabeza. Papá, llegaron al poder hace dos años. Simon frunce el ceño, se vuelve para mirar afuera y luego menea la cabeza. Sí, sí, claro, ya lo sé, lo que quería decir es... Eilish lo observa llevar la mano a la portezuela. Papá, espera un momento, tengo un paraguas en el maletero. Simon se ha bajado y pasa por delante del Touran vestido de tweed y con los calcetines desparejados, en los pies zuecos de jardinería, el cuerpo se desplaza a través de la lluvia moviendo los puños y no parece frío ni mojado, ni siquiera viejo, aprecia en él otra vez el aspecto que antaño los dominara a todos.

Recorre los pasillos del supermercado mirando los zuecos de su padre, mugre y hierba seca pegadas en los talones mientras va delante de ella con una lata de melocotones en la mano, Ben en el asiento del carro mordisqueando una anilla. Está delante del mostrador de la pescadería cuando Molly se acerca con urgencia y arrebolada, alertando a su madre con una mirada. Mamá, susurra, tienes que venir. ¿Qué ocurre? Te he dicho que vengas. Sigue a Molly pensando en Bailey, a saber qué habrá hecho ahora, ayer le lanzó un chorro de kétchup en el pelo a Molly y luego salió de la cocina hecho una furia. Molly tira de la manga de su madre y entonces se detiene y hace un gesto con la cabeza hacia el final del pasillo. Que no te vea mirar. Que no me vea quién, ¿te refieres a Bailey? No, él, es él, ¿verdad? Sigue el dedo que señala más allá de una mujer mayor que le murmura a una lista, más allá de los detergentes y de los rollos de papel higiénico, hasta que repara en una mujer un poco rellena en vaqueros y un hombre que aguarda a su lado con un carrito. Sabe quién cree Molly que es, pero no es él, no está tan fornido, lleva la ropa equivocada, una camiseta de fútbol de Dublín debajo de un impermeable de montaña, le mira los pies y ve zapatillas de correr baratas. No es más que otro hombre sin nada que hacer, siguiendo distraído a su mujer, Eilish siente deseos de preguntarle a Molly cómo es que vio al hombre que no es ese hombre, debió de verlo por la ventana delantera aquella noche que se presentaron en la puerta. Es entonces cuando el hombre se vuelve y ella sabe que es él, el inspector jefe, desvía la mirada y nota que se le seca la boca, mira otra vez la cara pensando en su otra cara, la cara del agente que estaba en la puerta, parece otra persona totalmente. De repente está caminando hacia él sin saber qué va a hacer, va a hablar con él, sí, qué tiene que perder, qué es sino un tipo corriente, le preguntará delante de su esposa si puede hablar un momento. El inspector jefe vuelve la mirada y encuentra la de ella y hay un momento entre ambos en el que no acaba de identificarla y luego sonríe y es la sonrisa de alguien a quien saludarías por la calle, un marido, un padre, un voluntario de la comunidad, y sin embargo detrás de esa sonrisa yace la sombra del Estado. Eilish se da media vuelta abruptamente y coge un bote de lejía, durante un momento finge leer la etiqueta y regresa por el pasillo reprendiéndose.

Se ha retrasado en el trabajo y está distraída con los chicos. Le dice a su jefa que tiene una cita y cruza la ciudad en coche, busca Bird Road, aparca a dos casas de la del inspector jefe, fue fácil averiguar dónde vive. Mira el reloj del salpicadero y ve que lleva allí casi diez minutos, tiene que volver al trabajo dentro de poco. Se retuerce las manos comprobando de nuevo que el sendero de acceso está vacío, esa sensación de estar contemplando un sueño, esa sensación como si caminara por el borde de un abismo, temerosa de ser quien mire hacia abajo. Se maquilla en el espejo y se peina. Ahora contempla la luz que se derrama sobre la calle, una lenta pulsación que da paso a una súbita claridad y luego se atenúa, piensa en lo que yace oculto, se da cuenta de que lo que se revela bajo la suave luz floreciente es lo que ocurre a diario, el centro de lo mediano cargado de lo corriente, los árboles de hoja perenne y el rododendro, las aceras diseñadas para carritos, el cemento hollado por pies a medio crecer, los tropeles hacia la escuela, el incesante orbitar de los SUV, los ancianos que van encorvados detrás de perros y se detienen a charlar, los cuervos que miran desde los cables de electricidad, el gran desfile del año que los conduce a todos hacia algún verano glorioso bajo los estandartes de hojas. Cuando cruza la calle no se mueve dentro de su cuerpo y se ve a sí misma desde la ventana de la casa, instándose a seguir adelante, empieza a adentrarse a tientas en su propio cuerpo, la medida del cuerpo en el aire, la mano que llama a la puerta. La cara de la mujer que le sale al encuentro no es la cara que recuerda del supermercado sino que ahora es mayor, poco atractiva y sin maquillar. Me preguntaba si podemos hablar un momento, señora Stamp, es un asunto privado, no le quitaré mucho tiempo. Paredes color lima y el rostro franco ante ella que se frunce en un pliegue. ¿Se trata de Sean?, pregunta, ¿qué ha hecho ese crío ahora? Una vez en la cocina ve que es una estancia acogedora para días de lluvia, charla de fondo en la radio, una cacerola cerca de los fuegos rodeada de una corona de hollín. Retira una silla y se sienta a la mesa y no quiere respirar hasta que haya hablado, mira un momento la parcela de atrás, comederos para pájaros en unos manzanos a medio madurar, un jilguero se deja ver un momento y desaparece. Se mira las manos mientras habla sobre su marido, los dedos se entretejen y entrelazan, las manos como retorciendo el dolor, depositando el dolor sobre la mesa a modo de ofrenda. Observa el semblante de la señora Stamp a la deriva ante ella como si los rasgos fueran un puzle de luz, los ojos que creía luminosos se han vuelto oscuros, las manos de la mujer aumentan de tamaño. Ve cómo el rostro que escucha se vuelve hosco, la súbita tensión en los labios. La señora Stamp se levanta de la silla, va a la encimera y saca un paquete de tabaco. No le importa, ¿verdad?, dice. Eilish niega con la cabeza mientras la mujer enciende un cigarrillo, va a la puerta de atrás y da una larga calada, expulsa el humo fuera y mira a Eilish de arriba abajo en la silla. ¿Cómo ha dicho que se llamaba?, pregunta. Eilish mira los hombros anchos pero no pronuncia su nombre. Por favor, dice, solo le pido que interceda por él, seguro que usted haría lo mismo en mi situación. La mujer ahora está ceñuda, empieza a negar con la cabeza, da una intensa calada al cigarrillo. De verdad, dice, esto es de lo más absurdo, habla conmigo como si mi marido hubiera hecho algo mal, un inspector jefe de la Garda, con los tiempos que corren. Solo quería hablar con usted como esposa, madre... Habría sido mejor que no dijera nada. Sus miradas se han encontrado y se transmiten abiertamente rencor y Eilish se oye hablar, las palabras le caen de la boca de tal modo que las mira horrorizada después de haberlas pronunciado. Así pues, ¿debo quedarme callada, hundida y quebrada como el resto de idiotas de este país? Un camión de la basura chirría calle abajo y Eilish aparta la mirada, luego hace un gesto en dirección al jardín. Parecen buenos manzanos, ¿dan mucha fruta? La señora Stamp se vuelve, el hechizo de su pensamiento roto, se queda mirando los árboles sin verlos y luego mueve la mano en el aire. Han sido muy productivos estos últimos años, son de la variedad Kerry Pippin,

John los trajo de la granja de su familia. Señora Stamp, mi marido no es más que un hombre normal, un padre, un profesor, un sindicalista, tendría que estar en casa con sus hijos. La está sopesando con ojos entornados, entonces la señora Stamp se humedece los labios y masculla algo hacia la ventana. Perdone, dice Eilish, ¿qué ha dicho? La señora Stamp se vuelve con cara de desprecio. Escoria, dice, eso sois, tú y tu sindicalista, vienes a mi casa e insultas a mi marido, un hombre condecorado que ha dedicado veinticinco años de su vida al Estado, te lo voy a decir bien claro, como te llames, tu marido está donde está porque es un instigador, un agitador contra el Estado durante una época de gran amenaza para el país, vosotros no tenéis ni idea de lo que está pasando en el resto del mundo, lo que se nos viene encima, haréis que nos destruyan a todos, este debería ser un momento de unidad en nuestra nación, en cambio hay revueltas en todo el país y tenemos que vérnoslas con gente como vosotros, fuera de mi casa ahora mismo. Eilish ve en el rostro de la mujer el aire de superioridad del partido, se sorprende en pie deseosa de dar permiso a sus manos. Se imagina a la mujer hablando con su marido, el hombre investigará un poco y le complicará la vida a Larry. Va hacia la puerta de la calle con la sensación de que le ha fallado, sus dedos manipulan con torpeza la cerradura, ve el Touran aparcado enfrente cuando la mujer aparece detrás de ella, se da la vuelta y se aleja andando.

Despierta convencida de que alguien ha entrado en el cuarto, apenas puede abrir los ojos, se apoya en las manos para incorporarse, oye respirar a una figura sentada en la butaca de mimbre, debe de ser Mark, se pregunta qué querrá a estas horas de la noche. El asiento cruje cuando la sombra se inclina hacia delante y la luz del pasillo le alcanza la cara. Es el inspector jefe, John Stamp, no le sale la voz, mira con miedo al bebé en la cuna y escucha su respiración. ¿Cómo ha entrado?, susurra, todas las puertas están cerradas, no tiene derecho a entrar en esta casa. La voz sonríe en la oscuridad. No tengo derecho a entrar en esta casa. Sí. Pero eso es solo una opinión. No es una opinión, es un hecho ante la ley. Un hecho. Sí, existe el estado de derecho, no pueden violar nuestros derechos así. El estado de derecho. Eso he dicho. Dice la palabra «derechos» como si entendiera la palabra «derechos», muéstreme qué derechos nacieron a la vez que el hombre, muéstreme en qué tablas están escritos, dónde ha decretado la naturaleza que es así. Hace ademán de hablar pero él se desplaza del asiento hacia ella, y teme mirarlo a los ojos, está inmovilizada por su hedor, la mezcla de comida y tabaco y algo maloliente que emana de la piel, ella sabe lo que es, esa pestilencia que desencadena su terror. Se considera científica y sin embargo cree en derechos que no existen, los derechos de los que habla no se pueden verificar, son una ficción decretada por el Estado, del Estado depende decidir qué cree o no según sus necesidades, seguro que usted lo entiende. Su mano se desliza por el edredón, ella mira la mano con miedo a lo que podría pasar si lo detiene, la mano se desliza hacia su cuello, ella lo agarra por la muñeca e intenta gritar, se arranca la mano del cuello, ahora está gritando, quiero despertar, y él dice, pero si ya está despierta... Abre los ojos a la habitación, la fría luz azul de la ventana y su ropa doblada en la butaca. Se incorpora mirando la butaca mientras se dice que la habitación es real y el sueño no, siente alivio y sin embargo ahí sigue en su pecho, en la garganta, un pequeño nudo de miedo, mira la puerta como si no lo acabara de creer. Yace un momento adormilada, esperando el regreso de un sueño ciego y anodino, pero los restos de la pesadilla siguen infectándola, ese hombre y su hedor, las palabras que ha pronunciado la han dejado asustada, oye a los chicos abajo, una risotada y luego Bailey chillando por encima del estruendo de la televisión del domingo por la mañana.

3

Molly está delante del fregadero en pantalón
corto de deporte y abrigo poniéndose un vaso de
agua del grifo cuando retira la mano de golpe,
emite un sonido de asco y deja caer el vaso en el
fregadero. Mamá, dice, el agua sale marrón. Eilish
nota los ojos de su hija en la espalda pero elige no
mirar. Se inclina hacia delante para darle a Ben
una cucharada de papilla de manzana pensando,
es a su padre a quien quiere, el no que es un sí, el
sí que nunca es no. Anoche en un sueño hablaron
sobre Molly, algo que él dijo que le pareció confuso
la ha importunado al despertar. Detiene un hilillo
de comida con la cuchara, ve por un instante algo
en las profundidades de la tierra, un fragmento de
tubería corroída que se afloja en el empalme con
los conductos principales, el agua no deja de per-
cutirlo, el agua cada vez más sucia de herrumbre
y plomo contaminante, el agua que corre por las
tuberías oscuras hasta las casas de la ciudad, los
negocios y las escuelas, pasando de grifos a hervi-
dores, vasos y tazas, pasando a sus bocas, el plomo
absorbido por el tracto gastrointestinal, almacenado por tejidos y huesos, la aorta y el hígado, la
glándula suprarrenal y el tiroides, el veneno haciendo su trabajo invisible hasta que se da a conocer en el laboratorio en la orina y en la sangre. Se
vuelve y observa el agua que sale a chorro del grifo

y dice, déjala correr un rato. El ruido de una llave en la puerta de la calle. Molly dice, ¿por qué no tenemos agua embotellada en casa? Coge una manzana del frutero y se va enfurruñada a la sala de estar mientras Eilish levanta la vista aguzando el oído, ve en su interior la caída de la luz al abrirse la puerta, desea oír los pasos familiares, el golpe sordo del paraguas en el paragüero, el suspiro y luego esa succión que acompaña el ademán de quitarse el abrigo, la voz que pide las zapatillas que no están. Mark lleva la bicicleta del recibidor a la cocina, pasa sin decir palabra por la puerta de cristal y deja la bici en el suelo de madera del porche trasero. Eilish mira a Ben en la trona y piensa en su hijo mayor, su mudo proceso de crecimiento, el cartílago que se extiende y se convierte en hueso, los huesos solidifican, sustentan al niño hacia un futuro desconocido, aunque ese futuro debe contener la suma total de toda posibilidad. Hace solo un momento Mark estaba gateando por el suelo, y se vuelve para observarlo cuando entra en la sala de estar, el futuro instantáneo. Oye hablar entre susurros, Molly alza la voz, tienes que contárselo, dice. Eilish grita, contarle qué a quién, ¿qué ocurre? Molly está en el umbral y empuja a Mark al interior de la cocina y él se planta delante de ella y le tiende una carta. Le dice a Molly que cierre el grifo, coge la carta de la mano de Mark y busca las gafas. No se da cuenta de que se ha puesto en pie, lee la carta lentamente otra vez como si no la entendiera, los significados tras las palabras se han desvinculado, el texto negro es ininteligible. Levanta la vista hacia los ojos de su hijo y ve que el niño se ha desvanecido. No puede ser, susurra buscando la silla con la mano, aunque es incapaz de sentarse. Cierra los ojos y ve la oscuridad trémula de sus párpados. Pero si solo tienes dieciséis años, dice, tendrás el título de secundaria el año que viene, no pueden hacer esto ahora... Mark cuelga la cazadora en la silla y permanece un momento callado sensato y solemne. La fecha de inscripción es la semana después de mi cumpleaños el mes que viene, dice. Ella no lo ve cuando va al fregadero, abre el grifo y llena un vaso y se pone a beber. Es Molly la que le quita el vaso de la mano, no bebas esa porquería, le dice, el agua está marrón, dile a mamá que compre agua embotellada y cuéntale lo que hicieron, que fueron al instituto, Mark, cuéntaselo. ¿Quién fue al instituto? Está mirando a su hijo, lo ve con nitidez junto al fregadero, el gesto ceñudo que le lastra la frente, el pelo melancólico, la mandíbula que fuerza la expresión del joven. Se me pasó contártelo, dice, vinieron un médico y una mujer, una oficial del ejército, nos hicieron salir a los chicos de mi clase e ir al gimnasio, nos revisaron uno a uno sin decirnos para qué, tuve que quedarme en calzoncillos detrás de un biombo mientras el médico me medía y me examinaba los pies y los dientes, me preguntaba si tenía alergias... Esta súbita sensación de presión en el interior del cuerpo, ha empezado en el corazón como si se le hubiera metido algo dentro y hubiera empezado crecer, se dilata hacia fuera, impone a los pulmones la sensación de un grito. Está sentada en la silla presa de una súbita fatiga, ahora susurra, debe de ser un error, solo vas a cumplir diecisiete años. Tiende las manos hacia su hijo, para consolarlo ahora, para acercárselo a la mejilla, para ungirlo con el bálsamo de su furia. Quiero que me escuches, dice cogiéndole la mano y viendo que no escucha en absoluto sino que mira hacia el jardín. No vas a irte de esta casa, me oyes, no vas a dejar el instituto, no pueden reclutarte así para el servicio militar. Él se vuelve con un gesto afligido. ¿Y cómo se lo vas a impedir?, pueden hacer lo que quieran, ¿qué pudiste hacer para impedir que se llevaran a papá? Es Molly la que se revuelve contra su hermano, le da un empujón que le hace retroceder de espaldas hacia el fregadero. No le hables así a mamá. Cállate, repone él. Molly le sostiene la mirada a su hermano con una expresión cargada de odio, resuena el sordo percutir de un martillo cercano y entonces Ben deja caer la cuchara. Eilish se agacha para cogerla y la lleva al fregadero. Por lo menos el agua caliente sale limpia, dice. ¿Qué pasa?, pregunta Bailey entrando en la cocina. Mark coge la carta de la mesa y se va afuera cerrando la puerta a la vez que saca un mechero del bolsillo. Ella ve a través del cristal cómo acciona el gas pero no consigue encender la llama, lo ve y no siente el impulso de detenerlo, de preguntarle de dónde lo ha sacado, el mechero desprende una llama ámbar que lame el ángulo del papel y luego forma una boca negra, ve cómo la carta empieza a humear en su mano y cuando la deja caer se vuelve y mira por el cristal con los ojos negros a no poder más de ira.

Está distraída en el trabajo, deambula de aquí para allá, siente que tiene delante un obstáculo indefinido y busca un modo de sortearlo, se dice una y otra vez, no se llevarán a mi hijo. Corren rumores en la empresa de que habrá una escabechina, una reducción por fases, no puede ser cierto. Los llaman a la sala de reuniones donde se anuncia que el director general, Stephen Stoker, ha sido destituido, no ha venido a trabajar esta mañana, les dicen que ocupará su puesto Paul Felsner. Se presenta ante ellos tirándose de las yemas de los dedos con su mano demasiado pequeña y no puede disimular que está encantado. Eilish recorre la habitación con la mirada mientras él habla identificando a sus partidarios por las manos que aplauden y las sonrisas, ve al animal salvaje entre ellos, ve cómo ha prescindido de agazaparse y fingir, cómo se pasea a la vista mientras Paul Felsner alza la mano con gestos hieráticos exponiendo no el discurso de la compañía sino la jerga del partido, habla de una época de cambio y reforma, una evolución del espíritu nacional, del dominio que conduce a la expansión, una mujer cruza la sala y abre una ventana. Eilish sale del ascensor en la planta baja. Cruza la calle y entra en el estanco, señala un paquete de tabaco. Hace mucho tiempo, piensa, plantada a solas delante del edificio de oficinas mientras saca un cigarrillo del paquete, acaricia el papel, se lo pasa por debajo de la nariz. El sabor algodonoso a acetato de celulosa cuando lo prende y se llena la boca de humo caliente le recuerda el día que lo dejó, esa sensación de cuando era más joven, quizá Larry estaba con ella, no lo sabe. La memoria miente, juega a sus propios juegos, superpone una imagen a otra que podría ser cierta o no, con el tiempo las superposiciones se disuelven y se convierten en humo, observa cómo el humo que sale de su boca se desvanece en el día. Mira la calle como si fuera de otra ciudad, pensando cómo es que la vida parece existir al margen de los acontecimientos, la vida transcurre sin necesidad de testigos, el tráfico congestionado humea con furia el aire sombrío, la gente pasa apresurada y preocupada, encarcelada en la ilusión de lo individual, ese deseo que tiene ahora de escapar, observa hasta que se ausenta por completo de sí misma, la luz se altera tono tras tono hasta que se convierte en una pátina luciente sobre la calle, las gaviotas que picotean comida en una alcantarilla tienen la cara inferior de las alas oscura cuando aletean para apartarse al paso de un camión. Vaya por Dios. Colm Perry está a su lado dando golpecitos con un cigarrillo en el paquete. No sabía que fumabas, Eilish. Ella entorna los ojos como para pensar una respuesta a una pregunta que no le han formulado y entonces niega con la cabeza. La verdad es que no fumo. Colm Perry enciende un cigarrillo y expulsa el humo lentamente. Yo tampoco. Ella traga la negra quemazón y desea esa quemazón un poco más mientras examina la camisa arrugada de Colm Perry, reconoce la cara color cereza de un bebedor, la mirada que se oculta taimada en el ojo de un hombre que está al tanto de la broma aunque se ríe de ellos desde fuera. Él echa un vistazo a la puerta automática. Qué descaro tiene el tío, dice, habrá una purga muy pronto, les gustan los de su calaña, conque más te vale pasar inadvertida, no digo más. Mira otra vez por encima del hombro y saca el móvil. ¿Has visto lo último? Lo que ve en el móvil son imágenes de pintadas en ventanas y muros denunciando a los gardaí, las fuerzas de seguridad y el Estado, triunfantes garabatos en espray rojo. Lo escrito parece sangre, el edificio parece un centro escolar. Saint Joseph en Fairview, dice él, se ve que el director llamó a la OSNG, que fue y detuvo a cuatro chicos, todavía no los han soltado, hace ya unos días pero la noticia acaba de aparecer online, se están reuniendo padres y alumnos delante de la comisaría de la Garda en Store Street a la espera de que los liberen. A mi hijo lo han llamado para el servicio militar, dice ella, tiene que presentarse la semana que cumple diecisiete años, todavía no es más que un chaval que va al instituto, y esto después de que detuvieran a su padre. Colm Perry la mira y niega con la cabeza. Qué cabrones, dice. Se lleva la mano a la boca y piensa mientras da una larga calada y luego apaga el cigarrillo en el cenicero exterior. Vas a tener que llevártelo, dice él. ¿Llevármelo adónde? Eilish lo ve encogerse de hombros y abrir las manos y luego meterlas en los bolsillos de los vaqueros. Está mirando el estanco de enfrente. Ahora mismo, dice él, me encantaría tomar un helado, un cucurucho de los de antes con una chocolatina, me gustaría estar en la playa helándome el culo, me gustaría que mis padres siguieran vivos, mira, Eilish, no lo sé, a Inglaterra, Canadá, Estados Unidos, solo es una sugerencia, pero vas a tener que llevártelo, tengo que volver dentro.

Ve en internet cómo van creciendo las protestas, padres e hijos vestidos de blanco delante de la comisaría de la Garda. Sostienen velas blancas y no hablan, esperan el regreso de los chicos. Cada vez son más. La mañana siguiente son doscientos y pico, se dice que son todos del instituto, una franja oscura de fuerzas de seguridad permanece delante de la comisaría. Ella conoce la plaza donde están concentrados, una plaza adoquinada con plataformas de granito en las que sentarse, una bipirámide octogonal de acero inoxidable en el centro que simboliza algo o quizá nada. En un tiempo no tan lejano esa plaza se diseñó para brindar apertura y luz, para sentarse o pasar el rato, esa sensación ahora de que la protesta ha forzado una puerta, la luz entra en un cuarto oscuro. Alcanza a ver la cara de Larry levantando la vista como expectante, si sueltan pronto a los chicos, le dice ella, liberarán a más gente. El sábado por la mañana Molly entra en la cocina vestida de blanco. Mira, dice, ¿has visto esto? Están enviando mensajes virales de un móvil a otro, un mensaje dice que un amigo de un amigo íntimo dice que van a soltar a los chicos pronto, otro mensaje dice que los chicos fueron liberados hace días y están con sus familias, la protesta es una conspiración, una trama para avergonzar al Estado. Sí, dice Eilish, yo también los he recibido, ninguno es cierto, se me olvidó recordártelo, el sábado que viene es la boda de Saoirse, le he dicho a Mark que tiene que quedarse en casa hasta que yo vuelva. No necesito que Mark cuide de mí. Ya lo sé, pero es mejor que estéis los dos en casa para cuidar a los pequeños. Molly coge la silla, la lleva afuera y la pone en la hierba bajo el árbol. Eilish observa a Molly subirse a la silla y doblar una rama hacia sí, ata un lazo blanco y mira cómo cuelga, los lazos son como largos dedos vacíos que tocan la música silenciosa del árbol, Eilish no quiere contarlos. Catorce semanas, dice Molly, que entra por la puerta con la silla, la deja, va al fregadero y abre el grifo, se inclina para examinar el agua con ojos entornados, llena un vaso y bebe. Deja el vaso medio lleno y se limpia la boca con la manga. Voy a salir, dice. Salir ¿adónde? Voy al centro. Eilish la mira un momento, la cazadora vaquera blanca, la bufanda blanca al cuello. Si vas al centro, dice, ya puedes ir quitándotelas. Molly se mira fingiendo sorpresa. Que me quite ¿qué? Ya sabes de qué estoy hablando. ¿Cómo voy a saber de qué estás hablando, cómo voy a saber de qué está hablando nadie o en qué está pensando si nadie dice nada, si nunca se dice nada en esta casa? Eilish se vuelve hacia la mesa, coge una revista y vuelve a dejarla. Por el amor de Dios, dice, ¿dónde están mis gafas? Tienes las gafas en la cabeza. Vaya, dice, qué idiota, ¿no? Cuando se da la vuelta Molly la está mirando de una manera extraña y entonces se le arruga la boca como si fuera a llorar. Quiero que vuelva papá, dice, solo quiero que vuelva, ¿por qué no estás haciendo nada? Eilish la mira a los ojos en busca de algo, no sabe qué, algo de la antigua Molly a lo que aferrarse, un atisbo de flexibilidad, en cambio Molly la atosiga, tira de alguna palanca. ¿Y tú crees que saliendo así vas a conseguir que tu padre vuelva? A Molly se le nubla el gesto, se vuelve y levanta el vaso y vierte lentamente el agua al suelo. Muy bien, dice Eilish, haz lo que quieras, tira agua al suelo, sal a la calle vestida así, igual llegas hasta la parada de autobús sin que alguien te haga algún comentario o tome nota de tu comportamiento para denunciarte luego, igual te bajas del bus sin que te vea la persona equivocada, o igual te ve, igual hay dos hombres en un coche y a uno no le agrada tu aspecto, igual solo vas de blanco porque te gusta cómo te queda o igual intentas dar a entender otra cosa, algo provocador, algo que al hombre no le cae en gracia, quizá se detiene y se apea y te toma el nombre y la dirección y abre un expediente con tu nombre, igual te quedas callada o igual dices lo que no toca y en vez de tomar tu nombre y dirección te detiene a ti, te mete en el coche, y adónde va ese coche, Molly, piénsalo, igual va a donde van todos los demás coches, los coches sin distintivos que se detienen en silencio y cogen a gente en la calle por una cosa u otra, gente que no vuelve a casa, te crees que por tener catorce años puedes hacer lo que te venga en gana, que no le interesas al Estado, pero detuvieron a esos chicos y esos chicos no han salido a la calle todavía y tienen tu edad, crees que no hago nada, que estoy aquí de brazos cruzados esperando a que vuelva tu padre, pero lo que estoy haciendo es mantener unida esta familia porque ahora mismo es lo más difícil que se puede hacer en un mundo diseñado para separarnos, a veces no hacer algo es la mejor manera de conseguir lo que quieres, a veces tienes que callarte y pasar inadvertida, a veces cuando te levantas por la mañana deberías dedicar más tiempo a escoger los colores que te pones.

Eilish deambula por la habitación de su padre buscando una corbata. Hay periódicos y revistas amarillentos amontonados sobre la alfombra verde con dibujos de flor de lis, ropa apilada en dos sillas dispuestas una junto a otra contra la pared, tazas y platos sucios encima de la cómoda. Hurga en un cajón del que sale olor a humedad, camisas blancas manchadas, una maraña de corbatas viejas. Escoge una rosa y se la lleva a la nariz percibiendo el pasado en su interior denso y aun así oscurecido, se levanta, se vuelve y se encuentra con su madre en una foto, la melena revuelta por el viento, la mujer joven intenta recogerse el pelo, la promesa del rostro de su hija oculta en el suyo propio. Eilish deja las tazas y los platos en el suelo y coloca las fotos en orden. Jean se apoya en Simon y se seca los ojos en una playa fría. Es una sílfide con vestido de novia que se agarra al brazo de Simon pero no ve al fotógrafo. Su mirada se aguza hacia la cámara mientras está sentada en una silla con las dos niñas en el regazo. Eilish cierra los ojos buscando a su madre cuando era así, entra en su primera casa, pasea por las habitaciones en penumbra recordando, sus dedos resiguen la barandilla de la escalera y suben más allá del asiento de la ventana, hacia su antiguo cuarto, cada paso resuena en las tablas, buscando el techo enorme. Ahora atina a oír la voz de su madre, la recuerda no como un sonido sino como una sensación ajena al deterioro de sus recuerdos debilitados. Lo que ve desde la vieja cama, la ventana que da al cielo, el armario con las fauces abiertas a la oscuridad que invita a la niña dormida a las pesadillas. La boca de Jean se avinagra en una fotografía y el pelo se le acorta de los hombros a las orejas. Le salen canas en una silla de jardín mientras florecen las rosas trepadoras. Se inclina demacrada sobre un bastón junto a la cascada de Powerscourt y parece cogida por sorpresa, apartándose una última vez de la cámara. Eilish lleva las tazas y los platos sucios abajo y los mete en el lavavajillas mientras Simon está sentado a la mesa comiendo huevos con beicon, la camisa abierta hasta el ombligo, el pecho lampiño y blanco. Coge el salero por el cuello y lo agita sobre los huevos y luego le lanza una mirada rencorosa. Ya sé lo que estás haciendo ahí arriba. Ella cierra la puerta del lavavajillas con la cadera. Papá, tienes el cuarto hecho una pocilga, la cantidad de platos y tazas que he tenido que bajar, abróchate la camisa y ponte esta corbata, la he escogido para que vaya a juego con la camisa. ¿Crees que no te he oído ahí arriba?, puedes mirar todo lo que quieras, que no encontrarás nada. Eilish se molesta con él, empieza a llenar el hervidor aunque no hay tiempo para el té. Papá, por favor, vamos a llegar tarde, la ceremonia comienza dentro de una hora. Él alinea cuchillo y tenedor sobre el plato y lo aparta de sí con el borde de la mano y se vuelve hacia ella, la comisura de la boca amarilla de yema de huevo. ¿Crees que lo tengo todo guardado en mi cuarto? No vais a llevaros ni un penique. Ella lo mira a la cara horrorizada y entonces se asusta, busca detrás de la cara lo que está cambiando en su interior, lo ve como si fuera una llama respirando en la oscuridad, la llama nunca quieta, la llama henchida estrechándose hasta su mínima expresión. Es él pero no lo es, eso piensa ella, y sin embargo parece ser él mismo otra vez cuando va hacia el espejo y ella se queda detrás y observa su cara, la piel rosada después de afeitarse, un grumo de espuma tras la oreja, ella se lo limpia con el pulgar. Le hace volverse por los hombros, le abrocha la camisa y le pone la corbata al cuello. Hace un día precioso para una boda, ¿no te parece?, han tenido suerte con el tiempo. Él le dirige una mirada despectiva y ella sabe que es él otra vez. A esa prima tuya, dice, no creo que le vaya a gustar el lecho nupcial. Papá, no puedes decir esas cosas, Saoirse es tu sobrina. Saoirse es una mujer de mediana edad que se acerca a los cuarenta y su padre es un capullo, mi hermana nunca tuvo ni pizca de gusto. Sí, bueno, mejor tarde que nunca, ¿no crees? Le termina de anudar la corbata, luego le da unas palmaditas en el hombro y levanta los ojos y algo en la manera en que la mira le hace pensar que está mirando a su esposa. Ella desvía la vista, contempla el jardín donde estuviera su madre, las rosas trepadoras ahora descuidadas y aferradas al muro.

De la iglesia de la universidad los invitados a la boda se dirigen al parque Saint Stephen's Green. Ella va del brazo de su padre cuando cruzan el parque, las mujeres pasean con tacones resonantes iluminadas por los sombreros coloridos y con plumas, la sensación acallada de los árboles. A la orilla del lago la novia y el novio se emparejan para las fotos mientras uno de los padrinos se afloja la corbata. Abandonan el parque en dirección a un edificio georgiano recubierto de hiedra, el olor a fresias les sale al encuentro cuando los hacen pasar a un salón con altas ventanas que dan al parque. Mira a su padre al otro lado del salón, está hablando con su tía Marie, ve a la mujer ocultar un bostezo detrás de las uñas lacadas de color rosa, sus ojos vagan por ahí hasta que requieren a Eilish con una mirada. Ah, aquí estás, dice Simon, le estaba hablando a Marie del proyecto de ley que ha presentado el PAN, quieren hacerse con el control de la Real Academia de Irlanda, quieren colocar a los suyos, Marie, hacerse con el control de la junta directiva, por lo visto nadie puede hacer nada, es sencillamente grotesco, increíble... Marie le aprieta el brazo a Eilish y se aparta de su hermano para acaparar a su sobrina. Tu padre no ha dicho ni palabra sobre tu hijo pequeño, dice, pensaba que lo traerías, debió de ser una sorpresa maravillosa a tu edad. Eilish sonríe a la cara maquillada viendo los labios rosas blandos de saliva y entonces nota que se le cae el alma a los pies, ahora se da cuenta de lo que no se ha dicho, las conversaciones se han limitado a preguntas sobre los niños o cómo le va en el trabajo, nadie quiere hablar de Larry. Mira la cara de su tía y ve el mandato tácito de que el día debe transcurrir en la más absoluta felicidad. Sonríe y dice, a Larry le habría encantado venir, ¿me perdonas? Cruza el salón en busca de otra persona con quien hablar, hay muy poca gente de su generación, los primos de su padre van camino de la vejez y aun así nos los separan tantos años, qué son veinticinco o treinta años, pide una copa pensando que esta época de su vida pasará, ya está pasando, ha pasado, la luz al entrar por las altas ventanas les otorga a todos este momento, el mundo acallado hasta un murmullo, la novia de blanca beatitud. Cuando suena la campana llevan las copas al comedor y buscan sus sitios en las mesas redondas, el novio se levanta como para pronunciar unas palabras pero se lleva la mano al pecho y empieza a cantar el himno nacional. Pájaros tatuados en las manos, símbolos arcanos trazados con tinta en el cuello. Se apartan las sillas y la gente se pone en pie y comienza a cantar y alguien le tira de la manga, es la prima de su padre, Niamh Lyons, que le susurra con labios arrugados, levántate, Eilish, por el amor de Dios. Mira hacia donde debería estar su padre pero la silla está vacía, ha ido al bar a por otra copa, se ha perdido otra vez de camino al servicio, sube la mirada hacia las caras que mueven los labios y ve los ojos que la observan y nota que se le seca la boca, Niamh Lyons le tira otra vez de la manga pero ella no se pondrá de pie para cantar con ellos, no piensa entonar esa patraña. Sin saberlo, empieza a arreglar la servilleta blanca ante sí y cuando levanta la mirada ve la cara del novio y lo que muestra con ostentación, lo que muestra la cara del padrino y quienes los rodean, el desprecio indisimulado del partido. La novia ha cerrado los ojos y el novio recibe una ovación, aunque no todo el mundo en el salón aplaude. Una anciana pálida de manos esbeltas le lanza a Eilish una fugaz sonrisa benévola que ha desaparecido en el momento en que la busca. Eilish mete la mano en el bolso, saca un pañuelo de gasa blanca y se lo anuda al cuello, se levanta mientras los otros se sientan. Perdonad un momento, voy a buscar a mi padre, dice.

La alarma del horno empieza a sonar y ella se vuelve llamando a los chicos, sirve el guiso en platos con montones de arroz, ¿puede hacer alguien el favor de poner la mesa? Molly entra bostezando en la cocina. El crepúsculo ha llegado antes que ella y ha envuelto a su madre. Enciende la luz y busca en el cajón cuchillos y tenedores, se queda mirando un momento como si sus pensamientos hubieran caído en el cajón. Eilish vuelve a llamar, la cena está lista. Ve a Bailey tendido en la alfombra delante de la tele. Se vuelve hacia Molly, dile a Mark que baje. Que baje ¿de dónde? Molly dice, no está arriba. ¿Dónde está, entonces? Molly se encoge de hombros y se inclina sobre la mesa disponiendo cuchillos y tenedores. Y yo qué sé, ¿luego me puedes llevar en coche? Eilish va a las escaleras y llama a Mark, sube a su habitación y vuelve a bajar. No está en casa, no está en el jardín, lo llama al móvil y suena arriba, le está regañando mientras sube otra vez las escaleras a sabiendas de su respuesta, cómo apretará los labios y fijará los ojos en el suelo preparando algún comentario malicioso. Está plantada delante de la puerta del cuarto de los chicos, el móvil está sonando en la cama, es raro que no lo lleve encima. Cuando coge el móvil lo mira como si fuera un objeto prohibido, Bailey grita desde la cocina que va a empezar a comer, oye dos voces hablando, una que es un no, la otra que es un sí, aguza el oído en busca de movimiento en las escaleras. Lee los mensajes de su hijo y clica en el último vídeo que vio, un preso con un mono rojo está de rodillas con una capucha puesta, otro hombre de negro con gafas está de pie a su lado, un profesor o quizá un intelectual que despotrica en árabe, le quita la capucha al preso y saca un cuchillo grande de hoja curva mientras la cámara empieza a cerrar el zoom lentamente como si intentara captar algo en los ojos de la víctima en el instante de su muerte. Tira el móvil a la cama y cuando lo vuelve a coger navega por un historial de búsqueda de brutalidad y asesinato, vídeos de decapitaciones y ejecuciones sumarias. Le ha entrado en el cuerpo una sensación que no habla sino que permanece negra y enquistada en su interior, apenas es capaz de articular palabra durante la cena. Deambula por la casa recogiendo una cosa tras otra, deján-dolas donde estaban sin pensar, Bailey se pelea por el mando a distancia con Molly, que le da un manotazo en la cabeza y lanza el mando a la otra punta de la sala, Eilish les grita que estén quietos.

Está en el descansillo con el bebé en brazos cuando cae en la cuenta de que lo que le ha entrado en el cuerpo es la sensación de muerte, de que la muerte ha entrado en su hijo, lo ve con casi diecisiete años y la sangre corrompida por la ira y la violencia silenciosa. Son más de las ocho cuando oye que se abre la puerta corredera del porche, la llave entra en la cerradura de la puerta de la calle y ella sale a cortarle el paso, pone la mano sobre la bicicleta para detenerlo, busca en sus ojos algún indicio de la oscuridad que medra en su interior, busca su antigua autoridad. Los ojos de Mark la pasan por alto mientras ella habla, su voz alzada y severa. No me has dicho que no ibas a venir a cenar, ¿dónde has estado? No ha visto que Samantha venía detrás de él hasta que entra por la puerta, la chica se para como temerosa de entrar y Mark se vuelve hacia ella torciendo la boca en gesto mudo de disculpa por su madre. No pasa nada, mamá, a ver si te tranquilizas, he cenado en casa de Sam, quería enviarte un mensaje pero me he olvidado el móvil, nunca me acuerdo de tu número.

Conduce a través de la lluvia y la luz vacilante, el móvil emite un zumbido en el bolso. Espera a que el tráfico se detenga para coger el bolso y sacar el móvil. Cuando lee el mensaje levanta la mirada y ve que la carretera se ha desvanecido, alarga la mano para apagar la radio antes de volver a leer el mensaje. Dos de los chicos detenidos han muerto, les han entregado los cadáveres a las familias. Se han hecho públicas fotos de los cadáveres con signos de tortura. El Touran avanza solo, ve a los chicos tendidos ante sus padres, visualiza los cuerpos quebrados y susurra para sus adentros, una cosa es llevarse a un padre de una casa y otra muy distinta devolver cadáveres de hijos. Siente en el interior del corazón el temblor en ciernes, sabe lo que se avecina, el agravio y el asco se alzarán de la tierra muda hasta sus bocas. En casa se reúnen en torno a la mesa viendo una retransmisión en directo de la manifestación en las noticias internacionales, la muchedumbre ha aumentado delante de la comisaría de la Garda, la gente lleva a sus hijos, todo el mundo va de blanco y sujeta velas encendidas. La vigilia se extiende alrededor de la estación de autobuses y hasta las calles aledañas y ella se acuesta y no puede dormir, yace viendo desfilar su miedo ante sí como un espectáculo espantoso, una vocecilla que quiere hablar es acallada a gritos. Por la mañana el gentío ha desbordado el espacio y empieza a marchar hacia College Green. Mira por la ventana, Mark y Molly ahora la observan, están esperando a que hable. Los árboles durmientes comienzan a hincharse. Dentro de poco abrirán sus brotes para ver de nuevo la luz primaveral, piensa en eso, la fuerza de un árbol, cómo un árbol sobrelleva la estación oscura, lo que ve un árbol al abrir los ojos. Es entonces cuando se da cuenta de que el miedo ha desaparecido, esa sensación de alivio en el cuerpo porque ahora se puede hacer algo. Nos vamos a vestir de blanco, dice dando media vuelta, nos uniremos a ellos.

Observa a los chicos ir arriba, esa sensación de audacia y entusiasmo en la casa.

Carole Sexton viene con una hogaza de pan de avena, un poco de *crumble* y velas blancas. Mark ya se ha adelantado en bicicleta. Cuando llegan en coche al centro se encuentran retenciones en un punto de control, Eilish se vuelve hacia los chicos en el asiento de atrás. Cerraos los abrigos, dice. Desvían el coche de delante a un carril de registro mientras un Garda se dirige hacia el Touran, la cara de un joven analítico de uniforme se inclina para examinar su carnet de conducir, busca su mirada y se la sostiene. ¿Adónde van hoy?, pregunta. Lo que Eilish ve en la cara rociada de pecas es un joven pocos años mayor que su hijo, la mentira se le escapa de la boca, se desplaza a lomos del aire entre ellos. El Garda se inclina más y observa a Carole y luego hace visera con la mano para inspeccionar a los chicos en el asiento de atrás, Bailey pega la nariz al cristal mientras él les hace un gesto de que sigan adelante. Las calles en las inmediaciones de los muelles están cerradas al tráfico por gardaí motorizados. Encuentra aparcamiento en un callejón junto a una iglesia y se ponen en camino a pie con Ben en el carrito, un cruce de peatones les franquea el paso con un chasquido intermitente por una calle vacía y es extraño ver los muelles tan silenciosos, la luz del sol que se arremolina sobre el agua, esa sensación de calma apresurada. Carole no ha cerrado la boca desde que se han apeado del coche pero

Eilish se siente a la deriva, observa a los chicos como desde una gran altura, intenta tomar las riendas de su miedo. Habla con Larry y contempla su respuesta aunque él permanece en una interioridad sombría como fuera de su alcance en una celda oscura. Ahora hay más gente que camina entre ellos vestida de blanco sin disimulo y alcanzan a oír el ruido al cruzar el río, caminan por las calles estrechas de Temple Bar en dirección a College Green, y entonces la muchedumbre aparece ante ellos, una concentración masiva de voluntad, dicen que la protesta ha rebasado las cincuenta mil personas y llena la plaza, Eilish se nota tan eufórica que no puede respirar. Agarra la mano de sus hijos mientras se abren paso por entre las caras pintadas de blanco y las banderas y pancartas blancas, Carole los sigue, hay muchísima gente con velas blancas y todo el mundo parece haber traído a sus hijos. Una joven se ofrece a pintarles la cara, Molly se recoge el pelo. Han montado un escenario delante del antiguo parlamento y hay una joven con un micrófono que pide poner fin al Estado de Excepción, que todos los presos políticos sean liberados. Recibe una ovación mientras otro hombre sale al escenario, no se trata de las palabras pronunciadas, piensa Eilish, sino de lo que dicen sus cuerpos, pues aquí ante el mundo no hay dónde esconderse. Bailey está siguiendo la protesta en un móvil y ella ve su imagen gigantesca y viva y se da cuenta de que el miedo ha desaparecido, de que su miedo se ha convertido en lo contrario, ahora quiere rendirse a esto, pasar a formar parte del cuerpo más grande, el único aliento, siente que su voluntad crece en el triunfo de la muchedumbre. Por un instante le sobreviene una sensación inexpresada de muerte, de victoria y carnicería en cantidades desmesuradas, de la historia a los pies del vencedor, y se alza como si tuviera una espada enorme en la mano, asesta un golpe con la hoja y se estremece de exaltación y luego respira bruscamente, dos gardaí caminan entre ellos con cámaras grabando rostros pese a los abucheos y las protestas de la gente. Al levantar la mirada ve a los francotiradores en las azoteas, hombres que enfocan con cámaras de largo alcance, las nubes sin sol anuncian lluvia y recuerda que no ha cogido los chubasqueros ni ha traído paraguas. Carole reparte sándwiches y botellines de agua mientras aparecen en una gran pantalla imágenes de los adolescentes muertos, fotos de cuando eran niños, uno de ellos rubio y sonriente, el otro inmortalizado con los ojos muy abiertos. No se da cuenta de que ha agarrado el codo de Bailey hasta que este se ha soltado, está pensando en Mark, lo imagina sacado del instituto por el Estado y enviado a las fuerzas de seguridad, desplegado en las calles contra los suyos, consciente de la furia y la resistencia en su corazón, ella no dejará que eso ocurra. Rodea con el brazo a Molly y se la acerca, le asalta un recuerdo de haber formado parte de una protesta parecida, le parece ahora que el recuerdo es falso o lo ha intercambiado de algún modo, el recuerdo pertenece a otra persona en otro país, lo ha visto infinidad de veces en televisión. Ben despierta con un súbito lloro y ella le da el biberón, quiere bajarse del carrito, se pone a gritar hasta que Eilish tiende el abrigo en el suelo y le deja sentarse encima, él intenta escapar gateando. Una señora mayor vestida de color jade en una silla portátil pregunta si lo puede sentar en su regazo. Bailey empieza a agitar los brazos y luego se derrumba encima de su mochila dándose por vencido, quiere volver a casa, llega una vaharada de olor a perritos calientes de algún lugar cercano, dice que se muere de hambre, ella lo manda con Carole a comprar perritos. Molly envía mensajes por el móvil. Mamá, dice, Mark nos está buscando. Se va un momento y vuelve con Mark y otro amigo que no conocen. Los dos llevan camisetas blancas y pañuelos blancos sobre la boca y Eilish alarga el brazo y le baja la máscara. Qué haces con eso, tú no eres un gamberro, es una protesta pacífica. Se fija en los ojos burlones del amigo de Mark, hay algo en él que no le gusta, querría saber quién es. Carole le da un sándwich a Mark y en tres bocados ha desaparecido. Pide otro para su amigo. Quiero que estés en casa a las ocho, dice Eilish, y Mark mira a Molly con una sonrisa irónica y esta quiere ir con Mark pero Eilish le dice que no. Hay una insinuación de lluvia antes del chaparrón y entonces se abren los paraguas y la unidad del gentío se vuelve celular. Los niños se enjambran bajo el paraguas enorme de una mujer y Bailey pide pañuelos de papel, se suena la nariz y luego empieza a colgarse del brazo de su madre. La gente atraviesa la muchedumbre de regreso a casa, hay cenas por preparar y perros que pasear, que se queden a pasar la noche los estudiantes y la gente sin hijos. Cuando se vuelven para marcharse ella mira calle abajo hacia el cielo donde se alza la catedral de Christ Church, un lento horno de luz como si el mundo estuviera en llamas.

Carole Sexton se quedará a dormir. Será peligroso cruzar la ciudad, dice Eilish pensando en las multitudes volviendo a casa exultantes por los puentes, los coches pasando con banderas blancas asomando por las ventanillas en dirección a los controles, los registros y las detenciones, la noticia ha trascendido a los medios internacionales. Carole está viendo en el móvil vídeos de furgones militares y vehículos para transporte de tropas entrando en zonas residenciales, se apostan en largas hileras a lo largo del canal. Parece como si se preparasen para una invasión, dice. Corren rumores online sobre coches atacados con bates y ladrillos, gente sacada a rastras de los vehículos por hombres con pasamontañas, coches incendiados. Eilish descongela pasta a la boloñesa y deja que Bailey y Molly cenen viendo la tele mientras ella acuesta a Ben, contempla un momento sus minúsculos puños, quiere que se quede así y sin embargo qué larga será su infancia, no sabrá nada de los primeros años, todo serán historias, aquella vez que tu padre estuvo ausente, aquella vez que volvió. Va al cuarto de baño y se desmaquilla, se mira al espejo y ve a Mark, lo rubio que es, lo joven que es, cierra los ojos y siente que se lo llevan, su mano se suelta, los ve a todos como si estuvieran en mitad de un mar oscuro, Larry el primero

101

en ser arrebatado, le grita a Mark que nade hacia la orilla, grita en la oscuridad para hacerse oír. Abre los ojos y se acerca al espejo y tira con el dedo de la garra que va a por los ojos. Carole está viendo una retransmisión en directo de la manifestación en un portátil. La protesta se ha reducido a unos miles de personas que permanecen sentadas en silencio en la calle con velas encendidas en bolsas de papel como devotos antes de un oficio religioso, las fuerzas de seguridad están cerca con cañones de agua y porras. Eilish mira el reloj y está atenta a la puerta. Son las ocho y cuarto, son las nueve menos diez, dentro de poco serán las diez, el móvil de Mark sigue sonando sin respuesta. No puedo sacudirme la sensación de que va a ocurrir algo horrible, dice Eilish. Carole la mira con cautela. Ya lo habrían hecho a estas alturas, ¿no crees? ¿Qué habrían hecho a estas alturas? Si iban a cargar. Eilish mira el reloj. Continúo llamando al número de Mark, escucho el buzón de voz, suena como si tuviera prisa. Bailey y Molly están peleándose otra vez, se había olvidado de que estaban en la sala de estar. Va a la puerta y los manda arriba, se acerca al fregadero y vacía la taza. ¿Soy yo o este té sabe raro?, dice. Mira el móvil otra vez. Seguro que Mark está bien, Eilish, ahora esta lucha es tanto suya como tuya, tienes que dejarle implicarse. Sí, pero le he dicho que volviera a casa a las ocho. Carole tiene la mirada fija en la taza. Me parece que tienes razón, Eilish, este té sabe rancio, debe de ser el agua. Eilish está mirando la cara de Carole pensando que no conoce a esa mujer sentada tan erguida en la silla, la cara demacrada por las noches insomnes, es como si le hubieran extraído poco a poco justo lo que caracterizaba su aspecto, como si la pena se alimentara de sus tuétanos. Eilish levanta una mano y se toca la cara. ¿Se me ve cansada?, pregunta, me siento agotada, ya no puedo pensar, tengo que ir a acostarme, te he dejado preparada la cama de Molly, ella dormirá conmigo. Cuando se vuelve hacia la puerta le sale al encuentro la sensación de que ha olvidado algo y pasea la mirada ausente por la habitación. Es su cumpleaños, Carole, dentro de dos semanas, Mark, dice, hablo de Mark, si estas protestas no funcionan, sencillamente no sé qué voy a hacer. Corren rumores, dice Carole, de chicos que cruzan la frontera para eludir el servicio militar... Eilish está mirando el reloj, ha olvidado comprobar si la puerta de atrás está cerrada, hay un montón de ropa sucia en un cesto en el suelo. Pero ¿cómo voy a conseguir que salga?, dice, no le dan el pasaporte, llegó una carta del Ministerio de Justicia, han rechazado la solicitud sin ninguna explicación. Carole se levanta de la silla, le coge la mano a Eilish y pone la otra mano encima. Si vinieran a buscarlo, Eilish, si la cosa llegara a ese extremo, puede vivir en mi casa una temporada hasta que llegue el momento de... Mira, es posible que no lleguemos a eso, pero hay un pisito en la parte de atrás que da a una callejuela, allí no lo buscará nadie. Eilish se libera de la mano de Carole pero sigue notando su contacto en la piel. Se frota para quitarse la sensación de la mano, va a la puerta de atrás y prueba el pomo, se queda delante del cristal mirando afuera. Los falsos colores de la noche, el mundo que permanece pese a las sombras que ocultan el daño que se está infligiendo. Mi hijo, susurra, ¿un fugitivo, cuando se supone que tiene que estar estudiando, por ahí con sus amigos y jugando al fútbol? El reflejo de Carole tras ella en el cristal es una aparición de tristeza. Puedo llevarlo al otro lado de la frontera a casa de mi hermano en Portrush, déjame hablar con Eddie, se casó con una mujer allí y seguro que querrá ayudar. No lo entiendes, Carole, está en el instituto, quiere ir a la universidad. Cuando sube, Molly ya está dormida en la cama. Oye a Carole limpiando, ojalá oyera en cambio a su marido y a su hijo haciendo el tonto en la cocina, Larry inmovilizando a Mark con una de sus llaves de forzudo, dentro de poco será al revés. Vuelve a llamar al número de Mark pero ha apagado el móvil o se le ha acabado la batería. Tiene la camisa de dormir de Larry hecha una bola en la mano y se la lleva a la nariz, su olor está desapareciendo lentamente. Se sume en un sueño de rostros en sombra, el babel del gentío, despierta durante la noche en otro sueño en el que dos se convierten en uno, marido e hijo, busca a ese uno que es ambos pero no lo encuentra allí.

La ventana susurra la lluvia. Eilish se nota languidecer con la sensación de existir antes de la memoria, un cuerpo vacío que se llena del sonido de la lluvia hasta que la memoria despierta y ella se desborda, va por el pasillo a ver el cuarto de los chicos y la cama vacía de Mark. Vuelve a su habitación y enciende la lámpara de la mesilla bajando la pantalla para que no le dé la luz a Molly, Ben yace en la cuna como arrojado a las profundidades del sueño. Qué temerá del sueño un niño de esa edad, caer de repente desde una altura, el acecho de rostros ininteligibles, el terror de despertar solo en un cuarto oscuro. No se ha despertado más que una vez, recuerda ella ahora mientras sus manos abren el portátil, consulta las noticias internacionales y le brota de la garganta un sonido grave mientras Molly se revuelve a su lado. Mamá, dice, ¿qué pasa? Eilish se desplaza por la página, se tira del pelo, mira a su hija con la sensación de estar cayendo, quiere despertar a gritos a todo el mundo. Disolvieron la manifestación en mitad de la noche, dice, han detenido a miles de personas, los han metido en autobuses... Intenta localizar a Mark pero su móvil sigue apagado. Ven grabaciones de primera hora del amanecer de las fuerzas de seguridad cargando contra la manifestación con granadas aturdidoras, gases lacrimógenos y porras, los manifestantes resistiendo bajo la lluvia y los focos de vapor de sodio hasta que abren fuego real, en las noticias se ve a miles personas huyendo de College Green, gente obligada a subir a autobuses, un hombre tendido en la calle hasta que dos gardaí se lo llevan a rastras por los brazos, se fija en que le falta un zapato. Está descalza en las escaleras llamando al móvil que no contesta, la casa en silencio a su alrededor. Está de pie al lado de la mesa de la cocina llamando de nuevo y entonces deja el móvil y se sienta en una silla. Las aguas han crecido, ahora lo ve, las aguas los han arrastrado mientras ella dormía, llevándose a su hijo, la marea rota contra el espigón. Cuando baja Carole está vestida y arreglada y busca algo que hacer, Eilish se cruza de brazos, le da la espalda, ojalá esa mujer se fuera de casa. Pero ¿cómo vas a saberlo?, dice Carole, no puedes saber si es verdad o no, al menos dale unas horas para que regrese a casa. Eilish gira bruscamente sobre la bola del pie, ve la cara que se acostó a las tantas, ese aroma a repostería que no es propio de la casa, el pan y los *brownies* bajo trapos de cocina, el suelo que huele a antiséptico de pino, las encimeras fregadas, la invitas una noche y trata la cocina como si fuera suya. Mira, dice, seguro que habría llamado de alguna manera, habría cargado el móvil, no se habría quedado por ahí toda la noche, conozco a mi hijo. Carole empieza a mirar el móvil, retira una silla y se sienta. Aquí dice que están usando el Pabellón Nacional como centro de detención, los buses deben de estar yendo allí. Molly aparece en la cocina con un cepillo de dientes en la mano. Se sienta a la mesa y se pone cereales en un cuenco pero no coge la leche, mete el cepillo de dientes en el cuenco y remueve los cereales secos. Carole dice, mira, Eilish, si quieres ir, yo me quedo aquí a cuidar a los niños, no tengo nada que hacer en todo el día. Eilish observa con cautela a Molly, mira a Ben gatear en la mantita, vuelve a mirar a su hija como pidiéndole permiso para irse. ¿Quieres leche, cariño?, pregunta a la vez que va al frigorífico y le pasa un cartón de leche. Vamos a esperar unas horas más, dice, seguro que vuelve a casa. Ben ha gateado hasta la sala de estar y se ha puesto de pie apoyándose en la mesita de centro, empieza a golpearla con el puño. Dentro de poco andará y luego correrá y la mano que tira de la mano de la madre es la mano que tirará para soltarse.

Se monta en el Touran y cierra la portezuela, mete la llave en el contacto y luego deja caer las manos. Será hora de comer dentro de poco y aun así le da miedo ir. Tiene que hablar con su padre, prueba el móvil de Mark otra vez y luego llama a Simon, no le contesta, lo intenta de nuevo mirando la calle y por un instante le asalta una sensación de quietud absoluta, ni siquiera un pájaro perturba el silencio dominical. Ese cielo bajo e inmóvil, las ventanas con las cortinas echadas, la calle como testigo mudo mientras la gente vive su vida, los ciclos de nacimientos y muertes, la eterna repetición de las generaciones humanas, pasan cien años. El móvil emite un chasquido, Simon contesta y ella no puede decirle lo que le quiere decir. Esa mujer ha vuelto a cogerme las gafas, dice él. ¿Has mirado en todos los sitios habituales, papá, has mirado en la mesa de la cocina o la silla al lado de la bañera? Un día de estos la voy a pillar con las manos en la masa, quiere destrozarme la vida, la semana pasada robó la cristalería de tu madre del armario, seguro que no te fijaste. Contempla la mente de su padre, ve en funcionamiento el clima neurológico, una zona de bajas presiones cede a la súbita inclemencia, dentro de cinco minutos brillará el sol. Papá, saqué la cristalería la semana pasada para limpiarla, estaba negra de polvo, me viste envolverla en papel de periódico, mira, necesitas que alguien te ayude en casa, sabes que ya no puedes apañártelas tú solo, la señora Taft solamente cambia las cosas de sitio cuando está limpiando, hablaré con ella, por cierto, ¿has visto las noticias? No sé de qué hablas, yo nunca he dicho que necesitara ayuda, nunca he dicho que pudiera venir a esta casa. Su mente se centra en conducir, no hay nada más, el lento avance del tráfico por la autopista, la calzada húmeda reducida a cenizas. No acierta con el intervalo de los limpiaparabrisas, los limpiaparabrisas le fustigan la cabeza, el navegador GPS le dice otra vez que tome la siguiente salida. En el peaje ve a un hombre y una mujer que discuten junto a dos coches detenidos en el estacionamiento, la mujer señala con el dedo al hombre y agita algo naranja mientras el coche continúa su camino. Toma la salida y sigue Snugborough Road buscando el desvío hacia el Pabellón Nacional, no hay donde aparcar, los coches ocupan el arcén y bloquean el carril bus mientras una muchedumbre se congrega ante las puertas. Cuando se apea del Touran se pone una bufanda al cuello y se cierra el abrigo mirando el cielo. Se le está susurrando algo a la tarde, reposa entre la lluvia mientras ella camina y va por entre la gente delante de las puertas, no sabe lo que es. Esa sensación de que el invierno dura hasta la primavera, la lluvia fría que le cala la ropa, el frío que busca su corazón mientras ella contempla las puertas y las verjas coronadas por alambre de espino, las cámaras de seguridad observan con menosprecio, los soldados armados hacen guardia con pasamontañas que les dejan la cara al descubierto, llaman a la gente a la puerta de seguridad de uno en uno para que vayan a preguntar en una ventanilla. Ha olvidado traer algo de comer o de beber. Una mujer arreglada y eficiente con forro polar le ofrece unas gominolas que tiene en una bolsa de plástico. Hace dos días que no tengo noticias de mi hija, dice, y no me dan ninguna información, esta mañana he recibido una llamada, una voz de hombre, diciéndome que mi hija estaba en el depósito de cadáveres municipal, pero cuando he ido con mi marido no estaba allí, tengo el corazón en las últimas. Un vehículo de traslado de presos de la Garda aminora la velocidad a la entrada pero no le dejan sitio para pasar, pegan las cámaras de los móviles a las lunas tintadas, una mujer de sesenta y tantos golpea una ventanilla con el puño mientras el bolso se le escurre por el brazo. Un hombre que lleva un traje arrugado les grita con la voz ronca a los soldados, quitaos las máscaras, ¿qué tenéis que ocultar? Las puertas se abren revelando al paso del furgón el sosegado entorno de un complejo deportivo. Ella se vuelve y mira las caras que la rodean, las caras de dolor por el vértigo de asomarse al súbito abismo, todas estas personas exactamente igual, todos y cada uno de ellos vestidos y aun así desnudos, mancillados y puros, orgullosos y avergonzados, desleales y fieles, todos ellos empujados allí por amor. Tarde o temprano el dolor se vuelve demasiado intenso para el miedo y cuando el miedo haya desaparecido el régimen tendrá que desaparecer.

Una hora después la registran y la hacen pasar, se acerca al cristal observando a una joven de uniforme militar que levanta la mirada de una pantalla. Identificación, por favor. Eilish se toca los bolsillos con las manos. Ay, dice, no se me ha ocurrido traerla, igual me la he dejado en el coche, anoche mi hijo fue a ver a su novia y no volvió a casa, llevo aquí horas esperando. La cara que la mira es inexpresiva como la leche, se bebe la cara y sonríe y algo mejora en la mirada de la joven, hay un asiento vacío a su lado. ¿Seguro que no la tiene?, pregunta, vale, supongo que no importa, dígame, ¿cómo se llama su hijo? Sus labios se mueven para pronunciar el nombre pero una voz dice que no. Ella baja la mirada a los pies y no puede pensar, hurga con la puntera del zapato la línea amarilla pintada en el asfalto. La voz que ha hablado es la de Larry. ¿Y si no está ahí dentro?, dice él, lo único que quieren son nombres, un nombre introducido en el sistema ya no puede salir, los nombres son su fuente de poder. James Dunne, dice Eilish, Northbrook Avenue 27, Ranelagh. Quiere volver al coche y ganar tiempo, ve a la mujer teclear el nombre en el sistema, el fino anillo de compromiso en el dedo, la ve cogida del brazo de algún joven que juega al fútbol los fines de semana y bebe cerveza negra, no parece mala persona, muy pocos lo son, no hay mucho que la distinga de cualquier otra chica recién salida de la universidad, una camarera que limpia mostradores, una contable en prácticas contando las horas que quedan para almorzar. Se abre una puerta interior y entra un hombre de uniforme, retira la silla vacía, deja un sándwich con el envoltorio en la mesa y hace un comentario en voz queda y la chica ríe sin apartar los ojos de la pantalla. Sobre ese nombre, dice, me temo que puedo facilitarle ninguna información, ¿quiere rellenar este formulario?

Los chicos no se van a acostar hasta que les grita que vayan a sus cuartos. Yace en los oscuros callejones por los que discurre el pensamiento, cree que duerme y entonces despierta en una habitación a oscuras observada por rostros susurrantes y se siente juzgada. Se incorpora y comprueba cómo está su hijo en la cuna, después baja y cruza la sala de estar cuando oye respirar en el sofá. Se queda muy quieta y luego enciende la lámpara. Ahí está Mark tumbado y dormido con la cazadora puesta, un brazo cuelga por el borde del asiento, un pañuelo blanco al cuello, la ropa todavía húmeda de la lluvia. Agarra una manta y se arrodilla junto al sofá con cuidado de no despertarlo. Le coge la mano, contempla su cara en reposo, los rasgos suaves en torno al aliento que exhala, de inmediato es un niño. Cuando despierta, ella lo vigila con ferocidad mientras él unta mantequilla en el pan y toma un largo trago de café, una sombra se oculta bajo su expresión, Mark no le sostiene la mirada. No te creo, dice Eilish, el mundo que te rodea está hecho de mentiras, ¿adónde iremos a parar si empiezas a mentirme a mí también? Ya te he dicho dónde estaba, dice él, me ha sido imposible volver a casa hasta ahora. Aparta la silla, va a por el móvil y se sienta escribiendo un mensaje.

¿Dónde dejaste la mochila?, pregunta ella. Él desvía la mirada del móvil un momento y se encoge de hombros. Dicen que los atacamos con barras de metal, dice, le pegaron un tiro a un hombre en el pecho y dicen que tenía problemas de corazón. Mira, responde ella, tienes suerte de que no te detuvieran, debes pasar desapercibido, hoy puedes quedarte en casa y dormir un poco, pero mañana vas a volver a clase. Se queda junto a la mesa mirándolo hasta que él desvía la vista. El pelo sin lavar desde hace a saber cuántos días, la ropa húmeda y apestosa. Tienes que darte una ducha, dice, tienes que ir a tu cuarto y dormir. Mark suspira y se pone en pie descollando por encima de ella con toda su estatura, su barbilla está salpicada de barba incipiente y por un momento no lo reconoce. Él abre las manos y aparta la mirada y cuando habla ella nota su resolución, la calma pétrea en la voz. El mundo nos mira, mamá, dice, el mundo vio lo que pasó, las fuerzas de seguridad dispararon con munición real contra una manifestación pacífica y luego nos dieron caza, ahora todo ha cambiado, ¿no lo ves?, no hay vuelta atrás. Ella se vuelve en busca de la voluntad para domeñarlo, la vieja supremacía de la sangre, contempla el jardín fuera, la húmeda luz lustrosa sobre todas las cosas, la lluvia atraída hacia la tierra. Tú no vas a tomar parte en lo que se avecina, le dice, se han llevado a tu padre, no se van a llevar a mi hijo. Se está retorciendo las manos cuando se vuelve para encararse con él y lo que se encuentra es la falsedad que le ha salido de la boca, de una manera u otra, se llevarán a su hijo, Mark está delante de ella detenido. Bailey baja las escaleras dando pisotones y entra en la cocina tosiendo con la boca abierta. Tápate la boca, dice ella. Ah, dice Bailey mirando a su hermano, ¿cuándo has llegado a casa? Abre el frigorífico y saca la leche. Mamá, el bebé está llorando, estoy resfriado, ¿puedo quedarme en casa y no ir a clase?

Está mirando la calle a través de la persiana y pensando en los gardaí que se paseaban entre la gente grabando sus rostros. En ciudades y poblaciones por todo el país la OSNG está llamando a puertas y deteniéndolos, los subversivos que ocuparon las calles, los terroristas escondidos entre la población civil. Observa los coches que aminoran la velocidad por la calle o aparcan cerca, la identidad de quienes van dentro, esa sensación de que se ha interrumpido un gran sueño, de que son soñadores que han despertado al inicio de la noche. Oye el sonido del puño en la puerta en sueños como si hubieran llamado. Los manifestantes han cortado carreteras y están prendiendo hogueras en las calles, han quemado efigies en plazas de ciudades, han roto escaparates y han hecho pintadas con eslóganes. Hay mujeres con vestido de novia repartiendo fotografías de maridos desaparecidos. Hay hombres que llevan brazaletes de la Garda en la manga que no son gardaí pero se abalanzan en manada sobre los manifestantes con bates y palos de hurling. Ve imágenes de las noticias de una carretera cortada en Cork, la oscura llegada en tropel de la policía antidisturbios, el rápido traqueteo de las ráfagas de disparos por encima de las cabezas de los manifestantes. Un estudiante es abatido por una bala y el vídeo circula por las noticias internacionales, el desplome en cámara lenta del cuerpo desgranado en píxeles mientras lo engulle el gas lacrimógeno, el cuerpo cargado en la parte de atrás de un coche y transportado a toda velocidad por una bocacalle. Lo ve otra vez con incredulidad, los contornos conocidos de la calle, el hombre con sandalias de cuero y una bolsa de la compra que mira desde una parada de autobús, la histórica galería comercial con anuncios de cosméticos en los escaparates, compró algo allí mismo el año pasado. Se anuncia que los centros educativos permanecerán cerrados hasta que se restablezca el orden público. Le dicen que trabaje en casa. Molly anda toda mustia con la bata de su padre y se niega a comer nada que no sea cereales de desayuno mientras Bailey se queja de que las zapatillas le quedan pequeñas. Observa a Mark que parece atrapado en la misma ferocidad inquietante de su padre. Por favor, dice ella, quiero que te quedes en casa, pero él viene y va a placer, vuelve a casa tarde, ella no sabe qué hacer. Ese aire desconocido, los soldados apostados en cajeros automáticos y bancos, los soldados pasando en vehículos de transporte de tropas camino del centro. Ve a un anciano salir a la calzada y escupir a las ruedas de un furgón del ejército. Ella adopta un tono funcional neutro cuando habla con los colegas de Nueva York, habla con su hermana por teléfono pendiente de su tono y las palabras que escoge, la indefinición de ciertas palabras, la precisa ambigüedad de una frase en lugar de otra. Ojalá me hicieras caso, dice Áine, la historia es un testimonio mudo de gente que no supo cuándo marcharse. Eilish guarda silencio, ve las palabras tomar forma a su alrededor hasta que muerde el anzuelo de su hermana, siempre es lo mismo, vosotras dos siempre discutiendo por teléfono, eso dice su padre, a ella le trae sin cuidado quién esté escuchando. Para ti es fácil decirlo, abandonaste a nuestro padre a mi cuidado, dime, ¿dónde está ahora tu marido?, está en el instituto dando clases de cálculo, volverá a casa dentro de una hora o así y se pondrá las zapatillas y se relajará un rato mientras tú le preparas la cena, no pienso alejarme ni un puñetero centímetro de mi puerta hasta que vea a mi Larry en casa.

Conduce al supermercado e introduce una moneda en un carro, coloca a su hijo en el asiento de cara a ella y pasa entre dos soldados que flanquean las puertas montando guardia mientras contiene el aliento, la oscura majestuosidad de las armas automáticas en los brazos de jóvenes no mayores que su hijo, barbillas que no necesitan de cuchilla de afeitar, los rostros agresivamente inexpresivos. No han reabastecido las estanterías. No hay leche fresca ni pan. Compra levadura y harina integral, leche condensada, algunas conservas y leche en polvo para el bebé. Pasa entre los soldados al salir y protege la cabeza de su hijo con la mano. Vuelve a casa siguiendo el canal y aminora al llegar a un puesto de control, gardaí armados en la carretera, semblantes graves, la garganta le estrangula la voz. Le piden que abra el maletero mientras un Garda con pistola al cinto se asoma y le echa un vistazo a su hijo. Ella observa los movimientos precisos en torno al coche, se aleja del puesto de control con la mirada desbocada abriendo camino, piensa en el cumpleaños de Mark, contempla los árboles que bordean el canal, los sauces y álamos que dan sombra al camino mientras los cisnes se deslizan sobre la luz cada vez más prolongada, ha sido así toda su vida. Se sorprende deseando que se detenga la primavera, que mengüe el día, que los árboles vuelvan a quedarse ciegos, que las flores vuelvan a hundirse en la tierra, que el mundo vuelva a estar cubierto por el invierno. Llega a casa y va arriba con Ben para ponerlo a dormir la siesta, oye el chasquido amortiguado de la puerta de la calle, el deslizarse de la puerta del patio delantero, pasos rápidos sobre la grava. Ahí está Mark montándose en un viejo Toyota aparcado al otro lado de la calle, conduce el coche un joven, otro chaval en el asiento delantero, nunca ha visto a ninguno de los dos, ninguno de los amigos de Mark tiene coche. Baja corriendo con el niño en brazos y llega a la calle cuando el coche se pone en marcha y ella lo sigue calle arriba haciéndoles señas de que paren pero el coche reduce la velocidad para tomar la curva y desaparece. Se queda muy quieta notando que los pies se le enfrían, baja la vista y ve que va en zapatillas, Ben forcejea para escapar de sus brazos.

4

Ocupan un reservado en un restaurante un sábado por la noche. Habrá tiempo para comer tranquilamente y para llevar a Simon a casa antes del toque de queda. Esa sensación de placer al verlos sentados ahí delante, Molly y Bailey, Ben en una trona, Simon de tweed en el extremo de la mesa, Mark llegará en cualquier momento. En un reservado cercano un hombre y una mujer comen en un silencio resignado roto solo por el tintineo de los cubiertos, la mujer con aire distante y decepcionado mirando el plato mientras come. Simon se suena estrepitosamente la nariz con un pañuelo y Bailey se vuelve hacia Molly y pone cara de asco, Eilish coge el bolso en busca del móvil, sus ojos se posan en el asiento vacío. Se dice que no es verdad, Larry está aquí con nosotros de algún modo, no se olvidará del cumpleaños de Mark. Por un instante ve sus manos apoyadas en las rodillas, sentado en un catre en una celda, abriéndose paso hasta los pensamientos de ella, deseando que la vida continúe como debería, deseando que ella sea fuerte. Endereza la espalda contra el cuero sintético plisado y observa a sus hijos un momento diciéndole a Larry que es Molly quien necesita atención, es Molly la que no se ha levantado de la cama hasta las doce y no ha comido en todo el día. Ve a Molly hurgándose los padrastros en torno a las uñas, su físico atlético está adelgazando, el yo exterior se vuelve hacia dentro, una sombra le reconcome el corazón. Simon manosea el menú, Molly no sabe qué quiere. Viene la camarera y se saca un lápiz de detrás de la oreja, los pendientes de aro cual sonrisas colgantes. Seguimos esperando a mi hijo, dice Eilish, pediremos las bebidas. Mira donde Mark dejará la bici, la candará al enrejado y luego se demorará un momento deseando con todas sus fuerzas estar en alguna otra parte. La camarera vuelve y Eilish prueba a llamar otra vez a Mark mientras Simon parece que va a devorar a la camarera con los ojos, Eilish intenta sonreír mientras pide la comida, un calvo mira por el ventanal y se acerca a la puerta, echa un vistazo al interior del restaurante casi vacío y se vuelve a ir. Llega la comida y Simon y Bailey empiezan a comer pasta a bocados sin tomar aliento. Comen como animales salvajes, piensa ella, los labios y los dientes manchados de sangre, pensando en las necesidades del cuerpo, lo que tiende hacia la naturaleza es lo que más satisface, la comida, el sexo, la violencia: orgía y liberación. El helado está derretido en los cuencos cuando Mark entra por la puerta con aire húmedo y azotado por el viento. Eilish se levanta y sale del reservado sin decir palabra y le deja acomodarse. Es Molly la que arremete con un comentario cortante pero Mark no quiere explicarse y coge una rebanada de pan de ajo. Tienes las manos azules, observa Eilish, que le coge la mano y la aprieta entre las palmas de las suyas. La camarera le trae a Mark un plato de pasta y Eilish lo observa como si fuera posible asimilar su exactitud, la expresión en reposo del cuerpo, la luz interior de la mente expresada a través de las manos delicadas y maduras. Ella quiere sentirse al unísono con la sangre de su hijo, ablandar el corazón endurecido, caldear la mirada que se ha enfriado frente al mundo, ve cómo ha adoptado la máscara inescrutable de su padre. La pareja del otro reservado va hacia la puerta, se ponen el abrigo y el hombre se asoma a la calle y mira al cielo como con miedo. Eilish contempla las caras en torno a la mesa, les indica que se acerquen y les habla en voz baja. Tengo noticias que os conciernen a todos, dice, es algo que hablé con Mark anoche, he decidido enviarlo a un internado al otro lado de la frontera, no puedo permitir que lo que está pasando afecte a su educación, es demasiado joven para que lo llamen a hacer el servicio militar. A Molly se le empieza a descomponer el rostro mientras Simon arruga una servilleta de papel. Tiene que ser nuestro secreto, dice Eilish, no podéis decir ni una sola palabra a nadie fuera de esta familia, Bailey, ¿lo oyes? Lo ve describir círculos con un vaso vacío, Mark deja el cuchillo y el tenedor, empieza a negar con la cabeza. He cambiado de opinión, dice, no quiero ir, de todos modos tengo derecho a negarme a hacer el servicio, hay un tribunal, otros van a acudir a él, si cruzo la frontera es posible que no me permitan volver nunca, me detendrán seguro... Molly se lleva las manos a la cara y Bailey empieza a arañar la mesa con un cuchillo. Eilish le coge el cuchillo de la mano y lo deja delante. Pero, Mark, dice, lo acordamos anoche, sigo siendo tu madre, a partir de ahora harás lo que yo diga hasta que tengas dieciocho años y entonces podrás hacer lo que quieras. A Mark se le agria el gesto, retira las manos de la mesa y niega con la cabeza. Por lo visto, soy propiedad del Estado y no tuya, no tengo que irme si no quiero. Es entonces cuando Simon descarga un puñetazo sobre la mesa y se inclina hacia Mark. Hay un verso de un poema que te vendría bien recordar, dice, es algo así, si quieres morir, tendrás que pagar por ello. Mark mira con gesto desdeñoso a su abuelo. ¿Qué quieres decir con eso?, mamá, ¿qué demonios quiere decir? Simon se retrepa en el asiento sin apartar la mirada de Mark. Quiere decir, hijo, que si quieres quedarte, a ver cómo te va. Mark se vuelve hacia su madre y qué rápido tiene diez años otra vez, se adueña de su cara una tristeza infantil. Mamá, ¿por qué me habla así? Ella mira a su padre y luego desvía la vista hacia la calle pensando en lo que se está precipitando fuera, avanzando sin estorbos, cobrando intensidad. Los contempla a todos ahora con esa sensación de que el momento se desvanece, sabe que los recordará así, sus hijos sentados alrededor de la mesa, percibiendo cómo la rueda del desorden empieza a girar fuera de control. Un día sois una familia de seis, luego sois cinco y pronto seréis cuatro. La puerta de la cocina se abre y la camarera sale de espaldas, se vuelve y revela una tarta de cumpleaños, las velas están a punto de apagarse mientras cruza el comedor obligándolos a todos a cantar, Mark desvía la mirada.

Es otra versión de sí misma la que monta en el coche y se incorpora a la carretera, sin apenas ver el camino, percibe la inquietud de su hijo en el asiento del acompañante, no ha levantado la vista del móvil. Hay una discrepancia, ahora lo ve, entre las cosas tal como son y las cosas tal como deberían ser, ella ya no es quien era, ya no es quien se supone que es, Mark se ha convertido en el hijo de otra persona, ella es ahora alguna otra madre, sus verdaderos yoes están en alguna otra parte: Mark está yendo en bici al fútbol y luego llamará y dirá que va a cenar en casa de un amigo mientras ella está sentada a la mesa con el portátil leyendo un ensayo clínico, Larry está pidiendo las zapatillas. No ve que el tráfico aminora la velocidad hasta que se ha detenido y pisa el freno un poco demasiado fuerte, Mark se vuelve con gesto ceñudo y ella no quiere darse por aludida, mira en cambio el semáforo en rojo, mira los plátanos que bordean la larga avenida, cómo cada árbol se alza en solitario y sin embargo sus sombras se proyectan sobre la carretera en un silencio ornamental, intercalado. El semáforo se pone en verde y Eilish mira a su hijo y sus miradas se encuentran y se corresponden, los ojos de Mark se suavizan y él cierra la boca y vuelve a mirar el móvil. La casa de Carole Sexton es un chalet pareado grande de ladrillo rojo, el BMW de Jim está aparcado en el sendero de acceso junto al utilitario Toyota de Carole, por un momento ella piensa que ambos estarán en casa. Mark se inclina hacia el coche de Carole y pasa la mano por el lateral que tiene todo el aspecto de que lo hubiera

arañado una garra metálica, Eilish llama al timbre. Piensa en la imagen que deben de dar, dos
personas que van a una casa un domingo por la
tarde, una visita informal a una amiga, no tiene
nada de raro y aun así le dice a Mark que mire
hacia la puerta, más vale prevenir que lamentar,
dice. El miedo atrae precisamente lo que se teme,
señala él, ¿acaso no lo sabes? Están volviendo al
coche cuando se abre la puerta. Aparece Carole en
una bata impregnada de sombra y sueño, la mirada en sus ojos es la de un animal cauto, desconcertado. Mira fugazmente hacia un lado y otro de
la calle y luego les hace un gesto con la mano de que
entren. La siguen por un pasillo en penumbra
hasta una cocina color mostaza que huele a espe-
cias dulces y a canela, Carole limpia la mesa con
un trapo de cocina. Abre la tapa de una caja de
galletas y le enseña a Mark lo que contiene. Te he
hecho un bizcocho de fruta hervida esta mañana,
todavía está tibio. Mark vacila y luego mira a su
madre. ¿Cómo puede estar hervida una tarta?,
pregunta. Eilish está delante de la ventana mirando la hierba amarilleada y las plantas secas, un
atisbo de azul en la maleza, la casita al fondo del
jardín que necesita una mano de pintura. Nada
de esto es real, piensa, ni esta cocina ni la casa en
el jardín, abrirá la puerta de atrás y en lugar del
exterior estará la oscuridad ciega y monstruosa de
una pesadilla, despertará y se volverá de costado y
encontrará a Larry tumbado junto a ella. Carole
la mira como si le acabara de hacer una pregunta.
Perdona, dice Eilish a la vez que se da la vuelta, no
he oído lo que decías. Carole corta con un largo

cuchillo el bizcocho. Te ha preguntado si quieres un poco, dice Mark. No sé, responde Eilish, supongo, solo un trozo pequeño. Toman café y comen bizcocho y Carole quiere que le hable de la nueva abogada. Eilish empieza a retorcerse las manos y se clava la uña del pulgar en la piel. Anne Devlin, dice, se supone que es muy buena, no he sabido nada últimamente, dice que llamará cuando haya alguna noticia, la están presionando muchísimo para que deje los casos, recibe llamadas anónimas en mitad de la noche. Acabarán agotándola, dice Carole, le apretarán las tuercas y cuando eso no dé resultado la detendrán, siento ser tan negativa, pero así son las cosas. Se levanta, abre un armario y coge una llave. Para ti, dice dándosela a Mark. Debes tener cuidado de que no te vean, puedes entrar por el callejón de atrás, pasa por la puerta roja, la he dejado abierta, nos obligan a comportarnos como delincuentes, ¿verdad? Mark acaricia la llave y mira a su madre. ¿Puedo ir a echar un vistazo ahora? Ahora no, dice Carole, tienes que entrar y salir cuando esté oscuro, he puesto un estor para que no te vean los vecinos. Eilish mira con discreción una fotografía de Jim Sexton encima del microondas, un hombre de huesos grandes y robusto vestido de verde rugby, luego mira afuera a la casita. Vendrá en bici esta noche antes del toque de queda, ¿necesita alguna otra cosa, hay calefacción?, no dejo de pensar que me olvido de algo. Carole levanta el cuchillo. ¿Quieres más bizcocho?, pregunta mirando a Mark con una sonrisa. Le llevaré la cena cuando anochezca y el desayuno por la mañana, tú solo dime qué quieres, tienes microondas, hervidor, además de una estufa eléctrica, he estado hablando con mi hermano, vendrá dentro de un par de semanas, te envolverá en una alfombra y te meterá en la parte de atrás de la camioneta, añade que de todos modos nunca le registran cuando cruza la frontera. Eilish pide unas tijeras, mete la mano en el bolso y saca dos móviles baratos de prepago, abre los envoltorios, graba el número de cada móvil en el otro y le tiende un dispositivo a Mark. A partir de ahora, dice, hablaremos por estos teléfonos, ya no puedes usar el antiguo, me lo quedaré esta noche. Mark mira el segundo móvil, niega con la cabeza y lo aparta. ¿Y qué pasa con Sam?, dice, ¿cómo se supone que voy a hablar con ella?, ¿esperas que desaparezca sin decir palabra? Déjame hablar con ella y cuando cruces la frontera ya la llamarás. Mark se muerde el labio inferior dejando a la vista los incisivos superiores, uno es más corto que el otro, tiene la mirada fija en el suelo. Esto no me gusta, dice, está pasando todo demasiado rápido, quiero hablar con Sam antes de irme. ¿Y qué vas a hacer, llamarla para charlar?, ¿quieres que nos detengan a todos? Eilish suspira y se mira las manos, los pliegues arrugados de los nudillos, mira a Carole en su silla, los largos pies en zapatillas, el rostro demacrado y espectral, busca en el dolor de la mujer y lo compara con el suyo propio. Se vuelve de nuevo hacia su hijo pensando en cuánto más tiene que perder, no solo un marido sino un hijo también, pena sobre pena supone más pena aún, contempla a su hijo como suspendido en el tiempo, su imagen grabada en la memoria, él se acerca al bizcocho y se corta una tercera porción.

Eilish va a colgar el abrigo en el perchero y ve que Rohit Singh no está en su escritorio. Estuvo ausente toda la semana pasada, cuando cada día es sin falta de los primeros en llegar a trabajar. Sigue con el abrigo en las manos cuando mira de nuevo hacia donde se sienta Rohit y ve que han vaciado su mesa, no queda nada de sus efectos personales salvo una grapadora y unas chinchetas en la mampara. Pregunta por ahí qué ha sido de Rohit y Mary Newton levanta la vista con gesto nervioso y nadie responde. Mira la pantalla sin verla, coge el teléfono y marca el número de Larry. Lo siento, dice él, ahora mismo no puedo contestar. Busca el número de Rohit en sus contactos y lo llama pero el tono indica que está desconectado. Alice Dealy cruza la oficina manipulando con torpeza un paraguas de golf, está despeinada, entra en su despacho y cierra la puerta y Eilish la sigue hasta allí sin llamar. ¿Dónde está Rohit Singh?, dice. Alice Dealy levanta la vista pero no contesta, hurga en el bolso en busca de algo, deja un cepillo en la mesa y se queda mirándolo un momento. Cierra la puerta, haz el favor, dice. Eilish se cruza de brazos y da un paso hacia ella. ¿Crees que cerrar la puerta va a cambiar algo? Alice Dealy se levanta con un suspiro, va a la puerta y la cierra. He dado instrucciones a Michael Ryan de que lleve la cuenta por el momento. Así que Rohit ya no está. No había razón para decírtelo. ¿No había razón para decírmelo? No veo que hubiera ninguna razón por la que tuviera que informarte. Eilish cierra la boca y se percata de que la observan por el cristal. Eilish, aún no se ha anunciado pero me han obligado a tomarme una excedencia indefinida, ese cabrón ha logrado que me echen, hoy será mi último día aquí, uno tras otro vamos cayendo todos, ¿no te parece? Colm Perry observa a Eilish cuando va a su escritorio, todos la observan, sus manos hechas una furia mientras busca el tabaco, se le cae el bolso al suelo y Colm Perry se lo recoge y la sigue afuera al ascensor. Cuando sale a la calle ya tiene el cigarrillo encendido. Han detenido a Rohit Singh, dice ella. Colm Perry hace una mueca de dolor y niega con la cabeza, luego le lanza una mirada de advertencia. Tengo una resaca de la hostia esta mañana, dice, ayer fuimos a tomar una rápida después de trabajar y antes de darnos cuenta ya había pasado la hora del toque de queda, volver a casa fue un lío de narices. Señala con la cabeza detrás del hombro de Eilish y cuando ella se vuelve ve que la ventana de la planta baja está abierta a su lado.

Bailey se queja de sus deportivas, ella intenta ver la tele, esta tarde han atacado a una patrulla de las fuerzas de seguridad en el centro, hay dos soldados muertos, lanzaron cócteles molotov contra un tribunal de distrito en Cork durante la noche, se pregunta qué más no sale en las noticias, el Gobierno dice que va a prolongar el toque de queda. Cuando suena el móvil de contacto en la cocina,

Bailey y Molly la siguen, todos quieren hablar con Mark. A Molly se le ha iluminado la cara, le coge el teléfono a Bailey y sale corriendo al recibidor, se queda mirándose al espejo, Eilish la observa desde la puerta. Le indica por señas a Molly que le pase el móvil y luego sube a su habitación. ¿Sigues pasando frío?, pregunta, las últimas noches no han sido tan malas, C dijo que puedes encender la estufa tanto como haga falta. Por un momento Mark no habla y ella no acierta a interpretar su silencio. Anoche no pude dormir, dice él, no quiero estar aquí, puedo ir a otros sitios. Adónde vas a ir, ya hemos hablado de esto, será poco tiempo, todo se arreglará. No me escuchas, mamá, ¿por qué no me escuchas? Te estoy escuchando, tendrías que haber visto la cara de tu hermana ahora mismo, los chicos te echan mucho de menos, Bailey habla de ti todo el rato, eres muy importante para él, ¿sabes? ¿Has tenido noticias de Sam? Te dije que no menciones nombres. Te he preguntado si has tenido noticias suyas. Sí, las he tenido. ¿Qué dijo? ¿Tú qué crees que dijo?, está disgustada, la pobre, no lo entiende. Eilish guarda silencio un momento pensando en lo que no va a decir, que Samantha llamó a la puerta con un abrigo grande y aire de estar perdida, que se dio cuenta de que la chica no había dormido nada y que lo que le estaban haciendo era lo mismo que le habían hecho también a ella, llevarse a su marido sumiéndolo en el silencio, y sin embargo se quedó plantada delante de la chica como si llevara una máscara y no la invitó a pasar. Mamá, ¿sigues ahí? Sí, sigo aquí, hablé con ella y le dije que estarías un tiempo ausente y que la llamarías en cuanto puedas. Está inmóvil junto a la puerta del cuarto de los chicos, el aliento en suspenso, la luz azulada a través de las cortinas, esa luz que se desplaza a máxima velocidad y aun así produce una ilusión de quietud. La presencia de Mark en la habitación, el edredón hecho un rebujo y los cajones revueltos, la ropa sucia en el suelo. Recoge las prendas y se sienta en la cama con la ropa para lavar en el regazo, ve a Mark tal como estaba en la cocina de Carole, ve su mano sobre el cuchillo, ahora sabe lo que ha hecho, ha puesto el filo del cuchillo sobre su hijo a fin de salvarlo.

Está sentada delante del portátil en la mesa de la cocina, desarreglada y a la deriva, la noche entra por la ventana abierta, la ciudad murmura a los árboles durmientes. Mira a su hijo en la trona, los ojos que sonríen son de un mundo de devoción pura y extática, el pelo rubio lleno de compota de manzana y arroz. Desplaza la atención hacia sus propias manos, la fina fibra casi imperceptible de la piel, estas manos han envejecido y envejecerán más todavía, se volverán flácidas y les saldrán manchas, se tira de la carne y mira cómo se le alisa la piel otra vez en torno al hueso, Molly grita algo desde arriba. Resuenan pasos atronadores en el rellano y Bailey grita desde el recibidor. Cuando va a la ventana ve delante de la entrada un coche de la Garda envuelto en una luminiscencia amarilla y blanca, dos gardaí de aspecto siniestro se acercan a la puerta. Los ha oído llamar en sueños durante demasiado tiempo y ahora no piensa darles esa satisfacción. Se apresura hacia la puerta de la calle sintiendo su victoria, ve las dos caras súbitamente iluminadas cuando abre la puerta corredera del patio hacia la noche más bien húmeda, un hombre y una mujer de porte similar, gardaí de uniforme con impermeables. El aire de la mujer es monótono y prosaico. Buenas noches, dice, soy la garda Ferris y este es el garda Timmons, hemos venido a hablar con Mark Stack. Eilish muestra una sonrisa servicial y mira hacia la acera de enfrente. Sí, dice, Mark Stack es mi hijo, pero me temo que no está. Busca en los ojos de la mujer algo que no se ha manifestado todavía, la cara impasible que no revela nada, unos mechones de pelo oscuro se rizan bajo la gorra. ¿Puede decirnos cuándo volverá? Mi hijo ya no vive en esta casa. El garda Timmons se pasa una mano por la boca y luego saca una libreta negra del bolsillo de atrás, indica con la cabeza el recibidor detrás de ella. ¿Podemos pasar un momento, señora Stack? Sin pensarlo ha recogido un mordedor de Ben del radiador y ha regresado con él a la cocina, los gardaí siguiéndola, deja el mordedor en la mesa y lo vuelve a coger, lo deja en el fregadero e invita a los gardaí a tomar asiento. Justo estaba preparando café, dice, ¿o igual prefieren té? Los gardaí dejan las gorras en la mesa y el garda Timmons le sonríe al niño y luego abre la libreta. Enviaron una citación, señora Stack, su hijo no compareció ante el tribunal, ahora tenemos el deber de hablar con él. Ella está de pie con la mano en el hervidor y tarda un momento en contestar, diciéndose que se mostrará ambigua con ellos. Una citación, dice al tiempo que se da la vuelta, o sea que era eso, vi la carta y no se me ocurrió abrirla, ¿quieren leche con el té? Solo una gota en el mío, dice el garda Timmons. La garda Ferris asiente. A mí un buen chorro, me gusta denso y lechoso, dice, dígame, ¿es este el domicilio legal de su hijo? Sí, ha vivido en esta casa toda su vida, pero ya no reside aquí. Nos sería de ayuda, señora Stack, que nos dijera dónde podemos localizarlo. Molly ha entrado descalza en la cocina, se queda delante del fregadero mucho rato para servirse un vaso de agua y luego se sitúa detrás de Eilish y le pasa los brazos por los hombros, Bailey escucha detrás de la puerta. Eilish alarga la mano para coger el azucarero de la mesa y el garda Timmons se lo acerca, está echando azúcar al café cuando baja la vista a la taza, nunca se había puesto azúcar en el café. Mark se fue de casa hace dos semanas, dice, va a seguir cursando sus estudios al otro lado de la frontera en Irlanda del Norte y se quedará allí mientras continúe el conflicto, solo tiene diecisiete años, quería estudiar Medicina desde siempre pero ha cambiado de parecer después de lo que el Estado ha hecho con su padre, ahora quiere estudiar Derecho. Ambos gardaí la observan con atención y ella les sostiene la mirada separando cada cara de su uniforme, es el uniforme el que habla, no la boca, es el Estado el que habla por medio del uniforme, imagina cómo sería cada uno con ropa de paisano, te los cruzarías por la calle sin fijarte siquiera. El garda Timmons inspira lentamente y deja la libreta. Entonces, lo que está diciendo, señora Stack, ¿es que su hijo ya no vive en el Estado? Sí, responde, eso es lo que estoy diciendo. Ve que la mano del hombre se relaja y le suaviza la cara una sonrisa. Muy bien, dice frotándose las manos, pues entonces nosotros no tenemos nada que hacer. La garda Ferris coge una cucharilla, juguetea con ella y la vuelve a dejar. Entre nosotros, dice, hay mucha gente cuyos hijos han abandonado el Estado recientemente, tiene que saber lo que eso significa, los tribunales militares están dictando condenas *in absentia* contra jóvenes como su hijo por rehusar unirse a las fuerzas de seguridad, si su hijo volviera a casa, o si se descubriera que sigue residiendo en el Estado, hay orden de detenerlo y tendríamos que entregárselo a la policía militar, pero mire, mientras tanto, sería útil que pase por comisaría cuando le venga bien y preste declaración con su relato de los hechos. El garda Timmons sigue haciendo girar la taza en la mano, luego emite un suspiro que indica que es hora de irse. Se ladea y guarda la libreta en el bolsillo. ¿Le importa si le pregunto?, dice, ¿qué fue de su marido? A mi marido lo detuvo la OSNG, dice ella, le negaron el derecho a un abogado y sigue recluido sin posibilidad de recurrir a los tribunales, es sindicalista del Sindicato de Profesores de Irlanda y simplemente estaba haciendo su trabajo, no hemos tenido noticias suyas desde que se lo llevaron, íbamos a ir de vacaciones en familia a Canadá la semana que viene, ha sido muy duro para los niños. Mientras habla se siente al margen del tiempo, se siente portadora de alguna carga antigua, todo ha ocurrido infinidad de veces, un gesto de muda indignación va adueñándose del rostro del garda, hace una mueca triste con la boca y luego niega con la cabeza. Me temo que no son los únicos, dice él, pero así son las cosas ahora, y, en confianza, eso convierte nuestro juramento en un pitorreo, pero mire, por lo que respecta a su hijo, mi colega tiene razón, si va a comisaría y presta declaración jurada, se informará al departamento correspondiente y podremos lavarnos las manos del asunto, el expediente seguirá cerrado hasta que su hijo decida regresar al Estado, y quién sabe cómo irán las cosas, es posible que ya no haya ningún problema para entonces. Se siente propulsada hacia delante como en un sueño, mira las caras que tiene ante sí con miedo a hablar por si se rompe el hechizo. Se levanta de la silla con las manos abiertas, se siente ingrávida, la campana de una iglesia lejana da la hora.

Forcejea para soltar a Ben de la sillita del coche, se le ha enganchado el abrigo en la púa de la hebilla y chilla y golpea el aire con un puño agotado, el teléfono suena en el salpicadero. Ve en los ojos del niño que ella ya no es su madre sino una bruja maléfica y se vuelve y regaña a Molly, que se peina en el asiento delantero. ¿Quién llama?, dice. Levanta la vista y no se reconoce en el espejo retrovisor, la bruja sin maquillar, Molly se inclina hacia delante en el asiento cuando el móvil deja de sonar. Era el abuelo, dice, ¿quieres que le devuelva la llamada? La lluvia cae fría e inclinada mientras lleva al niño a la guardería en la acera de enfrente protegiéndole la cara con la mano. Se apresura a volver con la cabeza gacha y hace un gesto de disculpa con la mano a dos coches que esperan detrás del Touran aparcado en doble fila en la calle estrecha, señaliza con el intermitente y se pone en marcha justo cuando el teléfono empieza a sonar. Mamá, ¿quieres coger el puñetero teléfono?, dice Bailey. A ver esa lengua, dice ella. No tengo fuerzas para lidiar con él ahora mismo. Es Molly la que alarga la mano al salpicadero y contesta la llamada. Hola, abuelo, soy Molly, ¿qué pasa? Eilish mira la carretera sin decir palabra mientras su padre guarda silencio como si los escuchara a todos en el coche. ¿Está ahí tu madre o estás conduciendo tú para ir a clase? Eilish le hace a Molly una mueca divertida y las dos sofocan la risa. Sí, papá, estoy aquí, tengo a los chicos en el coche y te oímos por el altavoz, ¿sigue en pie lo del sábado? La inspiración trabajosa que le indica a Eilish que lo había olvidado, igual tiene que recordarle qué día es, se detiene en el semáforo y cierra los ojos, podría quedarse así todo el día. ¿Has visto la prensa?, pregunta él, supongo que no. Papá, llevo en danza desde las cinco y media con Ben y acabo de dejarlo en la guardería, los dientes le están dando la lata otra vez, ahora mismo estoy llevando a los chicos a clase, no, no he leído la prensa. Oye un ladrido tajante del perro. No hace falta que te pongas así, dice él. ¿Hablas conmigo o con el perro? Tienes que parar por el camino y comprar el *Irish Times*, página siete. ¿De qué se trata, papá? Simon le está gritando al perro, oye el chasquido del teléfono contra la consola y el golpe de la puerta de la cocina, su padre está sin aliento cuando vuelve a ponerse al teléfono. Ese maldito perro está empeñado en comerse la alfombra, dice, luego te llamo. Se detiene en una hilera de tráfico reticente y contempla el cielo nublado, Bailey tira de nuevo del cinturón de Molly, que se vuelve y lo ahuyenta de un manotazo. Ya te he dicho, Bailey, que la dejes en paz. Molly señala al frente hacia la derecha. Mamá, hay una gasolinera ahí. Preferiría no parar, nadie va a decirle qué hacer, se desvía de la carretera y para en la gasolinera. El murmullo del aire impregnado de hidrocarburo, el cajero ni siquiera levanta la vista mientras le cobra el periódico, está viendo un partido de fútbol en el móvil. Se detiene a la salida del establecimiento, tira el suplemento deportivo a la papelera y abre el periódico por la página siete, donde no hay nada que leer salvo un anuncio a toda página del Estado, el emblema del arpa en la parte superior, es un aviso público, una lista de cientos de nombres y direcciones en letra menuda de gente que no se ha presentado al servicio militar. Levanta la vista del periódico y ve a Bailey pegando la boca a la ventanilla del Touran, contiene el aliento mientras escudriña la lista y lee el nombre de su hijo y la dirección. Piensa en la declaración jurada que hizo a los gardaí, lee el nombre de su hijo otra vez y ve en la letra negra la noche oscura que se avecina, ve que han condenado a su hijo y lo fácil que fue después de todo, está ahí en la página siete para que lo vea todo el mundo en forma de anuncio.

Está delante de su escritorio y no recuerda el trayecto a pie desde el coche, esa sensación de que tiene el corazón en la garganta. Se vuelve y cuelga el abrigo y hace ademán de quitarse el pañuelo de gasa blanco pero solo se lo arregla. Mira por la sala si hay alguien leyendo el periódico, la puerta del despacho de Paul Felsner está cerrada, Sarah Horgan se acerca a hablar, podría terminar las frases de esa mujer si quisiera. Sí, dice, pero no, lo siento, he quedado para almorzar. Permanece atenta a cualquier indicio extraño, una contracción de los labios, un gesto de solidaridad en silencio. Es entonces cuando suena el móvil de contacto en el bolso y ella opta por no hacer caso, Sarah Horgan mira el bolso, su móvil está encima de la mesa. Ah, no es más que uno de los chicos, dice Eilish. Cuando el teléfono vuelve a sonar lo apaga. Almuerza sola sin quitarse el abrigo de invierno en un café con terraza. No le apetece comer pero toma café expulsando humo azul de tabaco por la nariz, recuerda que Molly se ha fijado en el olor, la interceptó en la puerta del patio con el recelo alerta de un padre. No seas tonta, dijo ella con una risa falsa mientras se volvía para ocultar la boca. Mira la pantalla del teléfono de contacto discretamente colocado sobre el regazo, ha intentado llamar a Mark pero no ha tenido respuesta. Observa el espectro gris de un hombre que toma asiento en una mesa a su lado, los dedos estilizados que dejan un cigarrillo encendido en el orificio de la boca, los dedos que abren el periódico. Se vuelve hacia la calle viendo pasar el mundo en un extraño fingimiento, los rostros pálidos e im-

135

perturbables que se apresuran de regreso al trabajo, son más que nada funcionarios, cada día cierra las puertas otra empresa internacional y pone excusas, dentro de poco la ciudad estará vacía. Cerca una mujer retira la silla, zapatillas de deporte rosa neón bajo una falda de oficina gris, y recuerda que Bailey necesita deportivas nuevas, recuerda que anoche ella despertó de un sueño en el que se había sentado a comer de uno de sus zapatos, era el mocasín rojo que le aprieta los dedos, estaba sola delante del zapato con cuchillo y tenedor. Cuando vuelve a su escritorio, hay gente yendo a la sala de reuniones, Paul Felsner ha convocado una reunión de estrategia a las dos, Eilish mira el correo, no ha recibido invitación. Los ve reunirse en la sala, ve a Paul Felsner entrar en la sala con un periódico. Algo se ha avivado dentro de su cuerpo, brota del plexo solar hacia los brazos y las piernas, está cruzando la sala y nota que las manos se le quedan frías, oye el sonido hueco al llamar a la puerta, carraspea y se asoma. No me ha llegado aviso de la reunión, dice, ¿es necesaria mi presencia? Las persianas están medio bajadas y Paul Felsner está sentado con el brazo sobre el respaldo de una silla leyendo el periódico mientras la sala empieza a llenarse, se vuelve y la mira como desde una interioridad sombría y lo que ella ve en sus ojos es que la tiene atrapada y retorciéndose. No hace falta que te preocupes por nosotros ahora, Eilish. Él se inclina hacia delante en el asiento y le hace un gesto con la mano de que se vaya. Permanece inútil en el umbral, siente deseos de decir, sí, pero es que se trata de mi cuenta, no podéis seguir

136

adelante sin mí, no consigue abrir la boca, nota que su mano toca el pañuelo y deja caer la mano, el puñetero pañuelo blanco, ahora desearía no habérselo puesto, ve cómo le cruza el rostro a Paul Felsner la insinuación de una sonrisa. Se aparta para dejar paso a sus colegas y se encuentra en la cocina con una taza vacía en la mano, una mujer de Recursos Humanos rezonga sobre la gente que deja los platos en el fregadero, ella pone la taza en el fregadero y se va.

Deambula por la casa oyendo a su hijo hablar desde la otra punta de la ciudad, se queda delante de la puerta del cuarto de Mark, la luz de la farola que entra en la habitación es el espectro de alguna luna de invierno. Cae sobre la cama y forma una lámina blanca translúcida y ella se tumba, iluminada y abrazada, feliz en la voz de Mark, oyendo la mente que piensa cuando él toma aire pausadamente. La caldera de gas emite una vibración, un chasquido y se queda en silencio, entonces Mark murmura algo, dice, ya no sé quién soy, estoy atrapado en esta habitación pero no es una habitación, es una cárcel, mamá, eso es lo que es, cómo se supone que voy a dormir, ya he tenido dos veces el mismo sueño, me llevan por la calle como si fuera un juicio, camino entre una multitud y leen en voz alta la sentencia de que soy culpable y el cargo es cobardía y falsedad, anoche desperté en plena noche y levanté el estor y vi luces en su casa, adivina quién estaba en la puerta de la cocina vestida de novia, mirando la casita, como si supiera que yo estaba despierto, mamá, me pone los pelos de punta, la otra noche vino con la cena pero no dijo ni una palabra, se quedó ahí un momento mirando por la ventana como si yo no estuviera y luego se volvió y me soltó, este mundo nada es más que una sombra, y le pregunté a qué se refería y me miró, luego sonrió y dijo, tarde o temprano, lo verás tú mismo. Eilish se aprieta el puente de la nariz, le duele la base del cráneo. Abre los ojos y se incorpora en la cama, pone los pies en el suelo. No tiene derecho a hablarte así, dice ella. Mamá, no puedo hacerlo. ¿Qué quieres decir con que no puedes hacerlo? Mamá, le echo de menos, echo de menos a papá, he intentado hacer lo que me pediste pero no puedo quedarme de brazos cruzados sin hacer nada más, conozco a gente que ha ido a luchar, se han alistado al ejército rebelde. Mark, dice ella, pero luego guarda silencio, lo intenta pero no encuentra las palabras adecuadas. Escúchame, dice, sigues siendo mi hijo, mi hijo adolescente. ¿Y qué se supone que significa eso?, responde él. No sé qué significa, significa que no puedo permitir que te pase nada. Eilish oye un largo suspiro y luego un silencio estático como si fuera una oscuridad lluviosa que se pudiera sentir, una lluvia cayendo desde la oscuridad y mojándolos a todos, la lluvia oscura entrando en la boca de su hijo.

Se levanta del escritorio y coge el abrigo, se pone el pañuelo blanco al cuello y le dice a un colega que va a almorzar temprano. Cuando llama a la puerta de Simon la recibe un gruñido, luego una voz aguda que dice, ¿quién es? Simon lleva un pijama azul marino, la luz del recibidor está encendida, es poco más de la una. Él le lanza una mirada burlona y luego va a la cocina. No sé qué haces aquí, dice, me las apaño bien yo solo. Papá, solamente he venido a saludar, me he tomado una hora extra para almorzar. Eilish apaga la luz del recibidor y se queda parada: entre el batiburrillo de olores de siempre hay un olor nuevo entreverado, piensa que es humo de tabaco rancio, no está segura de si es de ella misma. Observa a su padre con los ojos entornados, Spencer gimotea y da vueltas en torno a los pies de su padre. Papá, ¿cuándo fue la última vez que le diste de comer al perro? Spencer se vuelve y la mira con la boca abierta y ella ve lo que comunican los ojos de obsidiana, una crueldad que no es propia del perro sino del lobo. ¿Qué vas a comer?, pregunta ella a la vez que llena el hervidor de agua mientras Simon revuelve con manos rápidas un montón de papeles que hay sobre la mesa. ¿Comer?, dice él, no había pensado en la comida. Eilish se pone a llorar, acerca una silla y se enjuga las lágrimas, luego mira a su padre y sonríe. Lo siento, dice, es que me están dejando de lado en el trabajo y no sé qué hacer, está ocurriendo todo muy muy deprisa, ese anuncio en la prensa y Mark que se ha puesto tan difícil, tú siempre sabes qué se debe hacer. Levanta la mirada y ve en sus ojos la atención a la deriva, los ojos buscan algo, Simon se levanta lentamente como absorto en sus pensamientos. Va al fregadero y abre el grifo y luego lo cierra de nuevo sin fregar nada. Se vuelve y la mira como si acabara de aparecer ante él. Papá, lo que acabo de decir, ¿me estabas escuchando? ¿Qué quieres?, pregunta él. Te acabo de hacer una pregunta sobre mi trabajo, sobre Mark. Ella se fija en que le tiembla la boca como si estuviera conmocionado, Simon niega con la cabeza y ahuyenta la pregunta con la mano, se vuelve y señala la encimera. Ese trasto de ahí, dice, el como se llame, no consigo hacerlo funcionar. Papá, ¿te refieres al microondas? Ella se levanta, pone la taza dentro y pulsa el botón de encendido, lo observa zumbar. Funciona bien, dice, no sé de qué hablas. Esa súbita pena cuando sube las escaleras, se da cuenta de que el tiempo no es un plano horizontal sino una caída vertical hacia el suelo. Se detiene delante del dormitorio de su padre sorprendida otra vez por el olor a tabaco rancio, abre la puerta y ve en la mesilla de noche un antiguo cenicero de latón que tendría que estar en el salón, está medio lleno, al lado hay un paquete de tabaco. Coge el cenicero y cuenta las colillas, pasa el dedo por una quemadura en la alfombra. Cuando vuelve a la cocina lleva el cenicero en alto, luego lo deja en la mesa. ¿Qué es esto?, dice. ¿Qué es qué? Papá, desde cuándo fumas, has hecho un agujero en la alfombra, ¿es que quieres quemar la casa? Él la mira y se cruza de brazos. No sé de qué hablas. Papá, no puedo contigo cuando te pones así, si no es una cosa, es otra, voy a tener que hablar con el médico. Cómo se avinagra en un instante, sus ojos adquieren el mismo aspecto ennegrecido que el perro. Te he dicho que lo dejaré cuando quiera. Eilish ha parado de respirar un compás, le mira fijamente la cara y nota que le tiemblan las manos a ella. Papá, tú ni siquiera fumas, hace treinta y pico años que dejaste de fumar en pipa. Ve cómo se le abre y se le cierra la boca y luego mira hacia la ventana como si buscara algo fuera. Papá, ¿sabes qué día es hoy? Lo ve quedarse muy quieto, vuelve la cabeza como a hurtadillas para mirar el reloj de pulsera. Levanta la vista con el ceño fruncido en ademán triunfal. Es el día dieciséis, dice. Sí, responde ella, pero ¿de qué mes? Su padre no le sostiene la mirada sino que la pasea por la habitación, mira la pared y luego al perro, la confronta con un gesto malhumorado. No tengo por qué decirte nada. Él se vuelve otra vez hacia la ventana y ella contempla el jardín y recuerda cuando se desgarró la rodilla con una punta de metal, él la llevó en brazos al coche. De Mark, dice él, estábamos hablando de Mark y tu trabajo antes de que me distrajeras con esta tontería, tienes que plantearte la situación tal como es, la insurrección armada está creciendo en todo el país, desertan soldados de las Fuerzas Armadas y se unen al ejército libre o como quiera que los llames, a los desertores los fusilan en el acto, los rebeldes son cada vez más numerosos y seguirán aumentando y ahí es donde Mark se va a ir, eso es lo que cree que debe hacer, y, con respecto a tu trabajo, dentro de tres meses no habrá economía, así que, la verdad, yo no me preocuparía, es hora de que hagas algo antes de que refuercen la vigilancia en la frontera, tienes que irte y llevarte a los chicos, vete a Inglaterra, Eilish, vete con Áine a Canadá, publicaron tu dirección en el periódico, han señalado públicamente a tu hijo y hay una orden de detención contra él. Se mira las manos y niega con la cabeza lentamente. No se le puede poner obstáculos al viento, dice, el viento va a barrerlo todo en este país, pero haz el favor de no preocuparte por mí, me las apañaré bien yo solo, nadie va a causarle problemas a un viejo.

Está avanzando palmo a palmo con el tráfico sola en el coche cuando contesta al móvil, son las nueve menos cinco, baja el volumen de la radio y oye la voz de Carole. Eilish, ¿estás ahí?, ¿hola? Sí, Carole, aquí estoy, camino del trabajo, acabo de comprar un bollo y tengo la boca llena. Mira, no sé cómo decírtelo, Eilish, pero Mark no volvió anoche. El bolo de masa en la boca, se obliga a tragarlo y tiene la sensación de que algo maligno repta garganta abajo. ¿Me oyes, Eilish?, lo siento mucho, no sé qué decir, me quedé dormida ayer por la noche y me he despertado temprano esta mañana. De acuerdo, déjame pensar un momento, voy a llamarlo, seguro que no hay de qué preocuparse. Cuelga y busca en el bolso el móvil de contacto, hurga dentro y luego le da la vuelta y desparrama el contenido en el asiento, coge el móvil y llama, una voz dice que el número marcado no está disponible. Trata de dar con algún sitio donde detenerse pero no hay donde parar a orillas del canal, el tráfico la obliga a seguir hasta que las luces rojas del coche de delante indican que se detiene, las gaviotas se abaten sobre el camino de sirga. En la ventanilla trasera de un coche más adelante lee una pegatina que dice, LA MEJOR DEFENSA ES UN CIUDADANO ARMADO, y debajo otra pegatina que reza, HAY QUE ACABAR CON LA DICTADURA JUDICIAL. En la intersección gira y va en dirección norte hacia la casa de Carole, diciéndose que la solución más sencilla es con toda probabilidad la correcta, Mark se fue en bici a saber dónde y se le pasó la hora del toque de queda, habría sido muy arriesgado volver, un coche patrulla podría haberle dado el alto y detenerlo en el acto. Mira el cielo cada vez más amplio en busca de alguna clase de alivio, ve su furia alzar el vuelo, la ve volar hacia la fría derrota. La cortina se arruga cuando aparca delante de la casa de Carole y un momento después Carole está rara ante ella con los brazos cruzados. A la luz de la cocina parece haber envejecido de la noche a la mañana, los huesos despuntan en la cara, mana agua bajo sus ojos. Sin decir palabra, Eilish va a la casita y encuentra la puerta sin cerrar, se fija en la pulcritud y lo definitivo del acto, Mark ha hecho la cama y se ha llevado sus pertenencias y ha dejado la habitación como la encontró salvo por la bicicleta apoyada en la pared.

El teléfono permanece en silencio en su bolso toda la tarde y hasta la noche, permanece en silencio durante el transcurso de la noche. Al despertar de madrugada de un sueño que no ha sido sueño en absoluto le sale al encuentro un silencio que se ha convertido en una abstracción fragorosa. Tiene que hacer el esfuerzo de arrostrar el día y presentarse enmascarada ante los chicos, instarlos a que se apresuren a desayunar diciéndose que no hay motivo para preocuparlos. Empieza a cobrar conciencia de que va en el coche como si no hubiera estado conduciendo en absoluto, una autómata está al volante conduciendo de memoria mientras ella permanece completamente al margen del tiempo, se nota apagada y distraída en el trabajo, el día transcurre sin ella como si estuviera sentada sola en una antesala esperando a que se abriera una puerta cerrada. Dentro de poco anochecerá, pasa la noche, el móvil está en la encimera de la cocina, descansa en su mano, lo mira una y otra vez como si en cualquier momento fuera a iluminarse con su llamada, ve cómo se cierne la segunda noche. Duerme con el móvil junto a la almohada y oye una llamada fantasma en un sueño, despierta con el teléfono en silencio en la mano. Está en mitad de las escaleras con Ben en brazos y pidiendo que alguien busque sus zapatos cuando empieza a sonar el móvil en el dormitorio y tiene que oírlo dos veces antes de creerlo, le grita a Bailey que se aparte y pasa por su lado escaleras arriba. Cierra la puerta del dormitorio y deja al niño en la cuna. Mark, dice oyendo música de fondo, un murmullo de voces, oyendo cómo él inspira lentamente y luego espira, ella sabe que le da miedo hablar, siente deseos de castigarlo y reafirmar su poder sobre él. Por qué has tardado tanto en llamar, hemos estado muertos de preocupación, Carole está fuera de sí, no tenías derecho a irte de su casa así después de todo lo que ha hecho por ti. El teléfono está mudo y entonces Mark se permite

144

suspirar y carraspea. Pensaba que no teníamos que mencionar nombres. Ahora eso da igual. Mamá, dice, ¿quieres que cuelgue?, ¿es eso lo que quieres? El mundo se ha desmoronado llevándose consigo su percepción de la habitación, la casa, se encuentra en algún espacio oscuro percibiendo únicamente la respiración de su hijo, percibiendo la mente detrás de la respiración, se maldice por haberle regañado. Mark, dice, estoy muerta de preocupación, podría haberte ocurrido cualquier cosa. Mira, dice él, lo siento, pero no puedo hacerlo. Algo sólido ha empezado a desprenderse, es su corazón que se desliza como si fuera grava. ¿Qué no puedes hacer?, pregunta. Lo que me pediste que hiciera, huir, no puedo seguir con eso. Entonces, ¿qué crees que estás haciendo ahora? Mamá, esto es distinto. En qué sentido es distinto, llegamos a un acuerdo, decidimos que era lo mejor, ¿qué crees que ocurrirá si te quedas en el país y te descubren las autoridades?, te llevarán ante un tribunal militar a puerta cerrada donde puedan hacer lo que les venga en gana contigo, se te llevarán igual que a tu padre. Le parece que él está masticando algo, oye el burbujeo de un refresco y luego la boca que traga. Estoy en un lugar seguro, dice él. Quiero saber con quién estás. Mamá, todo va bien, te prometo que seguiré en contacto con este móvil, siento haber tardado tanto en llamar. Ella cierra los ojos, recuerda una sensación de un sueño, iba de un cuarto a otro llamando pero no había respuesta y no podía despertar aunque sabía que estaba soñando, abre los ojos y ve que su mano se tiende hacia un abismo ciego y cada vez más ancho. Mark, dice, eres mi hijo, haz el favor de volver a casa para que resolvamos esto, no puedo dormir sabiendo que te has ido, todavía tengo derecho legal sobre ti. ¿Y qué ley es esa, mamá, si ya no hay leyes en este país? Ha levantado la voz y ella se refugia en el silencio. Te niegas a aceptarlo, mamá, no quieres reconocer lo que está pasando. La verdad, dice ella, no creo que eso sea justo en absoluto y además no viene a cuento, llegaste a un acuerdo conmigo, un acuerdo que no has cumplido. Fíjate, más de lo mismo, dice él, por qué no te das cuenta, simplemente no te darás cuenta hasta que se plante en la puerta y se nos lleve a todos uno tras otro. Ben está delante de los barrotes de la cuna con una mano tendida, su balbuceo se convierte en quejido. Se acerca a él y lo coge con un brazo, acalla la mejilla llorosa con el pulgar. No puedo seguir de brazos cruzados, dice Mark, todo esto me revuelve las tripas, se las revuelve a Molly, quiero recuperar mi vida de siempre, quiero que papá vuelva a casa, tal como vivíamos antes. Mark, quiero que me escuches... No, mamá, ahora tienes que escucharme tú a mí, quiero que oigas lo que tengo que decir, ya no dispongo de libertad, tienes que entenderlo, no hay libertad para hacer ni para ser cuando se la cedemos a ellos, no puedo vivir mi vida así, la única libertad que me queda es luchar. Ella se precipita a una sima ciega, sus palabras se dispersan y se disuelven en la tierra, se repone, se lanza a través de la oscuridad buscando ver a su hijo y no atina a ver nada salvo voluntad, la voluntad de Mark como si fuera una luz incorpórea que le pasara por delante. Abre los ojos y vuelve a dejar a Ben en la cuna, deambula por la habitación tirándose del pelo, se da cuenta de que ha sucedido demasiado pronto, la cesión de su hijo al mundo, el mundo convertido en una suerte de inframundo. Mark es silencio y luego es aliento y ella no sabe cómo hablar con él. Dice, cuídate, cariño, ¿me oyes?, no hagas ninguna estupidez, y ten el móvil encendido, quiero poder hablar contigo. Mark dice, ¿puedes pasarle el teléfono a Molly? Está abajo, no quiero que sepa lo que ocurre, ¿cómo crees que va a tomárselo?, bastante malo es que tu padre ya no esté. Mira, mamá, tengo que colgar, dile..., dile que la echo de menos también.

El clima tiene memoria. En el cielo el apogeo de la primavera, las ágiles golondrinas, los vencejos tan oscuros, se ve en el regreso de los pájaros los años transcurridos, la época de la inocencia en la que daba por hecha la fruta, eso es lo que piensa, tomaba la fruta de la mano que la daba y la mordía sin saborearla, tiraba el hueso sin pensarlo. Pasea sola por Phoenix Park intentando escapar de sus pensamientos pero no ve más que sus pensamientos ante sí, bajo la mirada de los árboles de hoja ancha. Levanta la vista pensando en el tiempo que ha transcurrido bajo estos, que los árboles llevan la cuenta de los años imprimiendo el tiempo en la madera, pasan los días y ella no los puede retener, los días pasan y pasan y aun así no es el tiempo lo que se aleja, es otra cosa y se la está llevando a rastras con ella. Khyber Road abajo ve a Larry en la espalda ancha de un hombre que coge la mano de un niño y cuando el hombre se vuelve junto al maletero del coche ve la misma barba rojiza, lo observa mientras coloca al niño en su asiento, piensa que la han engañado, que Larry ha estado llevando una doble vida todo el tiempo e inventó su detención para embaucarla. Camina colina arriba por Magazine Fort pensando que ojalá fuera cierto. Limpia el agua de lluvia de un banco blanco y se sienta con vistas al río Liffey, los remeros universitarios ya no surcan el agua, el aire obsequioso, fue aquí en uno de estos bancos donde se sentó con Larry y sintió avivarse dentro de ella la criatura que sería Mark, los primeros aleteos como si al niño le estuvieran saliendo alas para remontar el vuelo desde su interior.

5

El ruido se abre paso hasta el sueño, asciende a la deriva a través de dos mundos oyendo el sonido de pasos en la grava, una risa junto a la ventana del dormitorio como si se hubiera dejado escapar una sombra de un sueño. Se encuentra de súbito en la habitación oscura, la consciencia fría y veloz en la sangre de que algo ha golpeado la puerta de cristal abajo, oye cómo el sonido se propaga en huera convulsión a través de la casa, el peso lento del cuerpo cuando se levanta a toda prisa de la cama. Lo que ve fuera son tres hombres en el sendero de acceso, un todoterreno blanco aparcado con el motor al ralentí. Lanzan algo contra el cristal del porche y suena un estallido a su espalda cuando la puerta del dormitorio golpea la pared, Molly va dando traspiés hasta sus brazos gritando que unos hombres intentan entrar en casa, ella le tapa la boca con la mano y se aparta de la ventana. Un instante puede ralentizarse y abrirse a un plano de otro tiempo, está vadeando sin luz a través de una oscuridad cada vez más densa con miedo a estar rodeada de lobos, se llama a sí misma desde lejos pero no oye su propio nombre. Algo grande rebota en el cristal de nuevo y Molly se acongoja, se aferra a su cuerpo, deja escapar un gemido grave. Sin pensarlo, Eilish ha ido a la cuna y cogido al niño dormido, lo deja en los brazos de Molly y los hace salir de la habitación, Molly se detiene en el rellano, empieza a respirar entrecortadamente, los ojos desorbitados de pánico. Eilish la zarandea por los hombros. Ya vale, dice, no hay tiempo para eso, vete al cuarto de baño y cuida de tu hermano y no hagas ruido. Bailey ha ido a la puerta de la habitación frotándose los ojos y Eilish lo manda al cuarto de baño y les dice a los dos, cerrad la puerta, no salgáis hasta que yo lo diga. Mientras se acerca a la ventana del dormitorio se adelanta a todos los desenlaces, oye las risas fuera, si quieren entrar es como si hubieras dejado la puerta abierta, su mano rebusca el móvil en la oscuridad, no recuerda haberlo puesto junto a la ventana, la operadora de emergencias habla con voz lenta y firme. Por las cortinas ve a un hombre subirse encima del Touran, tiene los brazos y el cuello engalanados de tatuajes, otro tipo se apoya en el lateral del coche. El hombre golpea con un bate el parabrisas, luego se saca el sexo y orina sobre el coche, los dientes simiescos que ríen mientras el hombre se cierra la bragueta y baja de un salto a la grava. Al otro lado de la calle se enciende la luz de un dormitorio y luego se apaga mientras el todoterreno se va a toda velocidad.

Observa cómo la luna atraviesa la casa, la luz magullada del amanecer alcanza a Ben en la cuna, la luz maltrecha alcanza a Molly que duerme abrazada a su cuerpo como una niña pequeña. Ha llegado el amanecer y sin embargo el día ha huido, ahora lo comprende, la luz que vuelve insustancial la oscuridad es falsa y es la noche la que permanece impertérrita y verdadera, llamó a los niños a sus brazos a sabiendas de que su consuelo era falso, esta casa no era lugar seguro. Se separa de Molly y va a la silla y se viste en silencio, se vuelve para ver el rostro de Molly acariciado por la luz de satén, el ceño fruncido mientras duerme. Mira por la puerta entreabierta el cuarto de los chicos donde Bailey está tumbado en la cama de Mark vestido con su ropa y dormido encima del edredón. Baja, sale a la calle y recoge una piedra del sendero de acceso, se para delante del parabrisas roto del Touran, lee lo que hay escrito en el capó y el lateral del coche, en las paredes y las ventanas y la puerta del patio de la casa, la misma palabra pintada con espray rojo. Se lo está contando todo a Larry como si ya fuera algo del pasado, una historia conformada a partir del recuerdo, van en el Touran y ella lo ha recogido de dondequiera que lo hayan puesto en libertad, ve que ha adelgazado y la ropa le queda grande, lo ve tirarse de la barba con las manos, sabe lo que despertará en su sangre, lo que yace dormido en la sangre de todos los padres, una violencia primaria que despierta y descubre que ya ha sido silenciada, algo se rompe en el interior de un hombre que descubre que no pudo proteger a su familia, será mejor que no se entere. Se abre la puerta de una casa en la acera de enfrente y Gerry Brennan sale con una bolsa negra de basura. La deposita en un cubo con ruedas, echa un vistazo rápido a la casa y se da cuenta de que lo han pillado, saluda con la mano, cierra la puerta de la calle sin echar la llave y va hacia ella, un anciano ágil en zapatillas que se ata el cinturón de la bata. Dios mío, Eilish, hay que ver lo que han hecho, debiste de llevarte un susto de aúpa. Se agacha, coge una piedra y la frota con el pulgar. Qué gentuza, dice, Betty llamó a la policía, pero debíamos de estar dormidos cuando vinieron, fue un jaleo terrible. Ella contempla sus ojos leyendo la palabra TREIDOR pintada una y otra vez en rojo, él empieza a escudriñar con la mirada entornada la palabra y luego la observa a ella perplejo. ¿Es cosa mía o no está bien escrita? No sé, Gerry, ¿cómo la escribirías tú? Espera un momento, no puedo pensar sin gafas, sí, tendría que ser una A en vez una E… Me parece a mí, Gerry, que han escrito exactamente lo que querían decir, lo han deletreado alto y claro, yo también llamé a los gardaí, pero no vino nadie, pasé media noche esperándolos. Observa que las cejas enfurruñadas se arquean en un gesto de incredulidad y luego se hunden como si tuvieran delante alguna noción borrosa. Este país se ha ido al cuerno, dice él, anoche los gardaí debían de andar ocupados con vándalos y demás energúmenos, tu casa no debió de ser la única. Pasa la mano por el lateral del coche. Tendrás que llevarlo al taller, dice, pero las paredes de la casa se limpiarán sin problema, tengo en el cobertizo una pintura blanca para mampostería que seguro que va bien, voy un momento a cogerla, no me llevará más que unos minutos. Ella se cruza de brazos y mira hacia la acera de enfrente. Bah, que lo vean, Gerry, que vean lo que le han hecho a nuestra casa, una familia corriente que se ocupa de sus asuntos, ¿no es una publicidad estupenda de la vida ahora en este país? El sol pasa por un hueco entre las casas cuando Gerry se da la vuelta y mira su casa. Sí, bueno, voy de todas maneras a buscarla. El cinturón de la bata se le ha soltado al cruzar la calzada y no se molesta en anudárselo. Ella mira con gesto adusto la calle, ve la sucesión de puertas cerradas, cuenta seis casas que han colgado la bandera nacional de sus ventanas. Está hecha una furia cuando entra en casa, una furia mientras busca arriba la acetona, solía estar en el armario del cuarto de baño, busca la rasqueta debajo de las escaleras pero lo que encuentra es humillación como si la tuviera delante en la estantería, la vergüenza y el dolor y la pena circulan a placer por su cuerpo. Ahora se da cuenta de que todo se sabrá, de que los juzgarán, todos vieron lo que ocurría anoche y no dirán ni palabra.

Los chicos están vestidos y preparados para ir a clase pero no salen al coche. Bailey la sigue a la cocina y la mira sacar las fiambreras del armario, el pan, el queso y el jamón en la encimera. Mamá, dice, ¿no podemos cogernos el día libre?, no quiero ir a clase. Ella saca un cuchillo del cajón y lo cierra con la cadera. ¿Has recogido la toalla del suelo del baño como te he pedido? Mamá, ¿has oído lo que he dicho? No quieres ir a clase. Sí, no quiero ir a clase. Bueno, ¿qué propones hacer entonces?, no vas a quedarte aquí tirado todo el día viendo la tele hasta que se te pongan los ojos como platos, venga, vete a por el abrigo. Él se niega a ir

al coche, se queda en el recibidor de brazos cruzados. Ella sale y pone al bebé en el Touran, se planta en el recibidor delante de su hijo, le coge la
mochila, se la coloca entre los brazos y le hace salir. Cuando vuelve a entrar Molly está sentada en
las escaleras con la mirada en el suelo, las rodillas
muy juntas, parece una niña que se fue a dormir
con algo entre los brazos y al despertar había des-
parecido. Eilish le coge el abrigo y la mochila. No
has desayunado, dice, vas a desmayarte de hambre, ¿por qué no te comes una tostada en el coche?
Molly mira más allá de su madre, hacia la calle, su
voz es un suspiro apenas. ¿Y si vuelven, mamá?,
igual vuelven, ¿y si la próxima vez entran en casa?
Lo que hay en los ojos de su hija hace que Eilish
se arrodille a su lado, le agarra la mano a Molly y se
la acaricia con el pulgar. No van a volver, cariño,
por qué iban a volver, ya se han divertido bastante, para ellos no era más que eso, vieron el nombre
de Mark y la dirección en el periódico y querían
asustarnos, seguro que han ido a otras casas también, hablaré luego con los gardaí y te contaré
cómo va, te prometo que estaremos bien. Mientras habla, una voz en su interior le dice, no le
mientas a la niña, y aun así cuando se pone en pie
está segura de que lo que ha dicho es verdad, ahora está impaciente, le hace señas a Molly de que
salga, la toma por el brazo. Vamos a llegar tarde,
dice. Molly no quiere sentarse delante, así que
Bailey pasa desde atrás por el hueco entre los
asientos y se sienta de cara a una telaraña de cristal
agrietado. Eilish cierra la puerta del porche y echa
la llave, se queda mirando la casa, Gerry Brennan

ha hecho un buen trabajo con las paredes, y rápido además, ha limpiado las ventanas con acetona, nadie pensaría al ver la casa que los han juzgado, que los han señalado en pintura de color rojo sangre como enemigos del Estado. Cuando ella se monta en el coche Bailey está agachado subiéndose un calcetín y le lanza una mirada severa. No se te ocurra acercarte a las puertas del colegio, le dice a Eilish. Ella arranca el Touran y se incorpora a la carretera mirando con ferocidad a través del cristal, afronta las caras boquiabiertas de cada coche que pasa, el ciclista que la mira fijamente en los semáforos, los colegiales que escudriñan atónitos y señalan. Conduce notando la ira en las manos, el coche avanza entre el tráfico como si lo impulsara el cruel ímpetu de su sangre. Conduce y disfruta del juicio sumario y la divulgación de su delito, que nos azoten con las miradas, piensa, que vean la clase de traidores que somos, la clase de mundo que han permitido crear. Molly no se quita las manos de la cara y cuando habla Eilish no la oye. ¿Qué has dicho, cielo?, pregunta. Bailey mira a su madre furibundo. Mamá, responde él, dice que no quiere ir a clase, dice que se quiere morir.

Está intranquila en casa e incómoda en su propio cuerpo, permanece despierta todas las noches con el oído aguzado hacia la calle. Un coche que pasa puede ser muchas cosas, alguien que regresa tarde de juerga o alguien que madruga para ir al trabajo, se vuelve y encuentra a Molly dormida en el lado de la cama de Larry y no recuerda que viniera. Rodea con un brazo a su hija deseando dormirse, deseando despertar en un mundo distinto. Los gardaí no vinieron a casa, llamó a comisaría tres veces y luego volvió a llamar y preguntó por el garda Timmons solo para que le dijeran que lo habían reasignado. Ahora sabe que hubo otros ataques, que lo que pasó en su casa pasó por todo el país, parabrisas de coches destrozados con tubos y bates, escaparates de comercios hechos añicos y fachadas dañadas. Corren rumores de que algunos eran miembros de las fuerzas de seguridad, de que algunos pertenecían a los gardaí. Qué coincidencia, ¿no?, dice Áine, que todo ocurriera la misma noche, una especie de telepatía colectiva, os vemos todas las noches en las noticias, he empezado a susurrar breves plegarias, no lo puedo evitar, aunque no tengo ni pizca de religiosa, no puedo dejar de pensar en Mark. Áine, por favor, no hables de él por teléfono. Esa sensación ahora de prontitud, de presión que cede al movimiento, es como si algún dispositivo sensorial del cuerpo percibiera la fuerza en el aire, se dice que el calor fluye de caliente a frío, el gas de arriba abajo, que la energía cede al desorden y que lo que ya no tiene fuerza suficiente se dispersa. Un coche aminora hasta detenerse delante de la casa y ella contiene la respiración muy quieta, una puerta se cierra y se abre, mete la mano debajo de la cama, agarra el martillo de Larry y lo tiene a su lado cuando se acerca a la ventana, un vecino que camina de un taxi a la puerta de su casa busca las llaves en el bolsillo.

Retira la sábana mojada de la cama de Bailey y de repente está hurgando en el cajón de la mesilla, no sabe por qué. Un revoltijo de bolígrafos y pegatinas y soldaditos de juguete en poses diversas de combate, uno lanza una granada mientras otros disparan con una rodilla en tierra, antes eran de Mark. Mete la mano hacia el fondo donde palpa un encendedor, encuentra dos más, los saca y se da cuenta de que los han cogido de su bolso. Recoge una sudadera con capucha y se la lleva a la nariz, no huele a humo de tabaco, quién sabe qué se trae entre manos, piensa, igual está intentando que tú dejes de fumar. Anda con él por Connell Road, el aire murmura sobre los árboles, se fija en el cambio que está sufriendo el porte de su hijo, el aire audaz y decidido con que camina como si estuviera probando qué tal le sienta. Toca el mechero en el bolsillo y quiere hablar mientras ambos levantan la vista hacia un helicóptero militar que pasa por encima. El gusano se menea, dice él, ¿te da miedo el gusano? Ella guarda silencio, lo observa con atención, procura no fruncir el ceño. ¿El gusano?, dice. Sí, el gusano. ¿De qué hablas? Hablo del gusano. ¿Qué es el gusano? No lo sé, es difícil de explicar, pensaba que tú lo sabrías. Tiene el gesto compungido mientras habla, va pasando los dedos por el muro cubierto de hiedra. El gusano se menea, repite, cada vez es más fuerte, el gusano hace lo que quiere. Se han detenido delante del café Alamode y ella permanece callada mirando el encaje de cristales agrietados, cuenta tres golpes de bate o pedradas, han reforzado la cristalera con cinta adhesiva en forma de equis. Hay un aviso de cierre obligatorio en la puerta con fecha de la semana siguiente. Las luces están encendidas pero el establecimiento está vacío, un hombre que echa café en grano en la máquina se vuelve hacia ellos con dos expresiones en la cara, la sonrisa vacilante no oculta su pesar. Ay, Issam, dice ella, qué han hecho, pensaba que igual habías cerrado. Hablan en voz queda un momento mientras Bailey escoge un sitio y luego Eilish se reúne con su hijo junto al ventanal, baja la voz y se inclina hacia él. Para con la tontería del gusano, dice, no me gusta. Pero el gusano es un hecho, responde él, le da igual si a ti te gusta o no. Mira, voy a ser sincera, las cosas van a ser difíciles durante una temporada, ahora mismo necesito que me ayudes de verdad. Bailey está haciendo girar el salero y ella se lo arranca de la mano y lo coloca delante de ella en la mesa. Sigues mojando la cama, dice. Me duelen los pies, dice él, quiero unas deportivas nuevas. Iremos mañana a comprártelas, quiero saber qué podemos hacer para que dejes de mojar la cama. No mojo la cama. Bailey, quiero que te tomes esto en serio, ¿quieres dormir en la cama de Mark a partir de ahora?, puedes hacerlo si te apetece, siempre habías querido estar junto a la ventana, ya recuperará su cama cuando vuelva a casa. Ella examina el rostro despejado e infantil, el simple hecho de su presencia, lo ve como era de bebé y como podría ser de anciano, una partícula de luz suspendida en una oscuridad intemporal parpadea solo un instante, las pecas que forman una constelación en torno a la nariz, los ojos tan familiares y aun así desconocidos como si quien mira detrás de ellos hubiera cambiado, cada día debe de levantarse para encontrarse una casa sin padre, con el hermano ausente en la habitación. ¿Y si no vuelve a casa? Quiero que me escuches, dice ella, tu padre y tu hermano van a volver. ¿Y si no vuelven? No digas tonterías, ¿adónde crees que va a ir tu padre, y tu hermano también, cuando todo esto haya acabado? El gusano hace lo quiere. Te he dicho que ya está bien con esa tontería del gusano, tienes que creerme cuando te digo que van a volver, nunca he tenido nada tan claro en mi vida, pero por ahora tenemos que seguir adelante con todo como mejor podamos, ¿lo entiendes? Sí, dice él, pero al gusano no le importa lo que hagamos. Entonces pelea, responde ella, coge al gusano por el cuello y retuérceselo. Observa a Issam acercarse con sus zapatos de suelas blandas y susurrantes. Ella pide huevos y café mientras que Bailey pide un desayuno bien grande e Issam lo mira y sonríe. Qué quieres, ¿leche, cola, zumo, agua? Quiero café. Eilish frunce el ceño desde el otro lado de la mesa. ¿Café? Sí, ya soy bastante mayor. Bien, dice Issam, café para el joven.

Recursos Humanos la convoca a una reunión sin aviso previo un cuarto de hora antes de comer, el mensaje aparece en la pantalla mientras está hablando por teléfono. Mira hacia el otro lado de la estancia, la luz está encendida en la sala de reuniones, las persianas bajadas, Paul Felsner no está en su despacho. Sin decir una palabra más cuelga el teléfono, coge la taza y va a la cocina viendo a sus colegas absortos en las pantallas, piensa en la súbita ronda de citas, en los acólitos del partido que han metido en la empresa, en que el régimen ha estrechado el cerco. Observa cómo la máquina de café escupe líquido en la taza y luego deja la taza en el fregadero. Les hará esperar unos minutos más, vuelve a su escritorio, coge el móvil de contacto del bolso y le envía un mensaje a Mark, ha intentado llamarlo pero tiene el teléfono apagado, hace tres días que no le ha contestado un mensaje. Una mano invisible separa las lamas de la persiana en la sala de reuniones y el teléfono de su mesa empieza a sonar. Se ve cogiendo el abrigo y saliendo sin decir palabra, llamando a un abogado, pero de qué sirve ahora un abogado, se dirige a la sala de reuniones sintiéndose como una marioneta. Ahí está Paul Felsner sentado en la sala a la mesa ovalada junto a una morena sin nombre de Recursos Humanos, ella entra, acerca una silla y mira fijamente la sonrisa insegura de la mujer y entonces Paul Felsner dice, gracias, Eilish, por venir. Ella no le mira los ojos sino que observa la boca estrecha, los dientes inferiores torcidos, las manos pequeñas junto al documento que sellará su despido. Por un instante está a la deriva en su angustia mirando por la ventana, la luz artificial indirecta donde se funde con la luz prestada del exterior, una sensación de irrealidad mientras se mira las manos, está a un tiempo triste y furiosa y le hace gracia que nueve años de su vida hayan acabado así. Es entonces cuando mira a la morena de arriba abajo, sonríe y dice, ¿quieres que te diga cómo empezar? Mira a los ojos a Paul Felsner y ve en el rostro un abismo.

El espejo refleja la habitación en penumbra. Refleja su rostro como si estuviera transcurriendo la noche y no la tarde, las cortinas cerradas, el niño dormido en la cuna, Bailey gritando en el jardín. Mira el espejo y no se reconoce, sus manos buscan el pasado en el cajón, la alianza de oro de su madre, el anillo de compromiso de diamante de talla oval. Sopesa ambos en la palma de la mano buscando una imagen detenida en el desvanecimiento de su memoria, el rostro de Áine lívido ante ella y luego desaparece como un espectro. El dolor que sintió después de la muerte de su madre cuando su hermana no quiso quedarse uno de los anillos. Cierra los ojos buscando el pasado en movimiento pero el pasado solo se mueve como una sensación, siente la mirada burlona de su madre, un comentario que brotó de su boca desabrida, a tu padre le venía mejor estar casado. Mira los anillos calculando su valor, pasa la mano por los otros objetos que hay la cama, el jarrón de vidrio de plomo, la bandeja ovalada de plata de aniversario que era de su abuela, su cucharita del bautizo. Cada objeto provoca un instante de sentimiento y aun así no albergan nada en sí mismos y está harta de ellos, qué son sino reliquias de familia, objetos de adorno que viven en cajones oscuros, Molly está plantada en la puerta. No te enfades, dice, anoche recibí un mensaje de Mark. La mirada feroz de sus propios ojos en el espejo cuando Eilish desvía la vista de la puerta. Te he dicho que no te enfades. Por el amor de Dios, Molly, ¿qué dijo? Lo envió anoche a la una y diez, dijo que estaba bien, que no me preocupara, que lo hacía por papá. Eilish mira el rincón del cuarto como si viera a su hijo en un espacio silencioso, se vuelve en el momento en que Molly se sienta en la cama y acaricia el jarrón de vidrio de plomo. ¿Le has dicho a Bailey lo del trabajo?, pregunta. No estoy segura de que deba saberlo todavía. ¿Por qué no le pides dinero a Áine? Ya te lo dije, Molly, todo irá bien. ¿Vamos a comer cordero por Pascua? Sí, comeremos cordero por Pascua, aunque no tengo ni idea de por qué seguimos celebrándola. Se mira en el espejo en la otra punta de la habitación y ve a su madre sosteniéndole la mirada, este espejo también era suyo, seguro que Jean también vería a su madre y su madre vería a la suya antes que ella. El repentino vértigo del tiempo y sin embargo cuando abre los ojos el espejo sigue manifestando su verdad de que solo existe este momento ahora. Se pone el anillo de compromiso de su madre y descorre las cortinas revelando una tarde más bien gris.

La abogada Anne Devlin camina calle arriba con el aire de quien está acostumbrada al movimiento constante, las manos un poco apretadas y la mirada al frente mientras Eilish espera a que pase delante. Cruza el puente de O'Connell Street, la mujer esbelta de traje oscuro, rizos de pelo rojizo recogidos, la sigue a una tienda de ropa y por una salida a Prince's Street y luego a una galería comercial, la sigue hasta Henry Street donde la abogada espera a que Eilish llegue a su altura. Muchos comercios están cerrados y aun así la calle sigue bastante concurrida, la tienda de deportes está abierta, el expositor de helado italiano ha hecho que se forme una cola. Mi ayudante ha desaparecido, dice Anne Devlin, se fue a casa el viernes pasado y no se lo ha visto desde entonces, la OSNG ha levantado un muro de silencio, vivía solo y tengo que vérmelas con sus padres, mi marido y mis hijos están aterrados... Una yonqui en chándal pasa entre ellas gritando por el móvil, Eilish se fija de súbito en el rostro descuidado de Anne Devlin, los ojos angustiados que miran calle abajo están fijos en la Medusa del monumento. Yo estoy a salvo, creo, porque soy una cara conocida en los canales de noticias internacionales y escribo en la prensa internacional, pero algún día no muy lejano vendrán a por mí, mis colegas del centro me han pedido que me coja una excedencia, mi marido me ha pedido que lo deje, me dice, de qué puede servir que desaparezca aparte de para ver con mis propios ojos adónde han ido a parar mis clientes. Agarra a Eilish por la muñeca y aprieta. Lo siento, Eilish, pero no tengo ninguna novedad, seguiré intentándolo, por supuesto, he hecho indagaciones exhaustivas, tengo fuentes confidenciales a las que recurrir pero nadie sabe decirme dónde está Larry, no sé qué decirte, esperemos que siga detenido, no hay nada que hacer salvo mantener la esperanza. Le aprieta la muñeca otra vez y se la suelta. Esa sensación en el interior del cuerpo como si el suelo se hubiera hundido bajo sus pies, ella observa el incesante embate de gente que pasea por la calle, pensando, ¿a cuántas personas han hecho desaparecer? Lo que veo ahora, Eilish, es un agujero negro que se abre ante nosotros, hemos rebasado el límite de la huida e incluso cuando el régimen haya sido derrocado el agujero negro seguirá creciendo y consumiendo este país durante décadas. Eilish va hacia su coche oyendo la voz de la mujer, ve las calles falseadas y se nota sin aliento, asustada y sola, tiene que pensar un momento dónde ha dejado el coche, lo ha aparcado en la calle cerca del Centro de Investigaciones Jurídicas, observando el Touran al acercarse se da cuenta de que algo va mal, ve los neumáticos rajados, el faro delantero reventado, el retrovisor lateral en el suelo.

Bailey agarra de un zarpazo el mando a distancia y apaga la tele, tira el mando a la otra punta de la sala donde rebota en el apoyabrazos del sofá y va a parar al suelo. Ella ha intentado sonreír mientras le daba la noticia de que ha vendido el coche, la sonrisa perdura inerte en su rostro. ¿Cómo se supone que vamos a vivir ahora?, dice él, ¿cómo vamos a ir a clase? Mira, dice Eilish, el precio de la gasolina está por las nubes, sencillamente no nos lo podemos permitir, puedes ir en autobús como todo el mundo, ya nos las apañaremos. Se vuelve hacia ella con un gesto salvaje y Eilish mira el rostro fijamente y no lo reconoce, las manos a los costados como puños, parece como si quisiera golpearla. Nos has hecho quedar como idiotas, dice él, ¿qué se supone que voy a decirles a mis amigos? Molly se levanta de la silla y se planta delante de su hermano. Cállate la boca, le dice, no es más que un puñetero coche, nada de todo esto es culpa de mamá, ¿es que no entiendes lo que está pasando? Eilish busca algo pero no sabe qué, se levanta como atrapada en una nada repentina, coge una revista y la deja. ¿Qué has hecho con mi estilográfica?, dice con la mirada fija en Molly, ¿cuántas veces te he dicho que no la toques? Un pliegue de dolor da forma al rostro de Molly. ¿Por qué me hablas así? Levanta los brazos en el aire y se precipita hacia la puerta, Bailey sigue ferozmente plantado delante de su madre. Ves, dice, esta familia es un chiste, y voy a decirte otra cosa porque puedo, tú también eres un puto chiste, ojalá no fueras mi madre. Ha huido a la cocina con una sensación de náusea en el cuerpo, pero él ha seguido el rastro de la sangre. Se queda delante del fregadero temerosa de la cara desconocida, los ojos que se le clavan en la espalda, contempla la lluvia fuera, los árboles que se rinden a la lluvia y la oscuridad en ciernes. Es entonces cuando se da cuenta de que el gusano se ha tragado a su hijo, o su hijo se ha tragado el gusano, ella le sacará el gusano de la boca, se vuelve para encararse con él. ¿Cómo te atreves a hablarme así?, dice levantando el mentón para mirarlo desde arriba. Aquí van a cambiar las cosas, estás ahí gritando y haciendo aspavientos pero tienes doce años y todavía mojas la cama y dentro de poco cumplirás los trece, no tienes ni puta idea, si tuvieras la menor noción de lo que está pasando no tardarías en morderte la lengua. Por un momento Eilish tiene al gusano agarrado por el cuello, lo sostiene retorciéndose delante de Bailey, un fogonazo de miedo le ilumina los ojos y entonces se desprende la careta siniestra. Ve ante ella a un niño y siente deseos de abrazarlo pero la cara de su hijo se endurece con desdén. Ahí lo tienes, dice Bailey, ya estás otra vez diciendo tonterías. La palma de la mano de Eilish le ha cruzado la cara antes de que haya pensado en hacerlo y él la mira pasmado y luego se toca la mejilla como para comprobar que la bofetada ha sido real. Esboza una sonrisa falsa y deja que las lágrimas le resbalen de los ojos y luego los entorna como retándola a que lo abofetee de nuevo. Se está deshaciendo ante él, lo mira a los ojos buscando a su hijo sin llegar a verlo, percibe cómo él rebusca a tientas en una oscuridad interna y se aferra a algo allí, algún aspecto nuevo y prohibido del niño y el hombre que salen al encuentro. Es entonces cuando a Bailey se le demuda el gesto y se echa a llorar como un niño, menea la cabeza y no quiere dejarse abrazar pero ella lo coge entre los brazos y no lo suelta, sintiendo dentro la totalidad de su amor. Cuando se zafa de ella va a la puerta y sale a la parte de atrás, coge la bici de Mark y cruza la casa empujándola. ¿Adónde vas con eso?, pregunta ella. Voy a la calle. No, nada de eso, fíjate qué hora es, casi ha comenzado el toque de queda. Bailey sigue con la bici hacia el recibidor hasta que Eilish oye cerrarse la puerta de la calle.

La cola de la carnicería alicatada de azul sale por la puerta. Son las cinco y cuarto y espera su turno con Ben dormido en el carrito, viendo toda clase de tiempo en el cielo. Mira en dirección este a la nube plomiza que se hace eco de una sensación dentro de ella, mira por el cristal al carnicero Paddy Pidgeon y a su hijo Vinny que trabaja sin dar charla, una larga muñeca blanca alcanza una bandeja de carne. Está pensando en la gente a la que tiene que llamar en busca de trabajo, procura no prestar oídos a la conversación de los clientes en la cola, el hombre que se golpea la mano con un periódico sensacionalista doblado mientras habla con una anciana, los ojos saltones y el aire inquieto, bien podría ser el entrenador de fútbol de Mark. Se les ha acabado el tiempo a esos cabrones de los rebeldes, dice, vamos a hacerlos salir de sus escondrijos como ratas, lo que ocurra ahora será decisivo. Ella se mira los pies pensando en lo que ha oído en la BBC, cómo la insurrección continúa creciendo por todo el país, los rebeldes han logrado establecerse en el sur, la cola avanza hacia la puerta mientras saca el monedero y cuenta el dinero. El cansancio por todo el cuerpo, le gustaría despertar sin soñar, alargar la mano y sacarse de dentro esa sensación de noche, porque algo de la noche perdura cada día, un residuo que se acrecienta en la sangre, está ahí en los hombros, en la espalda y las caderas, un día despertará de un sueño en el que el cuerpo no haya dormido en absoluto. Había una mujer detrás de ella en la cola pero se ha ido cuando Eilish entra por la puerta, un anciano con mano trémula toquetea un cartón de huevos mientras Vinny saca una bandeja vacía de la vitrina. Ahora estoy contigo, Eilish, un momento. Paddy Pidgeon vuelve la vista por encima del hombro y deja que su mirada pase por encima de Eilish hacia algo detrás de ella, los recipientes de plástico de pollo al curry, la cámara abierta, deposita el cambio encima del mostrador y le dice algo al oído a su hijo. Ella los ve salir por la cortina de tiras de plástico dejándola sola en el establecimiento, oye que se pone en marcha una sierra, se tenderá en el suelo y pedirá que la sierren en canal, tendrá los tuétanos negros como la brea. Una mujer mayor entra en la carnicería y Paddy Pidgeon sale de nuevo y se dirige a ella. Señora Tagan, dice, ¿qué tal estamos hoy? Eilish lanza una mirada mordaz al carnicero que observa a la anciana mientras ella señala con mano enguantada algo bajo el cristal. Él se apoya en la vitrina y dice, solo tengo lo que tengo, señora Tagan, hay escasez de existencias en todas partes, aunque igual me llega algo la semana que viene. Hace girar una bolsa de salchichas y luego la cierra por el cuello en el dispensador de cinta adhesiva, pone la bolsa en el mostrador y le da el cambio a la mujer, Eilish se acerca a la vitrina pero Paddy Pidgeon se vuelve y se mete en la cámara frigorífica. El movimiento demorado de las tiras de plástico, el calendario religioso desvaído que cuelga de un clavo junto al soporte de la sierra, la hoja que es del mes equivocado, el año equivocado, intenta recordar lo que estaban haciendo en esa época pero la memoria le falla, iban en coche a clase y al trabajo y luego otra vez a casa, un mes indefinido que dejaba paso a un año indefinido. Está apretando los dedos contra el reborde dentado de las llaves cuando alza la voz. No me dejes aquí plantada, Paddy, no tengo todo el día. Desde la cámara frigorífica llega el ruido de que arrastran una caja pesada y la hacen caer al suelo. Una mujer grandota entra sin aliento en la carnicería y se detiene con manos abultadas mirando a Paddy Pidgeon apartar la cortina de tiras con un ostentoso ademán del brazo. Su mirada elude a Eilish para saludar a la otra mujer con una sonrisa. Mags, dice, estoy a punto de cerrar, venga, rápido, ¿qué quieres que te ponga? Se nota asqueada en lo más íntimo, observa la cara carnosa y flácida del carnicero, las manos rojas y bastas, la manera en que permanece ante ella inexpresivo. Venga ya, Paddy, dice, llevo aquí un buen rato, ¿no me vas a atender? La mujer se vuelve con un gesto asustadizo y luego le frunce el ceño al carnicero que vuelve la espalda y hace girar una bolsa de salchichas. Salchichas, dice, hoy todo el mundo quiere salchichas. Coge el cambio y lo pone en el mostrador, ve a la mujer salir del establecimiento y luego se agacha hacia la vitrina, saca una bandeja vacía con un suspiro y se la lleva a la trastienda. Llega de la calle el ruido de los pasos de un niño a la carrera y resuena contra las baldosas azules, el sonido se desvanece en la luz amarillenta, el olor de la carnicería penetra en el cuerpo de Eilish, el tufo a grasa y sangre se entremezcla con la sangre y la grasa de su propio cuerpo de manera que la colma la sensación de muerte, una camioneta de reparto lima se detiene fuera junto al bordillo.

Observa el cordero, lo baña con el cazo y cierra la puerta del horno al tiempo que oye que alguien entra en la sala de estar, mira detrás de Molly y ve a Samantha de pie con las manos entrelazadas. Mamá, he invitado a Sam a cenar. Ah, dice ella obligándose a sonreír, Molly le responde con una mirada desafiante. Cuelga las manoplas del horno y va al fregadero oyendo a las chicas en el sofá hablar de vete a saber qué, esa sensación de miedo por su hijo suscitada al ver a la chica, ese miedo que conoce hasta el último rincón de su ser. Cierra los ojos y cuando los abre se encuentra con que la luz vespertina ha amarilleado hasta transformarse casi en un aroma, ve un mirlo orondo bajo el árbol, observa al pájaro absoluto en su momento, vivir así, ir y venir bajo un cielo abierto. Saca la bandeja de patatas asadas del horno y los llama a cenar, Samantha está lánguida junto a la puerta, todavía sumisa con las manos y aun así feliz de estar en su compañía. Examina a la chica percibiendo aún su propio menosprecio, esa sensación de que es una intrusa, es entonces cuando busca la mirada de Samantha y sonríe, le hace un gesto de que se siente, se da cuenta de que las dos están conmocionadas, están ambas atrapadas en la misma incógnita, sabe que las dos buscan lo mismo de su hijo. Bailey mira por la puerta del horno. Mamá, dice, has dejado la carne demasiado rato, te saldrá seca. Contempla el rostro de su hijo en busca de Larry, que ha hablado por la boca del chico. El horno está apagado, señala ella, ¿por qué no la sacas tú mismo? Bailey deja la carne en la encimera, luego se aparta y la contempla, satisfecho consigo mismo. Molly dice, mamá, creía que habías dicho que no había carne en la carnicería para hacer un asado. Tuve que ir hasta Kilmainham a comprarla, ahora hay escasez de todo, ¿sabes? La luz amarilla se torna dorada y el crepúsculo llega durante la cena y ella ha olvidado encender la luz de techo, los ve sumirse en sombras, ve a Molly como si fuera una chica distinta, su espíritu se ha iluminado junto a Samantha. Bailey toma un trago de leche y pregunta si ahora el país está en guerra y Eilish observa el bigote de leche y la interrogación en sus ojos. En las noticias internacionales lo llaman insurrección, dice Molly, pero, si quieres llamar a la guerra por su verdadero nombre, llámala entretenimiento, ahora somos un espectáculo televisivo para el resto del mundo. Samantha deja el cuchillo y el tenedor en el plato. Mi padre lo llama terrorismo, eso dice, esa gente no son más que terroristas, van a recibir su merecido, se lo grita a la tele. Eilish desvía la mirada y Molly guarda silencio con la vista fija en el plato. Este cordero está riquísimo, ¿no os parece?, dice Eilish, qué pena que Mark no esté. Mueve el cuchillo por la carne sin cortarla, se levanta y enciende la luz, Bailey la mira sentarse de nuevo. Entonces, ¿es ahí donde ha ido Mark?, pregunta, ¿a unirse al ejército rebelde? Una angustia oscura cruza la cara de Samantha mientras Eilish finge echar sal, Bailey se limpia la boca con la manga. No sé de qué hablas, responde Eilish, ya te dije que Mark se ha ido a estudiar al norte. Entonces, ¿por qué no puedo hablar con él?, ¿me tomas por estúpido?, ¿por qué siempre estás diciendo chorradas? Clava el cuchillo en la carne y luego se la lleva a la boca con el mismo cuchillo. El otro día oí que ejecutaron a tres desertores en la calle, de un tiro en la nuca, pum, pum, pum, dice haciendo una pistola con el dedo. Eilish deja los cubiertos y aparta la silla. No quiero oír hablar así, dice, Bailey, pon el lavavajillas, Samantha, ¿quieres quedarte a tomar el postre?, podemos ver una película. Molly y Samantha van dentro y Eilish las sigue, Molly sube al cuarto de baño, Samantha va mirando una fotografía tras otra. No quería..., ya sabes, dice, su voz a la deriva, es que no me llevo muy bien con mi padre, creo que es un pirado de las conspiraciones. Eilish busca algo que sigue escondido en el rostro de la chica, los dientes con aparato, su forma de ser cálida y sin embargo inescrutable. ¿Y tu madre?, pregunta. No sé, dice Samantha, supongo que se limita a seguirle la corriente, ¿cuánto tiempo lleváis viviendo en esta casa? A ver, que lo piense, la compramos justo antes de nacer Mark. Se sostienen la mirada y de pronto ella lo sabe. Dice, has tenido noticias suyas, ¿verdad?, se te nota en la cara. En un instante alcanza a ver la pena de la chica, la ve temblar como si viera una llama viva, la chica se cruza de brazos y mira hacia la puerta en el momento en que Molly entra en la sala. Esta mira a su madre y luego mira a Samantha, pone los brazos en jarras. ¿Qué ocurre?, pregunta. Eilish va a la cocina. ¿Quién quiere postre?, grita, tenemos fruta en almíbar y helado, Molly, elige tú la película.

Está esperando el tranvía en el dique del canal cuando el aire empieza a henchirse. Están en el cielo noche y día como si la ciudad estuviera asediada por una plaga de insectos, los helicópteros militares excesivos y oscuros, apenas repara en ellos ya. Un hombre mayor que se encuentra a su lado hace visera con la mano al tiempo que levanta la vista. Nunca se sabe si vienen o van, dice. Ella observa los rostros que esperan y no ve más que una indiferencia sedada, ojos vidriados delante de los móviles, dos mujeres han reanudado la conversación mientras una niña juega a la rayuela en el adoquinado. Ben frunce el ceño ante el sol y ella baja la capota, responde a la sonrisa del anciano y al bajar la mirada hacia sus zapatos negros gastados ve un cordón desatado, suena la campana del tranvía cuando se acerca a la intersección. El hombre sigue mirando el cielo y comenta algo con voz dulce, y ella dice, lo siento, no he oído lo que decía, le señala el zapato, tiene el cordón desatado. El hombre se inclina hacia ella y señala el cielo. Cinco son plata, seis oro, siete un secreto nunca revelado.* Ella desvía la vista de la extraña sonrisa del hombre y mira el canal detrás de ella antes de subir al tranvía, un cisne se desliza blanquecino a través de los pliegues de sol.

Cuando Carole Sexton sube las escaleras del viejo café, Eilish finge no haberla visto. Examina

---

* Según una canción infantil inglesa, el número de urracas que uno vea presagia la suerte que le corresponderá. *(N. del t.).*

la vidriera de colores y luego se hace la sorprendida. La mano melancólica que aparta la silla, la sonrisa dolorida que curva la boca como la sonrisa pintada de un payaso. Carole deja el bolso en el suelo y pasea la mirada con cautela por el entresuelo, los murmullos y las conversaciones absortas, la camarera pasando entre las mesas, el largo y suave cabello blanco de una mujer mayor que coge entre el índice y el pulgar migas de un pastelito deshecho mientras lee un periódico doblado por la mitad en el regazo. Siempre me ha gustado este sitio, dice Carole, aunque apenas vengo desde que era estudiante, no ha cambiado nada, ¿verdad?, una tiene la sensación de estar protegida en una época que ya no existe, esas vidrieras de colores, es como si no existiera nada más fuera de aquí... Eilish observa a una mujer con vestido rojo en la vidriera y no tiene ni idea de quién se supone que es, un icono de alguna doncella mítica de mentira que canta su libertad. Llama a la camarera a la mesa al tiempo que le pregunta a Carole qué quiere, pensando que debería haber elegido algún otro sitio donde verse, el parque Saint Stephen's Green bajo los árboles frescos, Carole hace girar la alianza en el dedo. ¿En qué zona os han puesto, Eilish? Estamos en la Zona D, me parece todo de lo más arbitrario. Yo estoy en la Zona H, son como distritos postales, *arrondissements*, seguro que se pondrán de moda con el tiempo, intenté cruzar la ciudad por la autopista para ir a verte pero han colocado vallas de hormigón en los carriles de la M7, vehículos blindados, tropas, salta a la vista que ahora están nerviosos, ¿verdad?, los rebeldes están mucho más cerca de la ciudad, me hicieron dar la vuelta, me desviaron al carril de salida, fue muy amable, sé de alguien que me puede conseguir una de esas cartas de trabajadores esenciales, podré ir donde me apetezca. Eilish intenta imaginar cómo debía de ser Carole a los veinte años, con el cuello largo y esbelta, un cisne superior entre los chicos de su clase, se fija ahora en la mano inquieta que hurga en la cutícula del pulgar, en la blusa arrugada y salpicada de manchas, los párpados enrojecidos e hinchados, los ojos vigilantes sintonizados con algún mecanismo de pensamiento que la tiene despierta toda la noche. La mujer ha traído algo consigo, un miedo ondulante que se transmite de su cuerpo a la sala. Yo me las he ingeniado para conseguir una carta como cuidadora principal de mi padre, dice Eilish, pero me llevó un tiempo, está cada vez peor y no es consciente de su enfermedad, a veces parece que sospecha que algo va mal pero no se da cuenta de cómo le funciona la cabeza, así que dirige esa sospecha hacia el exterior, si él no se equivoca, entonces es el mundo el que se equivoca, siempre hay otro al que echarle la culpa. Carole levanta la vista cuando la camarera se les acerca con una bandeja y deja las bebidas en la mesa, luego sonríe y se va rápidamente. Tienes aspecto de llevar una semana sin dormir, dice Eilish, ¿duermes algo? Dormir, dice Carole, su voz distante, alejada en el tiempo, mira a Eilish desde el otro lado de la mesa sin verla. No duermo mucho, para nada, dice, sueño todas las noches con dormir sin sobresaltos pero ahora eso es imposible, me llevó un tiempo entender que ya estaba dormida en cierta manera, ya sabes, que estaba dormida todo el rato que creía estar despierta, intentando entender el problema que tenía delante como si se tratara de una gran oscuridad, este silencio que consume hasta el último momento de mi vida, pensaba que iba a volverme loca indagando en ello pero entonces desperté y empecé a ver lo que nos están haciendo, la genialidad de la puesta en escena, te quitan algo y lo cambian por silencio y te enfrentas a ese silencio todos y cada uno de los instantes que estás despierta y no puedes vivir, dejas de ser tú misma y te conviertes en una cosa ante ese silencio, una cosa que espera que el silencio acabe, una cosa de rodillas que suplica y le susurra toda la noche y todo el día, una cosa que espera que lo que le fue arrebatado se le devuelva y solo entonces podrás retomar tu vida, pero el silencio no termina, ¿sabes?, dejan abierta la posibilidad de que lo que quieres te sea devuelto algún día, así que sigues sometida, paralizada, obtusa como un cuchillo viejo, y el silencio no acaba porque el silencio es la fuente de su poder, ese es su significado secreto. Eilish cruza los brazos y se recuesta en la silla, observa a Carole meter la mano en el bolso, deja una carpeta en la mesa. Ahora está claro que nos han mentido desde el primer momento, dice Carole, que el silencio es permanente, que nuestros maridos no regresarán, no nos los devolverán porque no nos los pueden devolver, eso lo sabe todo el mundo, hasta los perros de la calle lo saben, así que voy a tomar cartas en el asunto... Abre la carpeta en la que hay un montón de fotocopias, una imagen en color de Jim Sexton con las palabras SECUESTRADO Y ASESINADO POR EL ESTADO, la letra pequeña debajo de la foto detalla los pormenores del caso. Eilish ha acercado la silla enseguida y cierra la carpeta contra la mano de Carole. ¿Has perdido la cabeza?, dice. Sin pensarlo está mirando por el establecimiento, la camarera coloca tazas y platillos en una bandeja inclinada sobre una mesa, la señora mayor dobla el periódico. Tienes que olvidarte de esto, Carole, vas a conseguir que te detengan, vas a conseguir que me detengan a mí también, yo tengo que pensar en los niños... Carole se lleva la taza a los labios sin bajar la vista, con aspecto de conocer un secreto que contradice los hechos. Sé que lo sabes, Eilish, no tiene sentido seguir ocultándolo, todos lo sabemos, no están en el Curragh, lo dijeron los rebeldes cuando lo tomaron, nunca estuvieron allí para empezar, conque ¿dónde crees tú que están? Eilish no tiene dónde mirar, así que cierra los ojos, el corazón le late de forma extraña. No es lo que ve en la oscuridad de sus ojos sino lo que siente, la sombra de algo colosal a punto de estrellarse contra ella, el terror de verse obligada a sumirse en la oscuridad, cada vez más profundamente, abre los ojos mirando hacia arriba en busca de aire, mira hacia las escaleras y luego a Carole invocando su ira. Es entonces cuando el día se manifiesta con una súbita claridad a través de la vidriera, cae sobre Carole con un color floreado como si estuviera iluminada desde dentro, su rostro radiante por efecto del recuerdo de querer a su marido. Mira, Carole, ya he oído suficiente, no pienso hacer caso de rumores que se oyen por la calle, hacen más mal que bien, nadie sabe nada, hay una ausencia total de hechos, has dejado de creer, eso es todo, pero tienes que seguir creyendo, no puede haber desesperación donde hay duda y donde hay duda hay esperanza. Su mano busca la manga del abrigo pero la manga está del revés y se acuerda de Larry en la puerta, mira de nuevo hacia las escaleras presa del pánico, coge el abrigo y abre el bolso, deja un billete en la mesa. Toma, dice, debería llegar para las dos. Una mano con las uñas mordisqueadas se alarga sobre la mesa y aparta el billete. Bueno, dice Carole, ¿cómo le va a tu hijo mayor, estás orgullosa de él? Eilish deja de abrocharse el abrigo, ve en el rostro de Carole una sonrisa indefinible. ¿Qué le dijiste a mi hijo?, pregunta, ¿qué le dijiste? Los ojos iluminados por un conocimiento oculto, la larga mano que aletea abstraída en el aire en dirección a Eilish con desdén. Tu hijo va a hacer que te sientas orgullosa, dice, no lograrán detener a los rebeldes, ellos expulsarán a los asesinos y pondrán fin a este horror, la sangre de este país se limpiará de una vez por todas, acuérdate bien de lo que te digo, va a ser una guerra maravillosa.

6

Pone una bolsa de basura encima de la tapa del cubo y mira hacia un lado y otro de la calle, hace tres semanas que no recogen los cubos negros, una gaviota come de una bolsa negra que han dejado apoyada contra la pared, algún animal la ha abierto por el lateral a mordiscos, quizá un zorro durante la noche, el contenido está desparramado por la acera. Ahuyenta al ave y da palmadas mientras la gaviota la observa con mirada pétrea y abre el pico dejando a la vista un gaznate oscuro y tragón. Subirá a prepararle un baño a Molly, calienta una taza de leche y busca en el armario cacao mientras escucha las noticias extranjeras, los rebeldes han hecho que las Fuerzas Armadas se batan en retirada, los combates no tardarán en llegar a Dublín. Se queda en el umbral del dormitorio contemplando a Molly apoyada en una almohada con las rodillas pegadas al pecho mirando el móvil. Es como si se hubiera vuelto ajena a ellos, casi extranjera, como otra niña en otra casa, ya apenas pronuncia palabra. Eilish deja el cacao en la cómoda y coge un viejo osito de peluche, ve que no tiene ojos, que han sido sustituidos por botones, no recuerda haberlos cosido. Tómate el cacao mientras está caliente, dice, voy a prepararte un baño. Molly levanta la cara de la pantalla y observa a su madre con mirada de agua clara. Mamá, dice, quiero que me escuches, tenemos que irnos antes de que sea demasiado tarde. Eilish se mira el pie derecho y lo saca del zapato, el peso del cuerpo sostenido por las piernas, el peso del mundo sostenido por la bola de cada pie, los absorbentes huesos metatarsianos, los blandos dedos de los pies golpeados todo el día, quiere que Larry le masajee los pies y luego se dará un baño ella. Y tu abuelo, ¿qué?, dice, ¿quién va a ocuparse de él?, está cada vez peor, y ¿qué hará tu padre si lo excarcelan sin aviso previo?, no lo has pensado a fondo. Molly coge el cacao, rodea la taza con ambas manos y toma un sorbo cerrando los ojos. Hay gente del instituto que se ha ido a Australia, Canadá, otros se han ido a Inglaterra... Y adónde iríamos nosotros, no tenemos adónde ir, cuesta mucho dinero ir a algún otro sitio. Podemos ir con Áine y esperar a que dejen en libertad a papá, podrías pedir un visado de investigadora. Molly, el Gobierno no le concederá el pasaporte a Ben, tampoco le renovaron el pasaporte a Mark, ya lo sabes. Se encuentra en el cuarto de baño poniendo el tapón en la bañera, abre el agua caliente, la toca con el dedo y le resulta agradable el escozor que le produce, se vuelve hacia Molly de brazos cruzados, se pone a alisar el edredón. Mira, dice, yo hace mucho que no ejerzo de investigadora, y de todos modos esto no va a seguir así mucho tiempo, no vivimos en un rincón olvidado del mundo, ¿sabes?, la comunidad internacional negociará una solución, ahora mismo están en conversaciones en Londres, las cosas funcionan así, primero hay advertencias severas y luego hay sanciones y cuando las sanciones no dan resultado sientan a todo el mundo a la mesa, negociarán un alto el fuego cualquier día de estos. Algo del aspecto de Molly se introduce con toda libertad en los pensamientos de su madre, va sin rumbo fijo, está cribando la verdad de la mentira, Eilish se ve obligada a desviar la mirada. Mamá, ¿qué le pasará a Mark? Eilish se está volviendo hacia la puerta y se detiene. ¿Mark?, dice, no lo sé, cómo voy a contestar a eso, estará bien, sencillamente lo sé, mañana tengo que ir con tu abuelo a que le hagan un escáner, va a llevarme una eternidad sacarlo de casa, ya sabes cómo es. Mamá, probé a llamarlo al móvil, al de Mark, el número está fuera de servicio. A Eilish le ha resbalado algo por la boca, deambula por el cuarto agachándose para recoger prendas del suelo, está en el cuarto de baño con la mirada fija en el agua humeante, lo que asciende y se disipa, lo que se expresa instante a instante y sin embargo no se puede conocer, esa sensación siempre de posibilidad que deja paso a la esperanza. Quiere entrar en el dormitorio, cogerle las manos a Molly y decirle que todo irá bien, se queda delante del cesto de mimbre y deja dentro la ropa y se siente caer de sus propios brazos, esa sensación de que todos están cayendo hacia algo que no se puede definir con nada que haya conocido en su vida.

Conoce la sala detrás de la puerta, los movimientos eficientes y como de pájaro del especialista, su padre sentado junto a ella se alisa las arrugas de los pantalones. Siente deseos de pasar los nudillos por la mejilla de incipiente barba blanca, de cogerle la mano, pero no lo hace, él ya ha dicho dos veces que preferiría estar en casa. Eilish lee el texto que discurre por la parte inferior de la pantalla en la que están puestas las noticias nacionales, los titulares hablan de cosas corrientes, un mundo propio del pasado o de un presente ubicado en un extraño paralelo, en un mundo anuncian nuevos nombramientos y recortes presupuestarios, en otro corren rumores de una masacre cometida por las fuerzas del Gobierno, civiles detenidos y ejecutados, la recepcionista detrás del cristal toma té a sorbos de un vaso para llevar. Papá, dice, quiero que vengas a vivir con nosotros hasta que todo esto haya acabado, no quiero que estés solo, a los chicos también les vendrá bien. Estoy perfectamente feliz donde estoy, dice él, vivo solo desde que murió tu madre, antes de que me dé cuenta tú y tu hermana habréis vendido la casa sin decirme nada, ya sé cómo os las gastáis vosotras dos. Papá, de qué hablas, quién va a comprar una casa ahora mismo con tanta gente como está yéndose del país, puedes traer al perro, podemos poner una caseta en el patio de atrás... Te lo acabo de decir, me las apaño bien, tengo provisiones, si necesito cualquier cosa me puedo pasar por donde la señora Doyle cuando voy a pasear a Spencer. Papá, la tienda de la señora Doyle cerró hace por lo menos veinte años. Se levanta de la silla y se queda mirándolo. Necesito un café, dice, he visto una máquina de bebidas en un pasillo por ahí, ¿quieres un té? ¿A qué hora volveremos?, dice él, te dije que no me gusta ir en autobús. Ella contempla el cuadro detrás de la cabeza de Simon mientras este la mira desdeñoso, el repentino florecer de unas peonías. Papá, te he preguntado si quieres un té. Simon niega con la cabeza mientras ella se agacha sobre el niño dormido en el carrito y lleva el dorso de la mano a la mejilla roja e hinchada, la mandíbula hundida bajo el labio superior. Vuelvo en un momento, dice, cógele la mano si se despierta. La puerta roja se cierra con un suspiro a su espalda cuando enfila el largo pasillo, la máquina de bebidas no está donde pensaba, pasa por el mostrador de seguridad y pide indicaciones, se había equivocado por completo, la máquina está cerca de la entrada del hospital. Está delante de la máquina buscando monedas cuando empieza a sonarle el móvil. Sí, dice, soy la señora Stack, la voz femenina se presenta como alguien del colegio de Bailey, no se queda con el nombre, una secretaria sin duda. Señora Stack, su hijo ha faltado a clase de forma intermitente estas dos últimas semanas, le pusimos una carta en la mochila para que la firmara usted y la ha devuelto con lo que parece una firma falsificada. Un hombre detrás de ella empieza a resoplar, se vuelve y se disculpa moviendo mudamente los labios a la vez que se aparta de la máquina. Lo siento, dice, es la primera noticia que tengo, antes lo llevaba yo pero de un tiempo a esta parte va en autobús, esta noche averiguaré qué ocurre. Señora Stack, la semana pasada hubo un incidente en el colegio en el que estuvo implicado su hijo. Un incidente, qué incidente, llámeme Eilish, por favor. Pasó en el aula, su hijo incurrió en una clara infracción de la política de lingüística y acoso. Lamento mucho oírlo, ¿qué hizo? Su hijo dirigió inapropiadamente una risa y... Lo siento, no entiendo qué quiere decir eso. Quiere decir, señora Stack, que Bailey se estaba burlando de la profesora, molestaba en clase, ese tipo de comportamiento va en contra de los estatutos del centro. Sí, claro, lo entiendo, aunque me parece raro, Bailey le tiene mucho cariño a la señora Egan, y ella no me parece de las que aguantan tonterías. La señora Egan ya no da clases en el colegio, señora Stack, se le impuso una excedencia indefinida en marzo, por el momento me encargo yo de todas las tareas de dirección. Eilish guarda silencio un momento imaginando a la señora Egan escoltada fuera del aula, intenta hacerse una imagen de quien habla por teléfono, percibe un contorno impreciso de la mujer, una boca más bien pequeña y un rostro en tensión. Lo siento, dice, no sabía lo de la señora Egan, Bailey no me lo contó, por cierto, no me he quedado con su nombre cuando se ha presentado al principio de la llamada. Señora Stack, me llamo Ruth Nolan... Llámeme Eilish, haga el favor, entonces ¿quién es el profesor de Bailey ahora? Yo me ocupo de la clase de la señora Egan. Ah, entonces es usted la profesora de la que se rio. Por desgracia, sí. ¿Y por qué se rio de usted? Quiero que entienda, señora Stack, que su burla fue inapropiada y va... Sí, sí, lo sé, pero tengo que preguntárselo, señorita Nolan, ¿llevaba mucho tiempo dando clases antes de que el partido la pusiera a cargo del centro? No sé qué tiene que ver eso. Si mi hijo se estaba riendo a carcajadas, seguro que vio algo de lo que reírse, como si eso fuera un crimen, por el amor de Dios, cuando vuelva a casa hablaré con él de las faltas de asistencia, pero ahora, si no le importa, tengo que colgar. Le tiembla la mano cuando mete las monedas en la máquina de bebidas, se cruza de brazos y observa cómo la máquina expulsa el café entre gruñidos, vuelve a pagar y escoge té para su padre, él ha dicho que no quería té, se lo tomará de todas maneras. Ve la cara de su hijo ante sí mientras va por el pasillo muerta de ganas de fumar, ha girado por donde no era, el cartel de la unidad de memoria está en dirección contraria. Cuando abre la puerta roja con el hombro ve a Ben solo en el carrito, Simon no está en la sala de espera. Llama al cristal de la recepción y pregunta si han hecho pasar a la consulta a su padre, ¿o quizá ha ido al servicio?, dice. Deja las bebidas calientes en la silla, quita el freno del carrito y sale de espaldas por la puerta. Se asoma al servicio de caballeros y lo llama, habla con un vigilante de seguridad en la entrada del hospital, el hombre se comunica por radio, llega otro guardia de seguridad y pide una descripción de su padre, mientras habla está excusando a Simon, miren, seguramente ha ido a dar una vuelta y se ha perdido, es posible que encuentre el camino de regreso. Cuando lo localiza está en la cafetería sentado bajo la televisión y delante de un sándwich. Coge una jarrita de acero inoxidable y se sirve leche. Toma asiento delante de su padre, pone las manos encima de la mesa y lo mira a los ojos mientras él se echa hacia atrás y la observa perplejo. Así que has decidido comer algo, dice ella. Estoy comiendo algo rápido mientras el especialista ve a tu madre, dice, deberías pedirte un sándwich mientras esperamos. Ahora Simon sonríe y por un momento ella es una niña viéndolo comer, la lengua rosa que atrapa con torpeza una gamba a la fuga, una mancha de mayonesa en la comisura de la boca. Está buscando una servilleta de papel cuando ella se la tiende y él se limpia la boca y luego alarga la mano y le toca la mejilla. No te preocupes, dice él, todo va a ir bien. Ella contempla su cara procurando corresponder a la sonrisa, observa sus manos, igual que arena la piel arrugada como si la marea le hubiera pasado por encima de los nudillos.

Se anuncia otro decreto en las noticias, escuchar o leer cualquier medio de comunicación extranjero está prohibido, se bloquearán los canales de noticias del exterior y el apagón de internet empieza hoy. Es ridículo, dice Bailey, ¿cómo pueden apagarlo así sin más? No sé, cariño, pueden hacer lo que les dé la gana, quieren controlar el flujo de información, no quieren que sepamos lo que está pasando. Entonces, ¿qué voy a hacer ahora?, ¿cómo se supone que voy a vivir? Tienes que prepararte para ir a clase, voy a ir contigo en autobús, tu jersey está en la silla, es posible que internet no vuelva en un tiempo. Bailey está apoyado en el frigorífico. No hay leche para los cereales, dice, ¿también la han prohibido? Ayer había leche de sobra, eres tú el que se la toma a todas horas. Por la noche Eilish saca la escalera de tijera y mira a ciegas el ático, sube a pulso, el estrecho haz de la linterna busca una luz de techo, al parecer no la hay. Ya hablará de esto con Larry, que es quien se encarga de subir y bajar cosas, el ático es cosa tuya, no puedes esperar que suba aquí solo con una linterna cuando no estás tú. La linterna muestra donde Mark dejó el árbol de Navidad y las cajas de adornos. Vaya lío ha montado entre las bolsas de ropa vieja, las cajas de juguetes, las maletas llenas de trastos sueltos y las cosas que a ella le daba miedo tirar. Coge una maleta vieja y abre el cierre cayendo en la cuenta de que no quiere ver lo que hay dentro, al mirar se encuentra con lo que no quiere ver y la cierra, se queda inmóvil en el olor suspendido a polvo. Esa sensación de que el ático no forma parte de la casa sino que existe por derecho propio, una antesala de sombra y desorden como si ese lugar fuera la casa de los recuerdos, ve ante sí los restos de sus yoes más jóvenes, el yo doblado, guardado en cajas, embolsado y desechado, perdido entre el desbarajuste de otros yoes desaparecidos y olvidados, el polvo posándose sobre los años de sus vidas, los años de sus vidas convirtiéndose lentamente en polvo, qué quedará y qué poco se puede saber sobre quiénes fuimos, en un abrir y cerrar de ojos todos habremos desaparecido. Es entonces cuando le sobreviene la sensación de que Larry está a su lado, se vuelve a mirar y se encuentra su tristeza, aprieta las manos y las agita, se dice una y otra vez que lo que dijo Carole no puede ser cierto, ya nadie sabe qué es cierto, se dice que lo que siente no es tristeza, tiene que ser otra cosa, el sentimiento de agravio es tristeza revestida de esperanza. Tiene que escapar trampilla abajo hacia la luz del día, abre la maleta y saca lo que había visto, una pulsera de cuero de Larry. Permanece muy quieta tocando el brazalete con las yemas de los dedos, buscando quiénes eran, Molly la llama desde el pie de la escalera y recuerda a qué había subido, la radio portátil está en una bolsa de plástico vieja, se la pasa por la trampilla. Lleva la radio a la mesa de la cocina y la limpia con un trapo, Molly observa a su espalda. ¿Qué haces con eso?, pregunta. Quiero oír las noticias, las noticias de verdad del servicio extranjero, no las mentiras que nos cuentan aquí. No, no con la radio, con eso que tienes en la muñeca. Ah, era de tu padre. Se toca la pulsera y saca la antena en toda su longitud y enciende la radio, le cuesta creer que las pilas sigan funcionando, la habitación se llena de un cálido ruido estático mientras manipula el dial de frecuencia de onda larga, un extraño silbido eléctrico se transforma en un susurro que le recuerda a su infancia, a ciudades lejanas que resuenan de noche en lengua extranjera. Molly pasa el dedo por el borde de cromo de la radio. Supongo que ahora retrocedemos en el tiempo, dice, dentro de poco todos iremos en bici, lavaremos la ropa a mano y hablaremos de yantar en vez de comer, ya no sabremos quiénes somos, no me concibo como persona sin internet. Hay una luz en los ojos de Molly, un destello de felicidad escondido en su corazón. Eilish se quita la pulsera de cuero de la muñeca y se la tiende. Seguro que él quiere que la tengas tú, dice, pero no se lo digas a tu hermano, dónde está, por cierto, casi es la hora del toque de queda, sabe perfectamente que está castigado. No lo sé, ha salido en cuanto has subido al ático, le he dicho que no se fuera pero me ha advertido que no te dijera nada. Se encuentra mirando por la ventana delantera, prueba a llamar otra vez a Bailey pero no contesta. A las siete sale a la calle y ve pasar una camioneta blanca, espera un momento mirando la carretera y luego se pone el abrigo y avisa a Molly. Volveré en unos minutos, llámame si regresa en mi ausencia. Sale con las manos tensas y el oído atento a si se acerca algún coche, las carreteras silenciadas como si hubieran pulsado un interruptor, susurra para sus adentros las palabras que dirá en caso de que le dé el alto una patrulla, lo siento pero mi hijo pequeño no ha vuelto a casa a tiempo, no tiene más que doce años, solo estoy echando un vistazo alrededor de la manzana. Bailey no está en ninguno de los sitios habituales, el muro de la esquina, los columpios cerca del colegio, está volviendo a casa cuando lo ve dando puntapiés a un balón contra el bordillo, está hablando con un chico que ella no conoce, se despide con la mano, luego hace un regate con el balón y levanta la vista distraído delante de ella. Eilish no puede expresar su miedo, ese miedo que se ennegrece como la tinta y deforma la boca en un gesto de ira al ver el semblante desabrido ante sí. ¿Qué pasa si llego tarde?, dice él, ya estoy en casa, ¿no?, no seas tan pelma.

La cola delante del supermercado da la vuelta a la esquina hasta el contenedor de vidrio, dos soldados hacen pasar a la gente en grupos de tres o cuatro, la cola avanza un poco y luego se detiene. Deja el cochecito y coge un carro, intenta poner a Ben en el asiento pero el niño se retuerce y suelta patadas como si acabara de sacarlo asalvajado de una madriguera, grita tanto que le deja ir de pie dentro. Una mujer que empuja un carro a su lado saluda a Ben con una sonrisa. Este te compra y te vende en un instante, bromea. Eilish le devuelve la sonrisa sin verle la cara, mira con el ceño fruncido a su hijo que brinca arriba y abajo encantado. Tendría que haber hecho una lista de la compra, la gente compra presa del pánico pero ella no es capaz de pensar qué es lo que más falta le hace, todo el mundo quiere las mismas cosas, pan y pasta y arroz, el agua embotellada se ha acabado. Se para en la sección de conservas y ve que no hay muchas existencias, le habla a Ben que ahora va sentado jugando con lo que hay en el carro. Necesitamos leche en polvo para ti y leche condensada para los demás por si se acaba la leche normal, nunca se sabe cuándo va a ocurrir, seguramente da igual, te abasteces de una cosa y siempre es otra la que se agota. Está delante del mostrador de la charcutería cuando ve a un hombre con camisa y corbata que avanza de lado por un pasillo hojeando un sujetapapeles. Perdone, dice, ¿es usted el encargado? Lo sigue hasta la puerta de una oficina pintada del mismo color hueso que la pared, no se habría fijado en la puerta de no ser porque él la ha abierto y ha entrado.

Sale de nuevo poniendo una hoja de papel en el sujetapapeles. Bien, dice, o sea que quiere solicitar un puesto en el supermercado, ¿ha traído un currículo? No, dice ella, acabo de ver el anuncio en el tablón de fuera, ahora mismo me vendría bien un empleo a media jornada, aunque nunca he trabajado en un establecimiento de venta de alimentos. Vale, dice el hombre, permítame tomarle los datos y ya nos pondremos en contacto con usted, en cuanto consiga que escriba este puñetero boli, ¿de qué trabajaba usted? Aguarda un momento mientras una voz desanimada llama por megafonía a un cajero, vuelve a sonar la música que no es música en absoluto sino un agradable sonido nebuloso. He tenido trabajo a tiempo completo durante casi veinte años, dice, hasta ahora era directiva de una compañía biotecnológica, de formación soy bióloga molecular y tengo un doctorado en biología celular y molecular, pero no hay mucho trabajo tal como están las cosas ahora mismo. El hombre ha dejado de rayar con el bolígrafo y le lanza una mirada que la hace sentir tonta, tiene la sensación de ir demasiado elegante. El encargado vuelve la vista hacia Ben, que dobla las rodillas arriba y abajo en el carro, se pasa los dedos por un bigote a medio crecer e intenta sonreír pero se da por vencido. Bien, bueno, dice, voy a apuntar el nombre y el número de teléfono, solo es un trabajo a media jornada reponiendo las estanterías por las tardes, ha venido más gente a solicitar el puesto, bastante, la verdad, pero nos pondremos en contacto de todos modos. Ella no recordará su cara, ya forma parte de las caras insulsas y apenadas que han desviado la mirada, se da cuenta de que esa cara ya ha recibido órdenes, de que todas las caras han recibido órdenes, esa cara que habla de toda la creación, la terrible energía de las estrellas, el universo reducido a polvo y reconstruido una y otra vez en una creación desquiciada. Coge a su hijo y lo coloca en el asiento del carro y le importan un cuerno sus gritos mientras llena el carro y luego se pone a la larga cola de la caja, mira el contenido del carro, comida enlatada para dos meses, leche en polvo, papel higiénico y detergente, entonces le sorprende la sensación de que lo que está ocurriendo es inverosímil, tiene ganas de reír a carcajadas, se fija en la nuca velluda y húmeda del hombre más bien gordo delante de ella que da empujoncitos a un carro lleno de cerveza y papel higiénico, observa a la gente haciendo cola alrededor y desprecia lo que ve, la humanidad común y corriente, qué son todos sino animales sometidos a la dócil servidumbre de las necesidades del cuerpo, la tribu y el Estado. Cuando sale a la calle entre los soldados Ben está chupando un palito con sabor a queso, le da miedo sacarlo del asiento y meterlo en el coche, no recuerda dónde ha aparcado el Touran. Va hasta la otra punta del aparcamiento y luego da media vuelta y ve el cochecito en la zona de los carros. Qué idiota, dice, ¿en qué estabas pensando?, ¿cómo vas a llevar todo esto a casa? Se queda un momento mirando la compra y luego pliega el cochecito y lo mete en el carro y se dirige hacia la salida, enfila la acera que bordea la carretera principal, recuerda qué ha olvidado comprar, lavavajillas, golosinas para los chicos, las galletas saladas que le gustan a Simon, las ruedas del carro se traban en la acera y entonces una de las ruedas empieza a atascarse. Le da una patada a la rueda y mira el reloj, luego echa a andar hacia casa, las sombras comienzan a definir los márgenes de la tarde.

La despierta el ruido de la guerra que ha llegado como un dios de visita, una furia martilleante que le provoca un martilleo en el corazón, no encuentra el interruptor de la luz, su mano va palpando a ciegas hasta que lo encuentra colgando detrás de la mesilla de noche. No hay nada que ver fuera salvo una gaviota solitaria perlada de luz azul encima de una chimenea, una gasa de llovizna. Todos los perros de la zona aúllan al ruido mientras ella cierra la ventana mirando a Ben, la sonrisa pícara en la cara dormida, los puñitos rendidos por encima de la cabeza. No encuentra la bata y descuelga la de Larry de detrás de la puerta, se le queda la mano atascada en la manga y no puede sacarla. Cruza la casa intentando ver el futuro, el mundo se ramifica hacia la imposibilidad, lo temido es visible a la luz cada vez más intensa que entra por la ventana de la cocina, dos columnas de humo oscuro a la deriva sobre las zonas residenciales del sur, un helicóptero de combate cerca, no sabría decir a qué distancia, quizá tres o cuatro kilómetros. Enciende la radio a la espera de las noticias y sale al tendedero, ve los árboles bajo la luz rosácea y se pregunta qué pueden saber, igual es verdad lo que dicen, que los árboles perciben el aire y expresan su terror a través de la tierra, hacen saber a otros árboles que hay un peligro, eso que resuena en el cielo como un fuego arrasador que mastica madera. Deja la ropa en el cesto y se mira las manos y no sabe por qué sigue tan tranquila, se ha abierto otra puerta, ahora lo ve, es como si contemplara algo que ha estado esperando toda la vida, un atavismo reavivado en la sangre, pensando, cuántas personas a lo largo de cuántas vidas han contemplado la llegada de la guerra hasta su casa, mirando y esperando a que los alcance el destino, abandonándose a una negociación muda, susurrando y luego suplicando, la mente se anticipa a todos los desenlaces salvo al espectro al que no se puede mirar directamente. La electricidad tartamudea, se atenúan las luces y una náusea le cruza el vientre en forma de aleteo. El gusano se menea, dice Bailey, y ella le mira la cara pensando que es demasiado alto para su edad, en las últimas semanas ha dado el estirón y está más alto que Molly, empieza a asomarle una sombra encima del labio. Molly tiene la mirada fija en ella, están esperando a que anuncie algo, ella no sabe qué decir. Tenemos que estar preparados por si se va la luz, dice, vosotros tenéis que desayunar y prepararos para ir a clase. ¿A clase?, dice Bailey, voy a desayunar pero no pienso ir a clase, de todos modos, es imposible que las escuelas estén abiertas con todo lo que está pasando, sencillamente no entiendo qué sentido tiene. Deja una caja de cereales en la mesa y pone las noticias de la televisión estatal. El Gobierno ha anunciado una serie de nuevos decretos, todas las escuelas e institutos de secundaria se cierran con efecto inmediato, se ordena a los ciudadanos que no salgan de casa excepto para comprar comida o medicamentos o atender a ancianos o enfermos. Cuando se da la vuelta, Bailey está detrás con los brazos en jarras. ¿Ves?, dice, ya te he dicho que los colegios estarían cerrados. Bórrate esa sonrisa de la cara, dice Eilish, quiero que vayas por la casa y busques todas las pilas que tenemos, junta las velas. Ella tiene recados que hacer, necesita tabaco y alcohol, tiene que arreglar los tacones de las botas, enviar por correo unos formularios médicos de su padre. Llama a Simon y le contesta al cuarto intento. El perro se ha puesto como loco, dice, cree que es Halloween ahí fuera. Papá, dice ella, ¿has visto las noticias?, ¿va todo bien? Le está gritando otra vez al perro. Perdona, dice, no he oído lo que has dicho. Da igual, responde Eilish, el humo oscuro se ve desde aquí. Llama alguien a la puerta, dice él, espera un momento... Ella oye el chasquido del teléfono apoyado en la consola, cómo se abre y se cierra la puerta de la calle, Simon gritándole otra vez al perro. No era nadie, dice él, algún puñetero gamberro. Papá, quiero que permanezcas en casa, no saques a pasear a Spencer, por favor, ¿me oyes? La línea queda en silencio y oye al perro gruñir como si le hubieran autorizado a hablar en nombre de su padre. Necesito mantillo para el jardín, dice Simon, ¿podemos ir esta semana en el coche? Cuando cuelga no se mueve sino que se queda mirando la base del pulgar donde se ha dejado marcada una serie de lunas erráticas con la uña. Sube, se pone vaqueros y un jersey negro y lleva al niño abajo y lo coloca en la trona. Voy a salir un momento a la tienda de la esquina en cuanto haya dado de comer a Ben, dice, tengo que sacar dinero del cajero, necesitamos más cosas. Molly se muestra horrorizada. ¿Qué pasa?, pregunta Eilish. Deja a Ben aquí, dice, no hace falta que lo lleves. Ya te lo he dicho, cariño, es seguro salir, de todos modos, solo voy a la vuelta de la esquina. Ve a Bailey ir al frigorífico y echar un vistazo dentro. No olvides comprar leche, dice, casi se ha vuelto a acabar.

Camina escuchando el cielo, lo desconocido entremezclado con lo familiar, las ráfagas periódicas de disparos y un estruendo percusivo que deja a su paso un silencio extraño y trastornado. Solo pasa algún que otro coche o transeúnte, el cable de freno del carrito hace que la rueda chasquee y se pregunta si conseguirá que lo arreglen, no se ha fijado en que ha parado de llover hasta que está delante del cajero y baja el paraguas, el cajero no está averiado sino desconectado del todo, la pantalla agrietada como si le hubieran dado con un ladrillo. En la acera de enfrente un hombre hace visera con la mano mientras mira al cielo, tres helicópteros de combate van hacia el sur como una punta de flecha fragmentándose lentamente. El taller de reparación está cerrado y en la verdulería están echadas las persianas donde alguien ha escrito con pintura azul LA HISTORIA ES LA LEY DE LA FUERZA, hay un puño dibujado al lado. Sigue caminando en busca de otro cajero y recuerda algo que dijo su hermana, la voz engreída por teléfono, la historia es un testimonio mudo de gente que no supo cuándo marcharse, la afirmación es a todas luces falsa, se lo está diciendo a Larry, lo ve sentado al otro lado de la mesa de la cocina intentando disimular la cara de «no te estoy escuchando» mientras juguetea con el móvil. La historia es un testimonio mudo de gente que no pudo marcharse, es un testimonio de quienes no tuvieron opción, no puedes marcharte cuando no tienes ningún sitio a donde ir ni los medios para llegar allí, no puedes marcharte si a tus hijos no les dan el pasaporte, no puedes marcharte cuando tienes los pies arraigados en la tierra y marcharte significa arrancarte los pies. El cajero al final de la calle tiene en la pantalla una hendidura de luz rota como la boca de un buzón, un cartel escrito en rotulador en el ventanal de la tienda de la esquina dice NO HAY LECHE, NO HAY PAN, con una carita triste dibujada al lado. Las estanterías en el interior están medio vacías, Eilish coge unos plátanos magullados, bolsas de basura y pilas, escoge dos tabletas de chocolate y señala el tabaco, mira los artículos con el ceño fruncido cuando el dependiente hace la suma total. Lo siento, dice ella, ¿cuánto ha dicho que vale el tabaco? El dependiente abre las manos y lanza una mirada soñolienta hacia la puerta. ¿Qué se le va a hacer?, dice, todo está más caro, a ver qué consigue en otro sitio. La rabia ha nublado todo lo que tiene delante, deja las bolsas de basura encima del periódico de la víspera y no se decide entre las pilas y el chocolate, pone las pilas a un lado y pregunta, ¿cuánto es el chocolate y las bolsas de basura sin el tabaco? Le desliza el cambio y las palabras le brotan de la boca y la llevan hasta la puerta. Vas a quedar como un auténtico gilipollas cuando todo esto haya terminado, todo el mundo sabrá lo que eres.

Ben gimotea para que lo saque del carrito cuando dobla por Saint Laurence Street y ve una enorme furgoneta militar que bloquea la calle, soldados del Gobierno con ropa de combate, otros soldados con las chaquetas abiertas y camisetas negras apilan sacos de cemento en un control a cincuenta metros más o menos de su casa. Un soldado plantado en la esquina hinca una rodilla y prepara el arma mientras otro echa a andar hacia ella con la mano enguantada en alto indicándole que se detenga. Ella ha dejado de respirar como si tuviera la mano en la garganta, quiere hacer un gesto para decir que no pasa nada pero le da miedo mover las manos. Lo siento, dice, vivo en esta calle, estoy intentando volver a casa. El soldado describe un círculo con la mano como si diera instrucciones de dar media vuelta a un coche. Esta calle está cerrada por ahora, dice, no se permite el paso de viandantes. Por un instante experimenta una suerte de expansión mientras observa el rostro del soldado, el ceño furioso y oblicuo sobre los ojos verdes, el cuerpo armado que habla de fuerza absoluta, y sin embargo lo que ve en los ojos del soldado es una brizna de inseguridad, habla con un chico que no es mayor que su hijo. Mire, dice ella, vivo en el número 47, tengo que llevar al niño a casa para darle de comer. Se sorprende empujando el carrito hacia el soldado y se encuentra con una mirada de pánico en sus ojos, habla apresuradamente por el auricular mientras otro soldado le dice a ella que se detenga, un oficial de boina oscura se dirige con paso firme hacia ellos. Lo siento, dice Eilish, solo quiero ir a casa, mi casa está ahí mismo. El oficial no mira hacia donde ella señala sino que le pide un documento de identidad. Déjeme sacarlo de la cartera, dice, la cartera está en bolso, tengo que quitármelo del hombro. Dos civiles ayudan a montar el punto de control y conoce a uno de ellos, un manitas del edificio de pisos de ahí cerca, un exyonqui al que apenas le queda un diente en la boca, no recuerda cómo se llama, el año pasado Larry le dio veinte pavos para que limpiara los canalones. Le dicen que deje el bolso en el suelo y lo sostenga abierto, las manos le tiemblan mientras abre la cremallera del monedero y saca el documento de identidad, los ojos del oficial van de su cara a la del niño. Esto es una zona de guerra, dice, mis hombres tienen órdenes estrictas de disparar, quédese en casa hasta nuevo aviso. Sí, claro, dice ella agachando la cabeza, echa a andar rápidamente y ve que cae de la furgoneta un saco de cemento, revienta contra el suelo y el viento atrapa el polvo y lo dispersa en torno a los soldados como si hubiera llegado con ellos un derviche procedente de alguna guerra extranjera con los ojos cerrados y los brazos extendidos.

La guerra toma forma a su alrededor, disparos que suenan como martillos neumáticos, bombas que hacen retumbar la tierra y provocan estremecimientos en la casa, las ventanas y los suelos de madera traquetean mientras Bailey ve la televisión a todo volumen, la radio junto a ella informa de los movimientos de los rebeldes, las zonas del sur de la ciudad que están sitiadas. Qué día tan bonito hace, dice, ¿cuántos días al año tenemos así? Tendrían que estar en el jardín con granizado de limón, Ben chapoteando en la piscina hinchable, Molly y Bailey peleándose por la hamaca. En cambio, está viendo una columnata rota de humo oscuro como el petróleo que se eleva desde múltiples puntos, el calor de junio atrapado en la casa porque tiene las ventanas y las puertas cerradas, solo abre las ventanas por la noche. Prueba a llamar a su padre otra vez pero las redes de telefonía han caído y el teléfono fijo emite tono de estar fuera de servicio, cuenta los días desde la última vez que hablaron, lo imagina llevando a pasear al perro a Dios sabe dónde, está delante de la puerta del cuarto de Molly. La chica no quiere levantarse de la cama, apenas come y no mira a su madre. Venga, dice Eilish, por favor, necesito que te sobrepongas, los combates acabarán pronto. Abraza a la chica sin apretar mucho y la suelta, la observa como si le viera la mente, esa mente que se ha abstraído poco a poco en la ausencia. La luz empieza a vacilar y entonces un apagón disuelve en un instante el constante zumbido eléctrico en un silencio elemental, las irrupciones punzantes y continuadas de la guerra se internan con toda libertad en el pensamiento. Se dice que es el ruido de los guijarros que ruedan por un tejado de zinc, el ruido de un clavo martilleado hasta clavarse del todo, el tubo de escape de un coche viejo que petardea, suenan las alarmas de las casas de la zona hasta que una tras otra quedan en silencio. Bailey sube y se sienta con Molly en la cama a ver una película en el portátil con unos auriculares compartidos mientras Eilish intenta leer una novela abajo, un ruido repentino fuera la hace subir a toda prisa con el libro en la mano, está de pie en el cuarto de baño y tira de la cadena sin haber usado el retrete, no recuerda dónde ha dejado el libro. Por la tarde está sentada junto a la ventana del dormitorio esperando un informe detallado en la BBC mientras Ben duerme la siesta en la cuna. Empiezan las noticias y las quita temblando de ira, eso no son noticias, eso no son noticias para nada, las noticias son el civil que mira al soldado que está delante de su casa recostado en un saco de arena jugando con el móvil, las noticias son el rifle de asalto apoyado en el saco de arena, son la boca risueña del soldado, son los envoltorios de comida rápida y los vasos de café tirados en el asfalto, son la pareja jubilada calle arriba que ha decidido que quiere irse, las noticias son su pelea en el sendero de acceso, la mujer que gesticula con las manos acerca de lo que no pueden llevarse en el coche, el marido que mira con gesto hosco a su mujer, el bolso negro que tiene la mujer entre los brazos como un niño, lo que hay dentro del bolso, las noticias son todo lo que contiene el coche, el maletero que el hombre tiene que cerrar sentándose encima, las noticias son la verja de la entrada cerrada por última vez, la casa oscura por la noche, el semáforo constantemente en rojo durante una semana hasta que se apaga del todo, el coche al que no franquean el paso en el control, las noticias son el aire cada vez más escaso en las calles, las tiendas sin abrir, los escaparates protegidos con tablones, los perros roncos que ladran toda la noche, el hijo mayor que ya no llama porque es muy arriesgado llamar y nadie sabe si está vivo o muerto. Ve a un oficial del ejército cabalgando calle abajo en un caballo negro que cabecea, qué estampa tiene el animal, le parece que es un caballo frisón de competición, las manos del jinete quietas en el regazo, las botas oscuras relucientes hasta la rodilla. Se mueve con porte sereno y regio como si no fuera más que un emisario de la ley de la fuerza, los soldados del control se ponen firmes y el oficial no desmonta sino que mueve la fusta como si lanzara hechizos al aire. Ve al caballo girar una oreja sin volver la cabeza, pareciera que está escuchando algo más allá de la quietud incómoda, los susurros de una conífera alta, la radiación del sol sobre sus hojas, oye la muerte que espera con los brazos abiertos por toda la ciudad, la muerte esperando a que la tiren desde el cielo. De pronto la casa empieza a zumbar y la luz de la mesilla se ha encendido, Bailey grita de alegría abajo, la tele vuelve a funcionar en la sala de estar. Por un instante tiene la sensación de que no hay guerra sino alguna maniobra militar ahí fuera en la calle, el caballo acomete un giro fluido, se diría que el jinete no lleva ropa de combate sino que va vestido para un paseo a caballo, una correa de cuero marrón le cruza el pecho y la corbata verde esmeralda, los cascos del caballo imprimen un tatuaje militar sobre el asfalto. Un buda sonriente en camiseta hace una demostración culinaria en la tele abajo, el reloj del microondas parpadea verde neón, el frigorífico tararea la melodía grave y constante de lo que siempre fue. Cuánto que hacer ahora que ha vuelto la luz, mete ropa en la lavadora, escoge un ciclo corto y recarga portátiles y móviles, recalienta arroz y un guiso mientras intenta otra vez ponerse en contacto con su padre, lo imagina cenando algo frío, leyendo a la luz de las velas, gritándole al perro. Llama a Bailey a la mesa, sirve guiso en un cuenco y se lo lleva arriba a Molly que no quiere bajar, la luz tartamudea y se va otra vez cuando llega al descansillo. Deja el cuenco en la mesilla con un golpe y mira fijamente la cara que no quiere mirarla, le quita un auricular, la obliga a incorporarse tirando de su brazo y le pone el cuenco en el regazo. Mira, dice, te he traído la cena, ni siquiera voy a pedirte que cenes con nosotros abajo, pero haz el favor de intentar comértelo antes de que se enfríe. Baja y Bailey la mira desde el otro lado de la mesa mientras Ben golpea la bandeja de la comida y tira la cuchara. ¿Qué vamos a hacer con Molly?, pregunta Bailey. No lo sé, dice ella, sencillamente no lo sé, ¿me coges una cuchara limpia del cajón?, tu hermana no está bien, creo que está deprimida, es muy difícil conseguir una cita con el médico ahora mismo. Bailey hace un mohín pensativo. Tiene que escupirlo, dice, eso es lo que tiene que hacer y entonces todo irá bien. ¿Escupir qué?, ¿me acercas una cuchara? El gusano, dice él, me refiero al gusano.

Este calor sin aire y cómo vuelve viscosa la mente dormida y se pega al sueño, está fuera en camisón y descalza, tiene que hablarles a los soldados de su hijo, está delante de un caballo que reluce con los colores auténticos y más profundos de la noche, el calor del animal pasa a su mano, sabe que ese olor no es del caballo sino del hombre, la voz que es la del inspector jefe, John Stamp, los ojos que la miran desde arriba. Ha acudido a mí para que le cuente la verdad, dice él, déjeme enseñarle algo. Tiene en la mano un espejo y lo que ella ve es una cara que no es la suya sino la de una vieja bruja, John Stamp aparta el espejo y cuando vuelve a mirar él no tiene nada en la mano. Es imposible ver el auténtico yo, dice él, uno solo puede ver lo que no es o lo que quiere ser... El caballo retrocede suavemente, alza la cabeza y resopla a causa de un ruido que percute detrás de él. Lo real lo tienes siempre delante pero no lo ves, quizá ni siquiera es una elección, ver lo real sería sumir la realidad en una profundidad en la que no podrías vivir, por mucho que lograras despertar... El caballo inclina la cabeza, se aleja, he olvidado vestirme, dice ella mirándose los pies, tengo frío, he de entrar en casa... Bailey está en la puerta del dormitorio chillándole que despierte. Estoy despierta, grita Eilish oyendo un silbido y luego una violenta vibración como si algo se hubiera empotrado por efecto de una explosión en la tierra. Está cada vez más cerca, dice Bailey. A ella le da miedo mirar por la ventana, le dice a Bailey que se quede en la puerta. La calle a la luz de primera hora de la mañana, el punto de control vacío salvo por un joven que está solo en el cruce y tiene aspecto de estar esperando recibir órdenes de que deje el arma y vaya al colegio, pasa lentamente un Toyota Land Cruiser. Se detiene en el control y dos soldados armados hasta los dientes se apean dejando las puertas abiertas y llaman al joven. Bailey está sentado en el lado de la cama de su padre hurgando en el cajón de la mesilla. ¿Qué es esto?, pregunta al tiempo que levanta algo que ella no atina a ver. Deja eso ahí, haz el favor, dice, vamos, hay que llevar este colchón abajo. Retira el edredón y las sábanas de la cama y está hablando en voz baja con Larry mientras doblan el colchón para que pase por la puerta hasta la escalera, los problemas que tuvimos para meterlo en la habitación y lo que nos divertimos después, tira del colchón escaleras abajo pero Bailey no puede curvarlo para que rebase el poste, justo acaba de lograrlo cuando el colchón se estira de nuevo y hace caer una fotografía de la pared, la foto pasa rodando junto a sus pies hasta que se estrella contra el suelo del pasillo. Reúne fuerzas para aguantar el peso del colchón, Bailey empuja demasiado fuerte o no lo sujeta en absoluto, no tan deprisa, dice ella, vas a tirarme por las escaleras. Yo no hago nada, dice él, el colchón hace lo que le da la gana. Llevan el colchón a la sala de estar y lo colocan contra la ventana delantera, una nube de humo pasa lentamente por encima de los tejados, los soldados y el Land Cruiser se han ido. ¿Tú qué crees?, dice Bailey. Creo que es mejor que vivamos abajo una temporada, dice ella, puede que los combates no se acerquen demasiado pero seguramente es mejor que durmamos aquí abajo. Su móvil suena arriba y corre para cogerlo. Papá, dice, cómo me alegro de que llames, he estado intentando llamarte desde hace una eternidad, llevamos días sin electricidad, ¿va todo bien donde estás tú? Estaba en el jardín, dice él, hay una invasión de hiedra que viene de la casa de al lado, ese lo hace a propósito, ¿sabes?, la podé el año pasado pero está pasando por encima de los muros y del tejado del cobertizo, va a acabar con todo lo que he plantado, he telefoneado y llamado a la puerta pero no contesta, a ver, no encuentro las tijeras de podar de mango largo, supongo que te las llevaste sin preguntar. Ella contiene el aliento intentando evocar la cara que ha conocido toda su vida, en cambio ve el parecido desvirtuado de una imagen sobre el agua. Papá, dice, qué preocupada estaba, no sé cuándo podré ir a verte. No te preocupes por mí, dice él, estaré bien. Ah, dice ella, acabo de acordarme, creo que las tengo en el cobertizo. ¿Qué tienes en el cobertizo? Las tijeras de podar, me las dejaste cuando estaba podando la fucsia, ¿seguro que va todo bien?, ¿tienes comida suficiente, necesitas algo ahora mismo? Cuando cuelga, está delante de la fotografía que está boca abajo en el suelo. La coge y ve a Mark de niño con los pulgares en alto saliendo de un tobogán acuático, aunque el marco de madera está flojo el cristal sigue intacto, no recuerda de dónde es la foto. Saint-Jean-de-Monts, se dice en voz alta. ¿Cómo dices?, pregunta Bailey desde la sala de estar. ¿Cómo dices?, repite ella, que le mira la cara y ve a Mark, se aprecia un parecido después de todo.

Una ducha fría rápida, quizá la última en varios días, le grita a Molly que baje y cierra la puerta, se queda delante del agua con los dientes apretados y luego se mete debajo. El pelo se le desprende y se le queda en las manos como si lo estuviera soñando. Resbala por sus pies como una oscura planta acuática y cuando sale de la ducha lo recoge y lo tira al váter. El súbito cruce de fuego de armas pesadas y va a la ventana e intenta ver algo, es imposible saber a qué distancia está, el cálido cielo azul sobre los árboles, cuántos días han pasado desde la última vez que Molly ató un lazo, debe de hacer dos semanas. Se encuentra plantada ante Molly con los brazos en jarras. Te he dicho que hicieras el favor de bajar, dice. Molly la mira con cara rara y luego empieza a gritar, vamos a morir, vamos a morir, Eilish le tira de la mano, la saca de la cama, le dice que ya está bien, la lleva al cuarto de baño, abre la ducha y la desviste, la mete debajo del agua sin preocuparse del frío, ve que el cuerpo ligero y blanco no opone resistencia salvo por el brazo que levanta para cubrirse los pechos. No vas a morir, dice Eilish, solo quiero que bajes, los combates no se acercarán a casa. Eilish entra en la ducha y empieza a frotar a Molly con gestos apresurados de manopla, se pone de rodillas para lavarle los pies, Molly está tiritando, Eilish sigue con la ropa puesta, tiene las rodillas mojadas, las mangas de la blusa empapadas. Tienes que animarte, dice, ¿quién quieres que se encuentre tu padre cuando entre por la puerta, la hija que dejó o un fantasma? Levanta la vista hacia Molly y ve un rostro risueño, ausente. Es que papá no va a volver, dice Molly, no va a volver porque está muerto, ¿no lo sabes?, ¿no te dijeron que está muerto?, me pregunto por qué. La mano detenida sobre el cuerpo, el aliento atrapado en la garganta, la manopla se le cae mientras hace el esfuerzo de ponerse en pie lentamente. Ha tomado la barbilla de Molly entre el índice y el pulgar y le levanta la cara para verle mejor los ojos que se giran negándose a sostenerle la mirada. No vuelvas a decir eso nunca, dice, no pienses siquiera esas palabras, tu padre no está muerto porque nadie ha dicho que lo esté, no sé qué puedes haber oído pero nada de eso es verdad, ahora mismo no hay verdad, tú no lo sabes ni nadie lo sabe, no se puede saber la verdad de nada. Lo que se ha acumulado en el cuerpo, lo que se ha encerrado en el corazón, sale por la boca de Molly en forma de sollozo, sus manos aprietan el aire, Eilish la abraza, le susurra, le acaricia la nuca. Hemos entrado en un túnel y no hay vuelta atrás, dice, tenemos que seguir adelante hasta que lleguemos a la luz al otro lado. Le enjabona el pelo a Molly palpándole el cráneo con suavidad, sintiendo la mente a través de los dedos, lo que debe de pensar de la vida, esta mente estaba llena a rebosar del mundo pero ahora ese mundo ha desaparecido, el mundo se le derramó por los ojos. Seca a Molly con una toalla amarilla, luego la envuelve con ella y la sienta en la silla. Qué solías decirme sobre el hockey, nunca pierdes, o aprendes o ganas, ahora estamos aprendiendo, ¿no crees?, necesito que vuelvas conmigo, te necesito más que nunca. Molly levanta la cara pero la cara está vacía y desprotegida como si todo el dolor hubiera desaparecido y ahora solo hubiese una mirada, una mirada desde un cuerpo deshabitado, la voz susurrante. ¿Por qué me siento así si no ha muerto?, dice, ¿por qué lo siento en el pecho todo el día?, está ahí cuando duermo, está ahí cuando despierto en mitad de la noche, tengo la sensación de que algo se muere dentro de mí, es eso, tengo miedo de que lo que se está muriendo dentro de mí sea la parte de papá que guardo en el corazón, eso es lo que me da tanto miedo, quiero conservarlo en mi corazón con todas mis fuerzas pero no sé cómo. Eilish hace ademán de cogerle las manos pero Molly las levanta para detenerla. El otro día soñé que él volvía, dice, eran las nueve de la noche y entraba por la puerta, se quitaba las botas y se ponía las zapatillas, había estado en el trabajo todo el tiempo y no encontraba el móvil, era así de sencillo, cogía la cena y se sentaba a mi lado en el sofá, me rodeaba con el brazo y entonces desperté. Eilish le acaricia la mano a Molly, le mira los ojos abiertos de par en par y lastrados con la carga del corazón, ve que el corazón le aletea en el fondo de la garganta. Tu padre está contigo en todo momento, dice, incluso si está ausente, eso significa el sueño, tu padre volvió a casa para recordarte que siempre está aquí contigo porque tu padre siempre está vivo en tu corazón, está aquí contigo ahora abrazándote y siempre estará aquí porque el amor que nos dan cuando nos quieren de niños queda guardado para siempre en nuestro interior, y tu padre te ha querido muchísimo, su amor por ti no te lo pueden arrebatar ni borrar, no me pidas que te lo explique, por favor, sencillamente tienes que creer que es verdad porque lo es, es la ley del corazón humano.

Despierta en la oscuridad de la sala de estar sin saber si de verdad ha dormido, el móvil dice que es la una y veinte, Molly está acurrucada en su brazo, Bailey duerme en un colchón a su lado, la cuna está apoyada en la pared. Cuántos días se han prolongado los bombardeos y los disparos, se han interrumpido los enfrentamientos durante la noche pero su cuerpo no se cree el silencio, una comezón sensorial en los nervios, el golpeteo en lo más profundo del cráneo. Se vuelve hacia Molly aspirando de su pelo el aroma medio desvanecido a jazmín, percibe la mente en paz bajo la respiración dormida, ojalá pudiera meter la mano y arrancar el terror de raíz, acariciar la mente hasta que recuperase su antigua forma. Algo ha alzado el vuelo desde la oscuridad de su mente y se queda muy quieta, luego se aparta de Molly, se levanta y va a la cocina. El cielo en el crepúsculo astronómico, observa los árboles arraigados en la tierra, pensando, volverá a haber bondad, habrá voces agudas y felices, el sonido de pies que buscan las zapatillas y el ruido de las ruedas de bicicleta a través del porche. Ve cómo una bengala rastrea el cielo nocturno igual que un pez bioluminiscente que surcara distraído una oscuridad oceánica y le asalta de nuevo el pensamiento que había dejado en la otra habitación, la ha seguido a la cocina, lo tiene ahí delante ahora y no quiere oírlo, el pensamiento que dice que es su hijo quien está contribuyendo a que esa destrucción se les venga encima, el pensamiento que dice que su hijo no puede volver hasta que la destrucción haya concluido. Cuando despierta de nuevo lo hace en medio de una tempestad de fuego de armas pesadas, el bebé está de pie en la cuna llamando a mamá, lo coge en brazos y lo acalla, lo mece de aquí para allá arrodillada, la sacudida involuntaria de sus omóplatos cada vez que suena una explosión cerca, los chicos ajenos al ruido como si durmieran sedados. El amanecer entra en la casa por la ventana de la cocina, la luz se posa sobre las formas caídas de los chicos dormidos en el suelo donde antes estaba la mesita de centro, la mesa apoyada en la pared con los libros de texto y las tazas y los platos de la cena de la víspera. En la tregua entre los disparos se chillan voces masculinas, por un momento imagina un partido de fútbol de domingo por la mañana, hombres entrados en carnes que gritan que les pasen la pelota, arranca otra voz y algo se le queda atascado en la base de la garganta cuando oye el incesante tono monocorde de un soldado del Gobierno por un megáfono. Todo el mundo en la zona alcanza a oírlo, podría ser un encargado del súper anunciando descuentos en la sección de carnicería. Vamos a enviar a alguien a buscaros, cuando os encontremos sabremos quiénes sois, cuando sepamos quiénes sois identificaremos a vuestras familias y luego iremos a por ellas. Estalla un proyectil que provoca una arruga en la tierra y la voz del hombre desaparece. Se dice que tiene que respirar, se tumba con Ben en brazos e intenta dormir pero no puede, debe de haberse adormecido porque cuando abre los ojos ve que Bailey no está en la habitación, no está en la cocina, ha subido al cuarto de baño y ha cerrado la puerta. Baja aquí ahora mismo, grita, ¿cuántas veces te he dicho que no subas? Lo ha seguido con Ben en brazos, llama a la puerta con el puño, abre ahora mismo. Lo oye intentando tirar de la cadena, Bailey abre la puerta y le sale al encuentro con una mirada avergonzada a la vez que señala la cisterna. No funciona bien, dice, tampoco sale agua fría del grifo. Ella mira el lavabo como si no le creyera. Cuántas veces te he dicho que no subas, usa el cubo en la cocina si no hay otro remedio. El rostro hosco se vuelve como si fuera ella la que ha hecho algo mal. No hace falta que me des la vara, dice, se me ha olvidado, nada más, por algo el oso caga en el bosque y no en la puta cocina. Lo ve bajar a paso pesado arrastrando la mano por la barandilla y luego comprueba el grifo del lavabo, en la cocina tampoco hay agua, ha estado guardando agua en botellas de plástico por si acaso pero quizá no tienen suficiente. Para desayunar tuestan pan en el hornillo en la sala de estar y ven dibujos animados en un portátil. Bailey mira de reojo una rebanada de pan fría que Molly no se ha comido, desliza la mano y en un instante ha desaparecido. Eilish escucha los partes junto a la radio, las fuerzas del Gobierno se baten en retirada, dice ella, los rebeldes han avanzado por el sur de la ciudad hasta el canal. Poco después de las doce Bailey le toca la muñeca con un dedo. ¿Oyes eso?, pregunta, parece que los combates han parado. Preparan un almuerzo frío de atún, aceite de oliva y pan sin acabar de creerse el silencio que se prolonga hasta la tarde, el silencio que se vuelve denso e inquietante, es el silencio que remite a una fuerza en aumento, es el silencio que aguarda la siguiente ronda de bombardeos, es el silencio del lobo antes de llamar a la puerta de la casita de paja. Les dice a los chicos que callen un momento al oír que se detiene un motor en la calle, hay voces masculinas, no se ve nada desde la ventana delantera cuando Eilish retira el colchón, no quiere ir arriba, el aire tiembla mientras mira por las cortinas de su habitación y ve a dos hombres sin afeitar junto a una camioneta Nissan parada a la altura del control. Hay un hombre de uniforme militar improvisado y zapatillas de deporte marrones con un rifle de asalto sujeto al pecho, parece como si intentara captar cobertura con el móvil, otro hombre en camiseta y vaqueros con un arma colgada del hombro se quita una gorra de béisbol para rascarse la nuca. Un perro, un jack russell, de orejas puntiagudas mira desde una ventana de enfrente, cuatro hombres armados llegan a pie con polvo y mugre en la cara, su atuendo es una mezcla variopinta de ropa civil y excedentes del ejército. Empiezan a desmontar el control, arras-

213

tran sacos de arena por los nudos hasta el arcén y los amontonan, el exyonqui desdentado ha vuelto ofreciendo tabaco y echa una mano desmantelando la barrera que ayudó a montar. Así que esto es la libertad, piensa, pero su corazón no logra liberarse, viendo a los rebeldes no es capaz de expresar su alegría, no es alegría sino alivio, no es alivio sino algo que despierta su miedo más profundo, el frío que no consigue caldear, la noción que ronda todos los demás pensamientos, y si su marido y su hijo no vuelven a casa, ¿qué? Al ver a esos hombres en la calle encendiendo cigarrillos e intentando captar cobertura en los móviles, la abruma el odio, no ve hombres sino sombras que desfilan por el día provenientes de la oscuridad, se da cuenta de que han convertido la muerte en un fin oponiéndose a ella con muerte. Qué rápido han quitado las banderas de las casas, no queda ni una. En media hora los soldados han desaparecido, la calle está despejada y la gente sale de casa, Gerry Brennan rastrilla el jardín mientras un hombre calvo enorme con una ruborosa camiseta rosa está al lado de su caniche, que tiene una pata apoyada en un árbol. Quiero salir, dice Bailey al ver que pasa un chico por la calle, quiero ir a por helado.

7

Los combates han pasado por Connell Road como una feroz riada que hubiera convertido los muros y las fachadas de las casas en ruinas, el chasis de una minivan Toyota calcinado y de color hueso está en la calzada como si lo hubiera arrastrado una tromba de agua, el asfalto sembrado de hoyos y restos. Habla de todo eso con Larry como si él no fuera a creerlo nunca, todavía sale humo de un edificio comercial cerca de la carretera principal aunque han pasado unos cuantos días, el polvo de cemento y las cenizas que recubren las hojas y los coches con las ventanillas y la carrocería acribilladas, el polvo blanco tenue en el aire y al parecer cayendo todavía sobre el sicomoro que permanece victorioso delante del colegio con medio tronco quemado hasta la horcadura como si algún vándalo hubiera intentado prenderle fuego. Mientras que las ventanas de la calle están selladas con bolsas de basura o plásticos, un hombre mayor delante de una pensión coloca tablones de aglomerado a un ventanal, la calle parece dos lugares distintos al mismo tiempo como si hubieran superpuesto la transparencia de una guerra extranjera a la imagen de la ciudad, los colores estivales se fusionan con los matices cenicientos del paso apresurado de la destrucción. A saber cuánto tiempo les llevará la cola del camión del agua, espera con Bailey viendo a gente que acarrea bidones y recipientes, niños que se empujan bajo el sol vespertino. No tendremos agua suficiente en casa solo con estas botellas de plástico, dice ella, tenemos que buscar algo mejor. Esa falsa sensación de que la ciudad está en reposo, el zumbido de un cortacésped hace soñar despierto con el verano, los pájaros se atiborran en los jardines, todo el mundo habla de la inflación, el precio de todo se ha multiplicado por diez, por veinte, hay un hombre al final de la calle que te recarga el móvil con un generador por diez pavos, da miedo conectar nada en casa cuando vuelve la electricidad por temor a lo que pueda subir la factura, si la cosa sigue así la moneda no valdrá nada. Pasa una camioneta con soldados rebeldes y ella busca el rostro de Mark entre ellos, ve que los rebeldes montan guardia junto al camión cisterna, se imagina cómo su hijo estaría entre ellos charlando, fumando y mirando el móvil, parecen estar disfrutando, hace no tanto eran empleados de todo tipo, estudiantes, becarios y desempleados que en un abrir y cerrar de ojos pasaron a estar curtidos en derramamientos de sangre. Bailey quiere saber por qué no ha llamado Mark, tendríamos que haber tenido noticias suyas a estas alturas, dice. Ella examina su rostro y nota que la pelusilla del labio superior empieza a ser más densa, no tiene valor para decirle que se lo afeite, no es el deber de una madre decir esas cosas, ya lo harán más adelante Larry o Mark. No lo sé, dice ella, ya no lo sé, es posible que todavía tardemos un tiempo en tener noticias suyas, todavía hay combates en diferentes zonas del país, podría ser muy peligroso que llame a mi teléfono, nunca se sabe quién está escuchando, déjame apoyarme en tu hombro un momento, tengo algo en la bota. Se apoya con una mano en él y se quita la bota, se palpa el calcetín, ni siquiera es una piedra sino la semilla de una piedra, una pepita que se convierte lenta, firmemente en una roca afilada, le da la vuelta al calcetín y lo sacude para hacerla caer, luego se lo pone otra vez, prueba a pisar, la pepita ha desaparecido hasta que se inclina hacia delante, está ahí otra vez en la bola del pie.

La ciudad va cobrando forma como si respirara mientras ella pedalea en la vieja bicicleta de Betty Brennan, los añicos de cristal relucen entre los escombros barridos hacia los laterales de las calles. Qué rápido han aparecido carteles en las vallas publicitarias que hay a lo largo de las rutas de autobús, hojas escritas a mano o en ordenador con las fotos de hombres y mujeres desaparecidos, la gente detenida, recluida por el régimen, un momento estás durmiendo en tu cama y al despertar ves a la OSNG en tu cuarto, te piden que te vistas, te ayudan a buscar los zapatos. Examina los rostros de cada cartel y susurra los nombres, ayúdenos a localizar a nuestro hermano, por favor, ¿ha visto a nuestro amigo?, nuestra querida madre está en paradero desconocido, nuestro hijo desapareció el... Hay un helicóptero suspendido encima de la ciudad cuando desmonta de la bici y la empuja hacia la casa de su padre susurrando palabras de agradecimiento, todo está como es debido, la puerta de la calle cerrada y el perro dentro, los hechos desmienten lo que había imaginado. Abre la cancela de pintura descascarillada y entra con la bici al tiempo que mira de soslayo la casa de enfrente sin detenerse a saludar a la presencia espectral de la señora Tully en la ventana, las plantas en macetas y las flores colgantes de la galería no han florecido ni se han marchitado en veinte años. Está delante de la puerta de su padre cuando oye gritar su nombre desde el otro lado de la calle, la señora Tully se ha acercado a la cancela moviendo el brazo. Hola, Eilish, solo quiero ver si todo va bien con tu padre, lo vi salir el otro día de casa con la correa en la mano pero sin el perro, llevaba el collar a rastras. Abre la puerta de la calle dando voces. Hola, papá, soy yo, Eilish. Huele a perro cuando entra con la bici, aunque el olor a tabaco ha desaparecido, Spencer ladra desde la cocina. La sonrisa en el rostro que aparece en el recibidor es la de su padre pero la barba blanca corresponde a otra persona. Me gusta el nuevo look, dice ella, te da un aire solemne. A mí no me gusta en absoluto, dice él, ese maldito trasto, como se llame, se señala la cara, no consigo que funcione, ¿de dónde has sacado la bici? Tengo que llevarla a que revisen las marchas, dice, no paran de atascarse, debo volver antes del toque de queda porque los chicos están solos en casa, he pasado por dos controles rebeldes y en el tercero me han dicho que me volviera, así que he tenido que dar un rodeo, se inventan las normas sobre la marcha, son igual de malos que el régimen, una camioneta dando vueltas por nuestra zona anunciando por megafonía una lista de restricciones más larga que un día sin pan, no puede haber nadie en la calle después de las siete. Supongo que querrás té, dice Simon, no me queda leche, la electricidad viene y va pero por lo menos tengo gas. Al menos tienes agua corriente también, dice ella. Lo está observando con atención, los platos sucios en la encimera y apilados en el fregadero, le parece que pasa sin cubiertos, platos ni tazas, le mira las manos como si hubiera estado bebiendo de ellas. ¿Qué haces con la estufa encendida?, dice, estamos en pleno verano. La cara que tiene delante adopta una expresión de asombro y luego se vuelve a observar al perro. Ese sol no calienta, dice, noto la humedad en los pies, no sabes lo que hizo ese puñetero perro, se me escapó en el parque el otro día, lo llevaba atado con la correa y de repente había desaparecido, cuando volví a casa estaba en el jardín esperando la cena, se cree que esto es un hotel de cinco estrellas. Observa a su padre con tristeza y perplejidad, ve al viejo comandante en su atalaya, la mente inflexible contemplando un mundo que se desvanece, Spencer les dirige a ambos una mirada hosca, abre y cierra los ojos y apoya la cabeza en las patas delanteras. El té sabe rancio, ella lava los platos y limpia la encimera mientras habla con Simon por encima del hombro. Debería haber imaginado que la señora Taft no vendría, ahora será imposible encontrar alguien que te ayude, si vinieras a vivir con nosotros un tiempo no tendrías que preocuparte de nada, la comida estaría preparada y no tendrías que limpiar, podrías hacer lo que quisieras hasta que todo esto haya terminado, estaría bien tener un hombre en casa otra vez. Esa sigue quitándome cosas, dice él. Papá, hace semanas que no viene la señora de la limpieza, necesito que me ayudes con esto, no sé cómo te las vas a arreglar tú solo, los supermercados están cerrados, tienes que hacer cola durante horas para comprar víveres, sería más fácil si estuviéramos bajo un mismo techo hasta que todo haya terminado, puedo pedir un taxi, todavía hay alguno que otro, hacemos una maleta y te trasladas hoy. ¿Le pagaste?, dice él. ¿Que si le pagué a quién? A la señora Taft, dejaste de pagarle, por eso hay problemas para que venga alguien a ayudarme. Papá, claro que le pagué a la señora Taft, mira, quiero que escuches, ahora es difícil hasta cruzar la ciudad, las carreteras siguen manga por hombro, hay controles en todas partes, la situación es inestable, igual no puedo venir a visitarte en una temporada... Ya te lo he dicho, estoy perfectamente como estoy, ¿a que sí, Spencer?, solo sería un estorbo en tu casa y, de todos modos, tengo mis reservas, vamos a hablar de otra cosa, empiezas a parecer tu madre.

Hay una mujer, una desconocida, sentada en la cocina. Molly se levanta rápidamente de la silla y forma con las manos una especie de semáforo de disculpa cuando Eilish entra empujando la bici. La mujer se vuelve y la saluda con solemnes ojos verdes. Señora Stack, dice, lamento inmiscuirme así, ¿podemos hablar un momento? Eilish deja la bici fuera y va al fregadero, se lava las manos en un cuenco de agua. Esta casa está muy tranquila, dice ella volviéndose para mirar a Molly, ¿tu hermano está arriba? Bailey ha salido hace una hora cuando yo estaba acostando a Ben, no se adónde ha ido. Creía que os había dicho a los dos que no salierais de casa. Molly se encoge de hombros y aparta la mirada mientras Eilish se seca las manos en los vaqueros, le hace seña a Molly para que salga de la habitación, luego cierra la puerta de cristal y se endereza. ¿Ha venido por algo relacionado con mi hijo? Una sonrisa pronta y limpia, las manos y las uñas cuidadas, modales corteses y seguros. Me envía su hermana. ¿Áine?, dice, temía que fuera a darme noticias sobre mi hijo, no tengo café pero puedo preparar té si quiere. Señala con la mano el cazo en el camping gas mientras la mujer rehúsa con una sonrisa. La sombra de Molly escuchando en la puerta. Venga afuera conmigo, dice Eilish, que le hace un gesto con la mano para que la siga. Cruzan el jardín hasta la sombra bajo los árboles, la mujer joven alarga la mano hacia un lazo, lo toca un momento y lo suelta. Aquí no nos oye nadie, dice Eilish, no me ha dicho su nombre. Formo parte de una pequeña organización, no hace falta que sepa quiénes somos, nos contrata gente como su hermana, gente que vive fuera del Estado y está en posición de ayudar a sus seres queridos. La joven mira las fachadas traseras de las casas que dan al jardín, mete la mano en el abrigo y saca un sobre de papel manila y un cilindro de billetes enrollados sujetos con una goma. Guarde bien este documento, dice, es una carta firmada por un alto cargo con el sello del Ministerio de Justicia, le permitirá pasar sin impedimentos a la zona del

Gobierno para comprar carne, verdura y productos lácteos para sus hijos sin pagar precios propios del fin del mundo, mire, señora Stack, vengo porque su hermana nos ha encargado que la saquemos de aquí, a sus hijos y también a su padre, tenemos que actuar con rapidez. Mira a la mujer que está en el jardín y sin embargo ve a su hermana en casa en Toronto, Áine hablando con su marido, organizando esto por teléfono, hace semanas que no habla con su hermana. ¿Sacarnos?, dice. Sí, voy a necesitar fotos, datos personales, para falsificar pasaportes y documentos de identidad, nosotros podemos sacarlos del país y su hermana organizará el traslado a Canadá. Algo se ha estrellado en silencio contra el fondo del yo, aparta la mirada, observa los muros descuidadamente cubiertos de hiedra, los arriates que deberían haberse replantado en primavera, cuánto trabajo necesita este jardín, cierra los ojos y ve desvanecerse todo, ve el porvenir como una boca oscura y surgiendo de esa oscuridad su fracaso incalificable. ¿Sacarnos?, dice susurrando otra vez la palabra a la vez que aprieta el rollo de billetes, se lo guarda en el bolsillo de los vaqueros. Sí. ¿Así sin más? No puede mirar a la mujer a la cara mientras habla. Hay cierto riesgo pero lo hacemos constantemente... Los ojos hueros en la corteza del árbol son testigos de ello, los ojos que miran sin ver ni parpadear al viento y afrontan el mundo abiertos de par en par, está mirando los botines negros de la mujer. Es mucho que asimilar, dice ella, lo que quiero decir es, no, me parece que no, esto no es lo que quiero. No hay ni rastro de emoción en el semblante de la mujer, los labios respiran serenos delante de ella, los ojos verdes y claros la analizan cuidadosamente. No me ha dicho cómo se llama, dice Eilish. Puede llamarme Maeve. Apuesto a que es el nombre de su madre, Maeve, dígame, ¿cómo espera mi hermana que me vaya así sin más, sin hablar conmigo siquiera?, ¿sabe lo que pasa con una casa como esta cuando se abandona?, mi hijo mayor podría volver en cualquier momento, abrirá la puerta del patio y entrará desgarbado en la cocina como si nunca se hubiera marchado, irá al frigorífico y se quejará de que no hay jamón, luego se acercará una silla preguntando si se sabe algo de su padre, a mi marido se lo llevaron, ¿sabe?, no hemos tenido noticias suyas desde que desapareció... Noches de verano en el jardín, la herrumbre y las quemaduras del foso para fogatas cubierto de ceniza, cierra los ojos viendo a Larry servir vino en una copa y cuando los abre el árbol está adornado de pesar, los lazos se alzan movidos por la brisa cual dedos que señalaran susurrándole que se vaya. La joven levanta la vista y sonríe. *Prunus avium*, dice. ¿Cómo? Los cerezos, dice, cerezos silvestres, mi abuela era botánica, pasar tiempo con ella no fue muy distinto de apuntarme a una licenciatura en Latín a los diez años, parecen antiguos, ¿llevan plantados mucho tiempo? Eso creo, sí, ya eran maduros cuando compramos la casa, mi marido piensa que habrá que talarlos o corremos el riesgo de que se caiga alguno durante una tormenta, pero no sé, prefiero esperar y ver qué pasa, las flores son una preciosidad en primavera. Señora Stack, su hermana me habló de su marido, no sé qué decir, no sé qué sabe usted. Hace ademán de hablar pero frunce los labios, Eilish observa los labios y los ojos que hablan sin hablar, oye lo que quieren decir los ojos pero no quiere escuchar, los ojos se equivocan, los ojos no tienen ni idea, los ojos no pueden saber nada si no se ha demostrado nada. Señora Stack, tiene que tomar una decisión difícil, marcharse de casa es lo más difícil que se puede hacer, pero no creo que esté viendo la situación con claridad, lo que está a punto de ocurrir, ese avión de observación ahí arriba, ¿qué cree usted que hace ahí todo el día?, el alto el fuego no va a durar, los rebeldes han perdido impulso y el ejército ha empezado a rodearlos, sitiarán el sur de la ciudad y el ejército convertirá este lugar en un infierno, machacarán a los rebeldes hasta someterlos, quedarán ustedes aislados del mundo, de cualquier suministro, nada de lo que le estoy diciendo es un secreto, tiene hijos en los que pensar, tiene un padre mayor que necesita atención médica... ¿Mi padre?, dice Eilish al tiempo que arranca una hoja con la mano y la aprieta hasta hacerla papilla. Mi hermana no ha hecho prácticamente nada por mi padre, lo que necesita mi padre es quedarse en casa, estar rodeado de sus recuerdos, tener el pasado al alcance de la mano, dentro de poco no le quedarán más que sombras, un sueño extraño del mundo, mandarlo al exilio ahora sería condenarlo a una especie de inexistencia, no puedo permitirlo. Lo entiendo, señora Stack, pero debo explicarle que su hermana ha pagado mucho dinero. Sí, supongo que lo ha pagado, usted no tiene aspecto de dedicarse al tráfico de personas precisamente. Señora Stack, soy estudiante de Medicina, era estudiante de Medicina, ahora me dedico a esto hasta que pueda volver a estudiar Medicina, todo cuesta mucho dinero, hay que falsificar pasaportes y documentos, pagar sobornos, hay gastos de traslado, no está exento de riesgos, creo que cambiará de parecer, pero tenemos que darnos prisa, de verdad, dentro de tres o cuatro días enviaré a un chico a recoger lo que necesitamos, aquí tiene una lista de lo que debe darle, mientras tanto, puede usar esa carta para comprar víveres, ahora tiene suficiente dinero en metálico para lidiar con la inflación, el dólar canadiense da para mucho. Bailey se ha acercado al cristal y por un instante ella ve a Mark cuando tenía su misma edad, lo que hay oculto en un rostro pero de pronto se revela en el giro de una cabeza o la mirada de soslayo de unos ojos y deja paso al otro rostro. Mira al suelo negando con la cabeza. Dígale a mi hermana que lo siento, dice, dígale que agradezco mucho el dinero, de verdad que sí, se lo diré yo misma cuando pueda, las cosas se han puesto carísimas, en cuanto pueda se lo devolveré. Ve a la joven marcharse calle arriba y cierra la puerta del recibidor, Bailey está en la cocina manchado de tierra y polvo con dos bidones rectangulares color hueso de cinco litros. Los deja en el suelo con una sonrisa y no quiere decir dónde los ha encontrado. El interior de los bidones huele a rancio, Eilish tiene que lavarlos con agua potable hirviendo que compró en el camión cisterna, lo mira con orgullo y alivio y luego lo reprende enfurecida. No te he educado para que seas un ladrón, dice viendo que los ojos ofendidos y sombríos de su hijo se entornan como para empequeñecerla. ¿Por qué no te alegras?, dice él, nunca te alegras por nada, ahora no voy a volver a dejarlos donde estaban. El rostro ante ella ha vuelto a cambiar, ahora es el de Larry, Larry cada vez más enfadado, Larry dándole la espalda.

Están entrelazados en un sueño vigilante, ella tiene el brazo en torno a su cintura, Larry se remueve, susurra algo y cuando ella abre los ojos está de pie junto a la cama negando con la cabeza lentamente, con un aire de pena en los ojos. ¿Por qué niegas con la cabeza?, pregunta ella viéndolo ir a la puerta, la luz del recibidor le da en la cara y es como si no lo conociera, es a la vez Larry pero es algún otro, un hombre vacío por efecto de la edad y el dolor, cuando vuelve a mirar ya no está. Despierta empapada y despojada, pensando en lo que le gustaría decir, cómo te atreves a venir a mí en sueños como si estuvieras muerto. Está llorando cuando va a la cocina, coge un vaso del fregadero, abre el grifo inútil por costumbre. Qué extraño el mundo a la hora triste del amanecer y aun así resulta conocido, la lluvia murmura entre los árboles, es una lluvia antigua que habla con el lugar donde siempre ha caído, los cerezos arraigados en la tierra, un haz de luz enlazada por cada semana que él ha estado ausente. La luz ámbar llena la ventana de un dormitorio en una casa de enfrente, ve desplazarse la luz al cuarto de baño, alguien se ha levantado para ir a trabajar, vas al baño y te lavas la cara y los dientes y haces café, despiertas a los chicos para que empiecen la jornada y los preparas para ir a clase, así es como vivimos. Cuando los chicos están despiertos les dice que tienen que seguir con el temario de clase, los colegios no tardarán a volver a abrir, más vale que no os retraséis. Molly está conforme con estudiar sola pero Bailey no quiere hacer nada, ella se sienta con él un rato, luego dice que tiene que ir a uno de los controles y cruzar para comprar cosas. Pañales, dice Bailey, no olvides los pañales y las toallitas para bebé y papel higiénico y chocolate también, también nos vamos a quedar sin pilas para la linterna. Eilish se dirige al control de Dolphin's Barn, hay una fila de autobuses de dos pisos aparcados en el camino de sirga del canal para proteger a los soldados rebeldes de los disparos de francotiradores. Se pone a la cola antes del puente de Camac para pasar el control observando a la gente ir y venir a través de la tierra de nadie con carretillas, carros de la compra y maletas, los rebeldes exigen registrar la mercancía de la gente que vuelve del lado del régimen, hay que desempaquetarlo todo, una anciana de pelo negro azabache levanta las manos y se pone a gritarles a dos rebeldes que insisten en ver su bolso, no quiere soltarlo hasta que un soldado se lo arranca de las manos y salta una gallina perdiendo plumas que la mujer persigue torpemente por la calle. Eilish muestra el documento de identidad a unos ojos ocultos tras gafas de sol, una voz inexpresiva le pregunta por qué cruza, el sonido de un avión de guerra sobre sus cabezas. Lee el cartel colgado de los semáforos que advierte de francotiradores y acelera el paso cuando cruza el puente mirando hacia las ventanas de la torre de pisos que preside la intersección en el lado opuesto, esa sensación de estar ante una autoridad que decide la vida y la muerte por decreto. Una mujer mayor con voz ronca y jadeante se ha situado a su altura y se pone a hablar como si se conocieran. Gracias a Dios hoy está tranquilo, dice, tengo una madre anciana en los pisos de Oliver Bond que no se atreve a salir de casa, bendita sea, apenas he podido cruzar en toda la semana, hay mucha gente así, y tú, ¿qué? Eilish ni siquiera la mira, está observando el punto de control del régimen unos doscientos metros más allá del puente, bloques de cemento y sacos de arena y una bandera nacional sin vuelo en un mástil, ve a un hombre que cruza en bicicleta con la cabeza gacha, esquiva una bota desechada en mitad de la calzada, parece una de esas botas color cereza que ella tiene en el armario pero no se pone nunca, una joven empuja medio corriendo un carrito con una bolsa grande de arroz en el asiento, una mujer entrada en años de tobillos hinchados tira de un carrito de tela a cuadros, un anciano alto se apoya en el bastón, un perro de caza corre a grandes zancadas más adelante sin correa. Llega donde la bota color cereza con tacón de dos centímetros y pico y ve que se le ha salido del pie a la dueña sin necesidad de bajar la cremallera.

Simon está insultando a la televisión en la sala de estar mientras ella vacía la mochila de provisiones encima de la mesa de la cocina, va a la sala, se planta delante de él y pone los brazos en jarras. Déjame que te afeite la barba, dice, podemos hacerlo aquí si quieres. Sube y coge una toalla, abre el armario del cuarto de baño, el bote de espuma de afeitar y una maquinilla azul de plástico, un paquete de cigarrillos a medio fumar en el estante que se guarda en el bolsillo. Simon espera en la butaca con las manos en el regazo, los dedos separados y manchados de hierba oscura, lanza un bufido mientras ella le levanta la barbilla y le examina la cara, dos campos de nieve caída sobre la tierra vieja, nunca le ha afeitado la cara a un hombre. No va a durar mucho, ¿sabes?, dice él, el alto el fuego, ¿has oído las noticias?, las mentiras que se inventan, deben de tomarnos a todos por idiotas, hoy dicen que los rebeldes han violado el alto el fuego con veintiocho ataques registrados en la ciudad en las últimas veinticuatro horas, no sé cuántos proyectiles de mortero y artillería lanzados contra nuestras posiciones, bla bla bla, cualquiera puede oír que los rebeldes llevan días callados salvo por algún que otro disparo de fusil, el régimen prepara otro ataque, espera y verás... Papá, dice ella sosteniéndole la mandíbula en el sitio con la mano, no puedo afeitarte si no estás quieto, no van a romper el alto el fuego ahora que hay amenaza de nuevas sanciones, todo el mundo quiere que esto acabe. La barba le planta cara a la maquinilla, la franja que ha dejado suave la cuchilla continúa creciendo a un ritmo infinitesimal.

Ayer vino ese tipo alto, dice Simon, estuvo revolviéndolo todo arriba de paso. La maquinilla se ha detenido en su mano, la deja en un cuenco de agua y coge el brazo de su padre. Papá, ¿qué tipo alto? Ya sabes cuál. Simon la mira con un ojo ladeado como si fuera ella la que ha hecho algo. Papá, ¿cómo se supone que voy a saber de quién hablas? Ese tipo alto, uno de los tuyos. ¿Los míos?, pregunta ella, ¿te refieres a tus nietos?, lo dudo mucho. Sí, dice él, ese era, vino hacia las tres. ¿Y qué hizo arriba? Ve a Simon cerrar los ojos, ella intenta atravesar con la mirada la piel translúcida de sus párpados, intenta llegar hasta la mente, zarandeará al anciano hasta sacarlo del cráneo, lo zarandeará hasta que vuelva a tener conocimiento. Sumerge la maquinilla en el agua, luego pasa la cuchilla demasiado fuerte, la mano de Simon se alza en protesta mientras le resbala un hilo de sangre por la barbilla. ¿Te refieres a Mark?, pregunta, la voz le patina, mira por la habitación sin ver, posa la mirada en las sillas en torno a la mesa. ¿Cómo supiste que era Mark?, dice, espera un momento mientras voy a buscar un pañuelo de papel. ¿Quién iba a ser si no?, dice él, le pregunté si era uno de los hijos de Eilish y dijo que sí y entró y dijo que había venido a ayudar. Que había venido a ayudar, dice ella, ¿a ayudar con qué? No lo sé, esto y lo de más allá, dijo que me ayudaría con el jardín. Ella ha ido a la cocina para meter las manos bajo el agua fría, la coge en el cuenco de las manos y se moja la cara, se queda delante de las puertas de cristal mirando el jardín, el seto bien podado e igualado por arriba, los arriates recién plantados, ve a Mark tal como estuvo en el jardín el verano pasado con ropa de faena echando una mano. Le pone un trocito de papel en la cara a su padre y sigue afeitando alrededor de la media sonrisa mientras él cierra los ojos. Le está hablando cuando se da cuenta de que se ha dormido, la barbilla suave en la palma de su mano mientras le limpia con una toalla la piel rosada. Va al pasillo, coge el abrigo de su padre y lo abre por el cuello, vuelve a la sala de estar y se sienta en la butaca de su madre, saca del bolsillo una etiqueta blanca en la que está escrito su nombre y dirección y el número de móvil de ella y se la cose a la solapa. Escucha la casa vacía, oye las antiguas voces arriba y a su madre llamándolos a comer, sus pies resonando en las escaleras, el fuego de la estufa emitiendo chasquidos como si remitiera al tiempo igual que un reloj desquiciado, como si el leño en la estufa escupiera el tiempo almacenado en la madera, piensa, el tiempo es adición y sustracción a la par, el tiempo añade un día al siguiente y siempre resta de lo que queda, el lento aliento suspirante delante de ella. Es el cuerpo el que respira la mente, eso piensa ella, es el corazón el que bate al hombre hasta que el hombre queda abatido, y se ve cogiéndole la mano, susurrándole, nunca quise que fueras nadie más.

Va a paso suave a la puerta de la calle y la cierra sin echar la llave, cruza el porche encendiendo un cigarrillo. El crepúsculo avanzado se precipita hacia la noche, una llovizna motea el sendero, una figura camina calle arriba haciendo caso omiso del toque de queda. Sigue con la mirada el andar encorvado del joven mientras ambos dan caladas a los cigarrillos, el joven con la mano cubriéndole la boca. Justo acaba de pasar por delante cuando ella oye que un vehículo toma la curva, retrocede hasta la pared viendo pasar un cuatro por cuatro, ve a dos policías rebeldes delante, ve que las luces de freno colorean las ventanas vecinas al detenerse el vehículo. Va a la cancela susurrándole al chico que corra pero este se vuelve y se queda mirando el cuatro por cuatro, se apean dos hombres para rodearlo, ve que el chico se encoge de hombros, un policía rebelde lo agarra del brazo y le hace darse la vuelta, lo empuja hacia el vehículo para esposarlo. Ella se remanga mientras va calle arriba gritando, ¿qué hacen con mi hijo? Llega hasta ellos en el momento en que titubean, el par de manos sobre el joven lo han soltado y el policía rebelde se vuelve y le dirige una mirada que ella no sabe interpretar en la oscuridad. Ya no está en la calle sino que ha entrado en una parte de sí misma donde es absoluta, lleva una espada en la boca, este chico es su hijo, lo ha agarrado por la manga y lo zarandea, te he dicho que no salgas después del toque de queda, dice, entra ahora mismo en casa. Se ha puesto entre el joven y los dos hombres, se vuelve y manda al chico calle abajo de un empujón, se queda con las manos abiertas delante de ellos. Lo siento muchísimo, dice, entiendo que hay toque de queda, al bebé le están saliendo los dientes y no puedo estar encima de todos, este se cree que puede largarse cuando quiera, será la última vez, se lo prometo. La falsa calma de la calle mientras una mirada gélida se posa en ella y la escudriña, una radio emisora-receptora crepita en el jeep. Se vuelve con miedo a que el joven pase de largo la casa, lo llama, espérame ahí. Los hombres ya no ven al chico y ella se cruza de brazos, uno de ellos carraspea, habla con un meloso acento de ciudad. Puede considerarse afortunada esta vez, si vuelvo a ver a su hijo por ahí después del toque de queda pienso detenerlo, ¿entiende? Le sostiene la mirada al hombre con gesto desabrido. Me pregunta si lo entiendo, sí, lo entiendo, pero quiero que usted también entienda algo, mi hijo mayor se fue de casa para luchar contra el régimen con los suyos y ahora estoy yo aquí en la calle aguantando amenazas, queríamos derrocar el régimen pero no para que lo sustituyera más de lo mismo, eso todo lo que tengo que decirle. Camina calle abajo oyendo el motor al ralentí, los hombres la observan sin duda por el espejo retrovisor mientras agarra al joven por el codo y se dirige con paso firme a casa. La puerta de la calle queda cerrada con llave cuando lo lleva a la cocina, Molly y Bailey levantan la vista del portátil, quieren saber qué ocurre. Ella le dice al chico que se siente, no es más que un crío en realidad, hosco y azorado, tenso como si fuera a recibir una paliza. Ahora se da cuenta de que no podría ser su hijo, los ojos veloces y la actitud asilvestrada de un chaval de los pisos de protección oficial, va a la sala de estar y mira por las cortinas. Espera un poco antes de salir, dice, seguro que dan media vuelta y luego puedes largarte. Algo desagradable se adueña del rostro del joven, va al fregadero y escupe dentro, se vuelve con un gesto resentido. ¿Cómo se le ocurre hacer eso, señora?, dice, iba a salir corriendo.

La premura de las explosiones mientras se lava los dientes delante del fregadero de la cocina, la sacudida de cada proyectil que hace añicos el silencio de la noche, una mano le rodea el corazón y se lo aprieta en un puño. Cuando baja la mirada ve el cepillo de dientes en el fregadero, ve que la esperanza se le ha escapado de las manos, la esperanza como agua en el cuenco de las manos de un idiota que busca por una inmensa extensión, sabe que es Bailey quien se ha acercado a la puerta de cristal a su espalda. El último era un cohete, dice. Se vuelve apreciando el placer del conocimiento en su voz, lo ve descabezado en la oscuridad salvo por las extremidades largas y pálidas en calzoncillos y camiseta. ¿Y tú qué sabes?, dice negando con la cabeza y volviéndose de nuevo hacia la ventana, la campana de una iglesia da la hora en la azulada oscuridad estival y tenue, más allá otra campana suena descompasada como un eco de la primera y luego oye el sordo retumbo de otra explosión. Esa ira que no consigue arrancarse de las manos, esa tristeza que le sobreviene mientras cierra la ventana y se vuelve hacia la sala de estar, se le ha instalado en el pecho tal peso que apenas es capaz de andar, apoya una mano en la encimera, cierra los ojos y respira hondo, tiene los pies fríos, no sabe qué ha hecho con las zapatillas, las llevabas puestas hace un momento. Se acurrucan bajo un edredón mientras las bombas continúan cayendo sobre la ciudad con el ritmo lento y constante de un tambor militar. Les dice a los chicos que están a salvo, que el régimen dispara contra posiciones rebeldes, ella misma no se lo cree, Molly hace un ruido extraño con la garganta cada vez que estalla un proyectil. Ben está despierto y no quiere quedarse en la cuna. Enciende la radio y espera las noticias internacionales, no hay noticias sobre lo que está ocurriendo. Les dice que se acabará, que una cosa siempre deja paso a otra, por la mañana cruzaré al lado del Gobierno y compraré más provisiones, igual encuentro un poco de chocolate. Un proyectil de mortero explota cerca y luego otro y Molly hace ese ruido con la garganta de nuevo pero esta vez más largo como si modulara la primera nota de algún grito antiguo y austero, busca bajo el edredón la mano de su madre y Eilish agarra la mano consciente de que es falsa con los chicos, falsa sin nada que ofrecer, ni consuelo ni socorro, solo mentiras, distracción y evasión, les cuenta historias de su niñez que ya han oído, la vez que su hermana se cayó de un árbol y en lugar de la espalda se partió el culo y tuvo que sentarse en un flotador durante semanas, la vez que a su abuela la alcanzó un rayo cuando estaba embarazada y fue a parar a la otra punta del jardín de atrás pero salió ilesa y vuestro abuelo nació con una cicatriz detrás de la oreja. A las dos de la madrugada mencionan el bombardeo en las noticias extranjeras, el ejército ha lanzado una ofensiva contra las posiciones rebeldes, ha lanzado una ofensiva contra el sueño, contra el santuario de la noche, ese deseo ahora de cerrar los ojos y buscar una puerta que conduzca hasta la mañana, en cambio ve la oscuridad de una tumba y la noche como una losa encima de ellos, ve la casa desplomándose sobre sus cabezas. Comienza un intenso fuego graneado que no ceja, la mano derecha ha empezado a temblarle, se la coge con la mano izquierda y la esconde bajo el edredón, se imagina los rostros de los hombres que lanzan cohetes y proyectiles de mortero sobre ellos, sabe que son quienes desperdigan muerte sobre amigos y parientes, sabe que son hombres con los que se ha cruzado por la calle. Ben se despierta otra vez con un lloro y no se deja apaciguar, la respiración enfadada sobre la mano de Eilish cuando le mete el dedo en la boca buscando la encía, al pobre le está saliendo un diente, no tiene nada para el dolor. Le acaricia el mentón con el pulgar preguntándose qué noción del mundo puede tener un niño de esa edad, el olor a miedo en su propio cuerpo, el niño que aprende a reconocer el olor que no se puede suprimir ni ahuyentar solo con desearlo, el niño que absorbe el trauma de la madre y lo almacena en su cuerpo para usarlo más adelante, el niño que se hace adulto afligido por el miedo y la ansiedad ciega, que arremete contra quienes lo rodean, tiene a un hombre dañado en brazos. Constante el redoble del tambor militar, constante la marcha de las explosiones, el bombardeo se aleja un rato como si fuera una nube tormentosa de paso hacia el mar, la radio no informa de nada nuevo antes de que ella la apague.

Cree que Molly y Bailey están dormidos, las sirenas en la oscuridad y los perros que ladran, Ben se estremece como si para dormir más profundamente su cuerpo tuviera que expulsar el miedo de su madre. Cierra los ojos y ve a su padre solo en la casa con el perro arañando la puerta de cristal, su padre acostado bajo las escaleras y dormido con la boca abierta, su padre incrustado en el suelo como una piedra, ve la tierra, el mar, las montañas, todos los lagos borrados, el mundo convertido en un vacío de oscuridad salvo por esta muerte que llega del cielo, esta muerte que quiere internarse en el sueño a fuerza de explosiones, tanto así que le da miedo cerrar los ojos.

No sabe qué hora es cuando oye el silbido de los proyectiles que pasan por encima de su cabeza, estaba dormida con los oídos aguzados, dos explosiones tan cerca que sacuden la casa y algo se cae al suelo. Se le ha escapado de la garganta un sonido animal a la vez que Molly se incorporaba gritando. No encuentra la linterna, Molly la ha perdido debajo del edredón, aparece y cuando la enciende ven el enlucido del techo hecho pedazos delante de la chimenea. Bailey ha vomitado en el suelo. No sé que me pasa, dice, debo de haber pillado un virus o algo, igual me ha sentado mal la comida. La luz de la linterna le tiembla en la mano cuando va a la cocina a por desinfectante y un trapo, se queda un momento junto a la ventana para ver la columna luminiscente de humo blanco. No debe desperdiciar agua, deja una palangana al lado de Bailey y le dice que vomite ahí, frota las tablas del suelo con pasadas brutales, luego vuelve a la cocina y se da cuenta de que ha parado de temblarle la mano. Estira los dedos un momento, después deja reposar la mano, un estallido de mortero hace regresar el temblor, barre el yeso del suelo de la sala de estar, luego se pone a limpiar las superficies de los muebles, la zona en torno al fregadero, el alféizar de la ventana detrás del fregadero, la encimera alrededor de los fuegos de la cocina, una explosión cercana hace temblar la tierra, así que tiene que agarrarse al fregadero con las dos manos pensando en la mugre de la tapa de los fuegos de la cocina que debería fregar, lleva demasiado tiempo desatendiendo cosas así, la cantidad de mugre que repta por la encimera y se queda detrás del microondas, los restos de comida que caen en los cajones y se alojan bajo los cubiertos, las migas de la panera y la tostadora que se diseminan por todas partes, cortas una rebanada de pan y la mitad de la hogaza acaba en el suelo, las migajas de tarta van a parar debajo del hervidor, caen en el cajón de los cubiertos que se acaba de limpiar. Mamá, qué haces, Bailey está vomitando otra vez. Le ha agarrado la mano a Molly, se la mueve arriba y abajo pero es a sí misma a quien ha vuelto a encontrar. Cuando haya luz fuera, dice, tenemos que poner cinta aislante en las ventanas por si se rompe el cristal, qué hora es, esperemos que Ben siga dormido.

Manipula con torpeza los botones del abrigo delante del espejo del recibidor. Hace días que no se peina, suelta su cabello y se pasa los dedos. Ese temblor de la mano derecha como si algo se hubiera cobijado bajo la piel para vivir de tendones y huesos, toma el peine, luego lo deja y se recoge el pelo. Descuelga el teléfono con la esperanza de que haya tono de marcar, después sale fuera a mirar el cielo, intenta localizar el origen del humo a la deriva, las sirenas suenan, Gerry Brennan lleva una bolsa a un montón de basura negro y tumescente junto al sendero. Ratas, dice señalando con el dedo la calle, hay ratas del tamaño de gatos, nunca había vivido entre tanta porquería. Ella no sabe qué decir, los cubos ya le traen sin cuidado, apenas ha pegado ojo en cinco días y cinco noches y esa sensación en el cuerpo de que ahora las cosas son distintas, ese profundo miedo negro que vive en la sangre, esa sensación de que no hay salida. Gerry Brennan levanta la mano como para hablar pero ambos alzan la vista hacia el sonido de un avión de combate que ya ha pasado, un eco estruendoso como si el cielo fuera una cueva y luego la explosión en la zona donde ha caído la bomba a unos kilómetros de distancia. Deben de ser las siete de la mañana, dice él, se puede poner en hora el reloj con esos reactores asesinos, no se oyen hasta que están a punto de atacar o cuando ya lo han hecho. Observa la cara sin afeitar de Gerry Brennan, lo imagina ante un espejo con la cuchilla todos los días durante cincuenta años y ahora las mejillas le relucen como cubiertas de sílice, en vez de camisa y corbata lleva una camiseta interior sucia, tiene los brazos demacrados y codos de pollo. ¿Necesitas algo, Gerry?, pregunta, voy a intentar cruzar el control, puedo hacer sitio en el bolso. Él no contesta, permanece ausente mirándola mientras ella contempla el jardín delantero a su espalda, se da cuenta de las molestias que se tomó el hombre, eligió para la jubilación plantas en macetas con sed de manguera, eligió hierbas para las ranuras del adoquinado que cedieran a la hoja de la azada, eligió organizar el resto de sus días en torno a tareas insignificantes, gastando los talones de los calcetines en zuecos de jardinero, ejercitando la grasa colgante de los codos a lo largo de arriates elevados en la parte de atrás llenos de abultados repollos y zanahorias de mitad de temporada, remolachas y nabos en invierno, saliendo y entrando de casa con muda devoción a cada llamada de su esposa. Y ahora la mirada feroz en los ojos que escudriñan la calle en busca de ratas. Salta a la vista lo que se traen entre manos, dice, intentan ahuyentarnos como a alimañas, eso es lo que hacen, quieren exterminarnos como a las ratas, solo es cuestión de tiempo y esfuerzo, yo trabajaba de urbanista, ¿sabes?, hay un número limitado de carreteras y edificios en esta ciudad, si lanzas suficientes explosivos, con el tiempo habrás agujereado todas las calles, habrás alcanzado todos los edificios de apartamentos, todos los comercios y casas, luego sigues noche y día, sigues lanzando más y más hasta que conviertes el enladrillado en polvo y no queda nada más que gente que se niega a marcharse. Se da la vuelta y se para un momento a echar una mirada feroz al cielo. ¿Por qué vamos a marcharnos?, dice, cuéntamelo, no nos sacarán de aquí, viviremos bajo tierra si no hay otro remedio, cavaré un agujero en el puto jardín, si has vivido en un lugar toda tu vida, la idea de vivir en otra parte es imposible, es..., cómo se dice, neurológico, está configurado en el cerebro, nos atrincheraremos, eso haremos, qué otra cosa se supone que debes hacer, no sabría adónde ir, me tendrán que sacar en un ataúd. Ella no sabe qué hacer con la cara y se da la vuelta tocando con la punta del zapato el hormigón. Dile a Betty que gracias por dejarme la bici, dice, las marchas fallan y dejé que mi hijo echara un vistazo y ahora van peor. Es una bici vieja, dice él, tal vez se han deformado los piñones de la rueda de atrás, llévasela a Paddy Davey, tiene una tiendecita de bicis en Emmet Road junto a la tienda de pescado frito, yo solía llevarle las bicis de los chicos, dale recuerdos de mi parte, seguro que te hace un buen precio.

Le masculla a Larry que conteste al teléfono y no puede zafarse del sueño, tiene el brazo atrapado bajo algo pesado y cuando despierta oye que el teléfono suena en el recibidor, se escuchan sirenas cerca, tiene el brazo inmovilizado debajo de Molly. Corre hacia el recibidor pensando que debe de faltar poco para el amanecer, está hablando con Mark antes de llegar al teléfono, por supuesto que perdiste el puñetero número, quién recuerda ya los números de móvil, pero de un teléfono fijo te

puedes acordar, ¿acaso no te lo enseñé de niño?...
Reconoce a su padre por su manera de carraspear,
la inspiración típica y luego un temblor en la voz.
¿Estás ahí?, pregunta él, se ha ido, ¿me oyes?, estaba durmiendo y me he despertado y se había
ido. Papá, dice, ¿qué hora es?, el teléfono lleva
días sin funcionar, ¿te refieres al perro? Haz el favor de escuchar, dice él, me refiero a tu madre, he
buscado por toda la casa pero no está, se ha llevado todas sus cosas, el armario está vacío, tendría
que haberme dado cuenta de que iba a pasar,
tendría que haber sabido que se marcharía. La
voz aguda se convierte en un susurro atemoriza-
do y luego le cuesta tomar aire. No puedo respirar, dice, no puedo respirar... Papá, dice, ay, Dios
mío, por favor, papá, ¿llamo a un médico? No,
dice él, déjame, esa mujer está empeñada en des-
truirme. Eilish se aprieta los ojos con el índice
y el pulgar, se pinza el puente de la nariz, visualiza a un hombre que ha despertado dentro de un
sueño, sabe que no puede hablarle de que su esposa murió cuando no guarda recuerdo de su
muerte. Le recorre el cuerpo un escalofrío de
emoción y levanta la vista y ve a Molly en la puerta, le hace un gesto con la mano de que vuelva
dentro. A través de la línea de teléfono oscura y
polvorienta busca el rostro de su padre, quiere
abrazarlo, lo ve en el pasillo con todas las luces de
la casa encendidas, seguro que ha olvidado la bata
y las zapatillas. Le dice que respire hondo y cuando abre los ojos ve dos caras pálidas y cautas que
la observan desde la puerta. Papá, dice, ahora susurrando, al tiempo que da la espalda a los chicos.

Papá, tienes que escucharme, por favor, respira hondo y escucha, mamá no se ha ido, volverá pronto, te lo prometo, solo ha... Me estás mintiendo, dice él, siempre mientes, sabía que estabas en el ajo, siempre te pones de su parte, vas lloriqueando detrás de ella como un perrillo, esta casa está tranquila de narices sin todas vosotras. Oye un fuerte sonido de succión y entonces su padre deja escapar un sollozo. No puedo respirar, dice. Papá, dice ella, ay, papá, escucha, por favor, todo va a ir bien... Tendría que haber sabido que ocurriría, dice él, tendría que haberlo sabido pero cerré los ojos, antes la quería, la quería de verdad, todavía la quiero, ay..., dime, ¿qué fue del amor?, dímelo, ya no recuerdo qué sucede con las cosas, ¿qué es del amor cuando ya lo tuvimos palpitante en la mano? Está horrorizada, susurra, se retuerce de piel adentro, se tira del pelo. Papá, por favor, papá, escucha, no es lo que crees, haz el favor de escucharme, voy a ir por la mañana, en cuanto haya amanecido, en cuanto pueda. No, dice él, no quiero que vengas, no quiero que seas amable, no quiero amabilidad ahora mismo, tu madre me ahuyentó, os ahuyentó a todos, así es ella, déjame en paz. Oye un ruido amortiguado como si hubiera cubierto el micrófono con la mano. No te he oído, papá, ¿qué has dicho? Eilish les hace gestos furiosos con la mano a los chicos de que cierren la puerta. Ay, cariño, dice él, qué he hecho, no escuchaba, no os escuchaba a ninguna, tengo que ir a buscarla, sé adónde va, seguro que puedo alcanzarla si voy ahora... Papá, dice, haz el favor de escucharme con atención, no puedes salir de casa, son poco más de las cinco, están bombardeando la ciudad y los ataques aéreos empezarán dentro de dos horas, quédate donde estás, por favor, y encontraré el modo de cruzar luego, también voy a llamar a un médico. Oye cómo deja el auricular en la consola y se queda en silencio llamándolo por su nombre.

Llama al número de la señora Tully para pedirle que vaya a ver a su padre pero no hay respuesta. En la consulta del médico no hay más que un contestador con un mensaje grabado de un servicio fuera de horario que la redirige a otro mensaje, el servicio que solicita ya no está operativo, el médico de guardia se ha ido del país con su familia y es posible que no vuelva nunca, se ha llevado a sus padres, si necesita atención urgente, vaya directamente a la unidad de urgencias más cercana. El semblante de pánico en la cara de su hija al decirles que tiene que cruzar la ciudad, Molly la sigue al recibidor cuando va a por el chubasquero, se da la vuelta y Molly está delante de la puerta de la calle de brazos cruzados. Mamá, dice, no puedes salir así, ¿no puedes esperar un rato?, seguro que el abuelo está bien, se habrá vuelto a dormir y no recordará lo que ha pasado, ahora estará en la cocina refunfuñando mientras lee un periódico viejo, tomando té con leche agria, tendrá las gafas colgadas del cuello y las estará buscando por ahí, ya sabes cómo es. Eilish contempla la cara de Molly creyendo por un momento que lo que dice es verdad, observa la mano

244

de la chica que le agarra la muñeca, Molly susurra, le suplica. Vale, dice Eilish, ojalá tengas razón, voy a esperar a que haya un descanso, parece que los bombardeos hacen una pausa después de comer. Esa sensación de haber entrado en un cuarto oscuro con la puerta cerrada a su espalda a medida que los bombardeos y ataques aéreos continúan sin amainar, el día transcurre y se le va de las manos, la tarde deja paso a la noche. Cenan algo frío mientras ella escucha la BBC, la cortina de fuego del Gobierno se ha intensificado pese a la indignación de la comunidad internacional, escucha la radio estatal, el régimen insiste en que bombardea a los terroristas. Apaga la radio pero no puede dormir, las mentiras le rondan el pensamiento, la despierta Ben que por fin cierra los ojos agarrando la cara de su madre entre las manos. Por la mañana se planta decidida ante los chicos, su voz grave mientras se pone el chubasquero, no puedo esperar ni un momento más, dice, tengo que ir ahora, volveré en cuanto pueda.

Los pájaros siempre habitarán la tierra, los pájaros invocan el amanecer desde los árboles desgarrados y maltrechos mientras ella pedalea a través de la ciudad. Ahora hay luz donde antes no la había, los edificios reducidos a escombros, las paredes y los cañones de chimenea solitarios, la escalera que asciende hasta una súbita caída. Se le pincha la rueda trasera y tiene que esconder la bicicleta detrás de la pared de una escuela y seguir a pie, bombardean el sudeste de la ciudad y hay un paisaje de humo gris, oye ráfagas esporádicas de disparos, le susurra a Larry, la frontera que separa a los rebeldes del régimen se ha desplazado o quizá ya no hay nada parecido a una frontera. Se apresura a través de las tranquilas calles residenciales y el polvo rezagado, los controles de los soldados rebeldes han quedado abandonados mientras que unos niños hacen rodar neumáticos y los queman en contenedores industriales que vomitan humo negro para cegar a los aviones de combate. Las calles que rodean la casa de su padre están en silencio, apenas hay coches en la calzada. Llama a Spencer al verlo sentado en el felpudo de la puerta de la calle, el perro se levanta y empieza a andar en círculos esperando a que ella le deje entrar y luego se detiene mientras ella le acaricia el cráneo con los nudillos. ¿Qué haces aquí fuera tú solo? Llama a la puerta y aguza el oído un momento, luego abre con la llave, el bombín está cerrado con doble vuelta, entra en el recibidor y sabe que la casa está vacía, el abrigo no está en el perchero, las luces están apagadas, el teléfono inalámbrico de la consola está en la base. Las cortinas del dormitorio de Simon están abiertas, la cama hecha de cualquier manera, las zapatillas emparejadas delante del armario. Hace salir al perro al jardín y luego comprueba el teléfono pero no hay línea. Cierra la puerta y va hasta el final de la calle, luego sigue el itinerario diario de su padre por la calle principal hacia el parque, todos los comercios locales están tapiados, aborda a todo el que se cruza, nadie ha visto al hombre que describe y un joven estrábico en bicicleta se le ríe a la cara. Las cortinas de la señora Tully están echadas, la casa cerrada por completo, las plantas medio secas en la galería. Gus Carberry tarda en abrir la puerta, luego apoya una mano de papiro en la jamba y asoma el bigote blanco mirando hacia un lado y otro de la calle al tiempo que niega con la cabeza. Cruza la calle hasta la casa de la señora Gaffney, que le dice que respire y pase, el recibidor huele a flores secas aromáticas, la sigue hasta una cocina poco iluminada y se sienta a la mesa. Vas a tomarte un té y luego veremos qué se puede hacer. La mujer enciende un quemador de gas y llena un viejo hervidor con agua de un recipiente. No sé qué se supone que debo hacer, dice Eilish, no hay servicios a los que llamar, los gardaí no parecen existir ya en el sur de la ciudad, voy a intentar llamar a los hospitales. Mira el hervidor calentándose en el hornillo. Puede estar usted pendiente, dice, seguro que mi padre vuelve en cualquier momento, voy a dejarle mi número, puede llamarme si tiene línea, mientras tanto, no sé qué hacer con ese puñetero perro, sabía que acabaría por ser un estorbo. El hervidor empieza a emitir un silbido cada vez más fuerte y la señora Gaffney se levanta y saca dos tazas del armario con un tintineo. El perro puedo quedármelo yo, dice, si tiene algo de comer, porque yo aquí no tengo nada para alimentarlo. Observa las arrugas de la cara de la mujer mientras intenta recordar las caras de sus hijos corriendo por la calle, ahora son hombres hechos y derechos con sus propios hijos que viven en fotografías dispuestas en el alféizar de la ventana. ¿Y sus hijos?, dice. Ah, hace tiempo que se fueron, están los dos en Australia, llevan una eternidad intentando convencerme de que me marche, pero no quiero ir. Pero ¿por qué, señora Gaffney, por qué se ha quedado? La mujer guarda silencio un buen rato. Se lleva una mano con manchas a la barbilla y hace ademán de hablar pero suspira en cambio y desvía la mirada. ¿Por qué se queda cualquiera de nosotros?, dice. Eilish va por las calles buscando a su padre, se refugia en un portal y luego se apresura hacia casa. Está cruzando una intersección cuando oye detrás de ella un repiqueteo de cascos, se vuelve para ver tres caballos que siguen la calzada a medio galope, dos grises moteados y uno con pintas que pasan desquiciados y con mirada salvaje.

Los días se le escurren entre los dedos, la casa por la noche en medio de los bombardeos viendo a su padre como si fuera un espectro delante de ella, Simon alejándose hacia el silencio. Ha cruzado la ciudad otra vez y ha estado en la casa vacía, se ha estremecido de miedo en las calles y no piensa dejar a sus hijos de nuevo, le susurra a Larry, tendría que haber imaginado que ocurriría, qué se suponía que debía hacer, sí, lo sé, tendría que haberlo sabido, todo ha sido culpa mía. Vuelve a funcionar la línea telefónica y recibe una llamada de la señora Gaffney para decirle que el perro se ha escapado. Su hermana intenta llamar desde Canadá y ella desconecta el teléfono porque sabe cómo reaccionará Áine a la noticia sobre su padre, ve su fracaso y su vergüenza ante ella, les ha mentido a los chicos con la esperanza de que Simon vuelva, se ha mentido a sí misma sobre un montón de cosas, Áine envía múltiples mensajes pidiéndole que la llame. No logro contactar contigo, dice, tenemos que hablar, dime que estáis bien, por favor. El sur de la ciudad está sitiado, hay bombardeos día y noche, la BBC dice que el ejército usa helicópteros para lanzar bombas en barriles llenos de metralla y combustible, los chicos intentan dormir bajo las escaleras mientras Ben aúlla de lo que le duelen los dientes, le están saliendo los colmillos superiores e inferiores. Algo dentro de su cuerpo se ha tensado en un nudo que no puede deshacer, tiene el cuerpo alerta en todo momento, este cuerpo que escucha mientras duerme y los ojos que miran por la coronilla mientras hace cola para el camión cisterna y los víveres. Está haciendo cola cuando se encuentra a un hombre con el que fue a clase y algo en su sonrisa sobria la lleva a plantearse un momento cómo sería que la abrazaran, yacer al lado de un amante, escapar de la mente por completo y entrar en el cuerpo, extraviarse de sí misma por completo un rato. Se da la vuelta avergonzada de su aspecto, ha dejado de peinarse por miedo a que se le caiga el pelo. El hombre le toca la muñeca y le cuenta que un contrabandista ha montado un negocio en una tienda de electrodomésticos en Crumlin Road, tal vez allí encuentre algunas de las cosas que quiere. Camina por las calles medio demolidas pasando por delante de voluntarios de defensa civil con cascos blancos que peinan los escombros de un bloque de pisos, un guardia armado le franquea el paso a la tienda de electrodomésticos y se pone a la cola. Lavadoras y secadoras de segunda mano, lavavajillas y cocinas cuando no hay electricidad para usarlos, vuelve a ir mal calzada, los mocasines de verano le aprietan, se quita uno y se mira los dedos de los pies pensando que antes le encantaban esos zapatos, los pies le han cambiado desde que nació Ben, no cabe duda, tiene los arcos más caídos, los huesos más largos, ya no son sus pies, el móvil emite un sonido en el bolso. Lee el mensaje y se queda mirando la pantalla, luego lee el mensaje de nuevo. Quiero que sepas que está a salvo. Le contesta a su hermana, ¿quién está a salvo? Unos ojos insomnes y una cara sin afeitar la miran desde el otro lado del mostrador. Quiere leche en polvo y paracetamol para el niño, el hombre va a la trastienda mientras un joven suma el total en una calculadora. Hace un cálculo rápido de memoria, le están cobrando unas doce veces el precio habitual del paracetamol, mira el móvil esperando a que Áine responda, dentro de poco se le habrá acabado el dinero y tendrá que ir a mendigarle a su hermana. Áine está tardando mucho en contestar, vuelve a escribirle, ¿quién está a salvo? Se apresura de regreso a casa maldiciendo los zapatos cuando Áine contesta y ella se detiene y lee el mensaje dos veces. Papá está a salvo, dice Áine, nuestros amigos lo sacaron, llevo una eternidad intentando ponerme en contacto contigo.

8

La rueda trasera de la bici chasquea cuando la empuja por el pasillo y la deja apoyada en la pared, el temporizador del horno suena en la cocina. Pide que alguien apague esa alarma y busca con la vista las zapatillas, vuelve a gritar y luego entra descalza. ¿Dónde está Bailey?, pregunta al pasar junto a Molly, tendida cuan larga es en un colchón con la cara pegada a un portátil y los auriculares puestos, Ben dormita en la cuna con una cuchara de madera entre las manos. Ha sacado el pan negro del molde a la rejilla, le ha dado unos golpecitos en la parte inferior para ver si suena a hueco antes de pensar en apagar la alarma, seguro que la luz se va en cualquier momento otra vez, intentará poner una lavadora más. La cálida quietud del pan de molde, está pensando en Carole Sexton y su boca desabrida, se planta delante de Molly agitando la manopla del horno, ¿por qué no has sacado el pan como te dije? Los ojos heridos que levantan la vista de la pantalla son los de Carole y no los de su hija, Eilish se está girando para volver a la cocina cuando se detiene con la mirada atenta hacia el techo y en un instante se ha tapado la cabeza con las manos, el estrépito del mundo desguazándose, un temblor pasa por debajo de la casa y el sonido de que llueve cemento. Corre hacia Ben y lo saca de la cuna bramándole a Molly que se meta debajo de las escaleras, Molly se quita los auriculares, los ojos de Eilish recorren desbocados la sala. ¿Dónde está Bailey?, grita, ¿adónde ha ido tu hermano? El semblante de pánico de Molly, la boca que se abre para pronunciar palabras que no suenan pero han huido antes que ella bajo las escaleras, su mano señala la puerta. Ha salido, grita, ha dicho que iba a por leche. Eilish deja a Ben en brazos de Molly y la mete en el hueco, va hacia la puerta de la calle con el nombre de Bailey en la boca, su mano desliza la puerta del patio para abrirla, sus ojos se dirigen hacia la calle pensando que no hay leche que comprar cuando sale silenciosamente despedida hacia atrás alargando los brazos en una suerte de contraposición de luz y oscuridad con pedazos de cemento en la boca. Está tumbada en una oscuridad muda bajo un silencio inmenso y aplastante. Tiene algo en la boca que no es sangre, nota que mana sangre en torno a la lengua mordida, la sangre se acumula en torno a lo que hay en la boca, no es cemento sino otra cosa, abre los ojos y ve el recibidor envuelto en una nube de cristal y polvo y a Molly inclinada sobre ella para quitarle la bicicleta de encima mientras sostiene a Ben en el brazo, Molly grita con boca silenciosa y Eilish no entiende lo que dice mientras la incorpora tirando de su muñeca hasta que queda sentada. Del silencio llega un sonido fragoroso que deja paso a berridos y continuas llamadas de socorro entre los pitidos de las alarmas de las casas como si acabaran de despertar a todo el mundo por la mañana, Molly le limpia la cara a su madre, Eilish ve su sangre oscura en la manga de la camiseta de Molly, ha agarrado a su hija por la muñeca pero no puede darle forma a la boca, intenta ponerse en pie pero el peso de su cuerpo se ha trasladado al cráneo haciendo que se sienta mareada apoyada contra la pared. Pone el peso en la mano y hace el esfuerzo de levantarse, estampando la pared con su sangre, Ben aúlla y se aferra a su hermana mientras Molly le dice que se siente. Tiene que obligar a la boca a hablar, intenta mover la lengua para pronunciar la palabra anegada en sangre bajo la lengua mordida, el nombre, solo hay un nombre que debe tomar forma en su boca, la boca es una cueva en silencio después de haberlo susurrado. Bailey. Sale dando tumbos por la puerta y no dejará que la detengan, le sale al encuentro una apestosa amalgama de olores, se le mete en la nariz, los ojos, la boca, le quema la garganta mientras sale a un vacío de humo y polvo en suspensión que ocupa el espacio entre las casas. Camina llamando a gritos a su hijo mientras aparecen hombres y mujeres de entre el polvo, crujen bajo sus pies el cristal y el cemento, los cascos blancos de defensa civil se llaman unos a otros conforme toman posiciones en el lugar del bombardeo. Entre el polvo ve las súbitas ruinas de las casas a la derecha de la de los Zajac, el polvo de cemento permanece en suspensión en el aire y el humo gira movido por una suave brisa que sopla hacia fuera como si quisiera hermanarse con el humo que brota del primer ataque aéreo al final de la calle. Se topa con un mecanismo de pensamiento averiado, no recuerda quién vivía enfrente, no logra poner cara a nadie que conozca mientras camina sola en un mundo silencioso escudriñando ferozmente a través del polvo, alguien la ha cogido por el codo, un rostro parlante bajo un casco blanco le pregunta si está herida, le ponen una manta sobre los hombros, la llevan hacia el lateral de la calle y la hacen sentarse en la acera. No lo entienden, dice procurando sonreír pese al dolor de la boca, mi hijo está volviendo de la tienda, mi hijo había salido a por leche. Molly se ha situado junto a ella con Ben aferrado al pecho, tienen el pelo y las caras pálidos de polvo y los labios del niño son blancos hasta que abre la boca para llorar y ella ve el sorprendente rosa de su lengua, Molly le ruega que vuelva a casa, Eilish intenta mirar calle abajo parpadeando para quitarse el polvo de los ojos. Mira hacia la acera de enfrente y ve unas cortinas que ondean por la ventana de un dormitorio. Echa a andar de nuevo hacia el lugar del primer ataque aéreo con la manta en la mano, nota una náusea ondulante mientras camina, el olor a gas al acecho, el enladrillado, la madera y el cableado reducidos a una destrucción humeante donde antes había una hilera de casas, la gente se amontona sobre escombros y se los pasa de mano en mano mientras un hombre arrastra a una mujer por las axilas con los pies descalzos, otro levanta a la mujer por los tobillos, la llevan hacia un coche que espera con la puerta de atrás abierta mientras un hombre baja los asientos. Es entonces cuando Eilish ve a su hijo, lo reconoce de inmediato aunque está agachado de espaldas entre los cascos blancos y los civiles que sacan cascotes con las manos, tiene el pelo y la ropa blancos de polvo y a ella se le queda atascada la voz en la garganta. No la oye hasta que lo coge por el brazo y lo saca a la calzada, lo abraza, el polvo se asienta en sus largas pestañas cuando parpadea y luego intenta zafarse. No pasa nada, mamá, dice, a ver si te tranquilizas, tengo que volver a ayudar. Ella grita de puro amor y dolor y lo mira fijamente con el orgullo herido y le alisa el pelo, entonces retira la mano mirándosela, gira a Bailey por los hombros y le ve el pelo apelmazado por la sangre. Grita con voz ronca, mira alrededor mientras le dice a Molly que busque un médico, una mujer vestida de civil con mascarilla quirúrgica y bolso en bandolera se les acerca y hace callar a Eilish tocándole la muñeca, la eficiencia ejercitada de sus manos cuando sienta a Bailey en la acera y lo inclina hacia delante, le echa agua mineral en la parte de atrás de la cabeza, Bailey levanta la mirada hacia su madre. ¿Ves?, dice, te lo he dicho, estoy perfectamente. La médica que estaba en cuclillas se levanta. Tiene un trozo de metralla incrustado en el cráneo, dice, creo que se pondrá bien pero necesita una intervención para que se lo extirpen, el Hospital Infantil de Crumlin ha sido alcanzado esta mañana pero vayan allí de todos modos, y si no pueden atenderlo y están dispuestos a cruzar la línea de frente, debe probar en el Hospital de Temple Street, busque alguien por aquí que los lleve en coche. Un humo rancio parece dar vueltas en el aire y entrarle directamente en la boca, por un instante se siente habitada, no puede expulsar el humo, lo que contiene ese olor a quemado. La médica ya está atendiendo a un hombre que está sentado solo en la acera con las rodillas cogidas entre las manos y la mirada perdida. Eilish no puede pensar, la calle está llena de gente que grita y agita los brazos y señala para que monten a gente en coches, es Molly quien consigue hablar, es Molly quien baja la vista a los pies de su madre y dice, mamá, te has olvidado los zapatos, tienes los pies llenos de sangre.

El aroma húmedo de las hojas y la resina, una penumbra que los cubre como una capucha cuando se cierra la puerta corredera de la camioneta del paisajista. Visualiza el rostro de Molly antes de que las separara en la calle un grupo de hombres que estaba trasladando a una mujer en una sábana hacia un taxi, el miedo que se había acumulado en los ojos de su hija dio paso a una súbita mirada de aplomo cuando accedió a llevarse a Ben a casa, ahora imagina a su hija como si estuviera entre el polvo humeante fuera del tiempo, sabe que lo que ha visto en los ojos de su hija era el instante de su entrada en la edad adulta. Las herramientas traquetean y tintinean en el suelo de la camioneta mientras los pasajeros intentan hacer sitio en torno a un joven al que han tendido encima de una chaqueta. Grita con voz aguda y quebrada y Eilish no ve quién está con él, Bailey intenta mirar hacia delante entre los asientos y ella le susurra que se siente, le dice que presione la manta contra la herida. El cuello rojizo del conductor cuando se asoma por la portezuela abierta para dar marcha atrás, frena, cierra la portezuela y se inclina sobre el volante al tiempo que mete la marcha, la camioneta avanza poco a poco hasta que frena de nuevo, Eilish sujeta la manta contra la cabeza de Bailey mientras el conductor baja la ventanilla y empieza a gritar y a agitar el brazo. Da marcha atrás, colega, así podré sacar a esta gente. La carrocería desnuda de la camioneta transmite a los huesos todos los baches de la carretera, ella intenta pensar con claridad pero el dolor del cráneo es tan agudo que no recuerda dónde está el hospital ni cómo se llama, nadie dice ni palabra en la camioneta salvo por el conductor que insulta a lo que se encuentra en la calzada, golpea la bocina con la palma de la mano y le grita al tráfico que hay delante, baja la ventanilla y se da paso a sí mismo en un cruce. Ella cierra los ojos y se visualiza arrastrada hacia la oscuridad, se ve convertida en pasajera de su propia vida, este momento presente en la parte de atrás de la camioneta y este momento solo cobra vida a partir de lo que ahora es pasado de manera que el futuro no existe, el futuro se retira hacia el silencio de la idea muerta y aun así ella busca un fragmento al que agarrarse, para lograr que el futuro regrese de la nada, para romper su silencio adelantándose a la lógica de los acontecimientos contando con tantas variables como pueda, visualiza que la camioneta se detendrá delante de la entrada de urgencias del hospital y que entrarán, ve que Bailey tendrá que esperar un rato y luego al fin lo admitirán y llevarán a cirugía, o si no eso, entonces Temple Street, visualiza que se apearán de la camioneta, ve que su hijo tendrá que esperar y luego al fin lo admitirán, siente de nuevo el futuro en sus manos. El nombre del hospital le viene a la cabeza, las características del edificio, susurra el nombre para sus adentros como si se le pudiera olvidar de nuevo, Crumlin, se lo susurra a Larry, ve la mampara de la recepción y al empleado de admisiones detrás del ordenador y las muchas horas que Larry y ella han pasado en urgencias esperando a que dijeran el nombre de su hijo. Busca el rostro de Larry pero no lo encuentra, rebusca en la memoria y quiere tocarle el pelo pero su rostro sigue eludiéndola, abre los ojos y ve a Bailey echado hacia delante otra vez intentando mirar por el parabrisas. Alarga el brazo para tirarle de la camiseta cuando la camioneta pasa por encima de un badén y Bailey sale despedido hacia atrás y cae encima de ella, el chico del suelo jadea de dolor y resuenan gruñidos en el interior de la camioneta, ella le grita al conductor que vaya más despacio y ve que este levanta una mano arrepentida, las uñas negras de tierra. Lo siento, cielo, grita él, llegaremos en un santiamén. No recuerda su cara, la ve oblicuamente en el espejo, el cuello rojizo brillante de sudor, una mata de pelo oscuro que será gris dentro de media hora, un momento estás podando árboles y al siguiente eres un conductor de ambulancia improvisado, se preguntará qué pensará de esto el hombre cuando intente dormir esta noche, verá al niño pequeño con la cara llena de metralla que ayudó a meter en la camioneta, lo verá una y otra vez en su imaginación durante el resto de su vida.

La camioneta se detiene en la calle delante de la rampa del hospital y no pasa de ahí, el conductor hace sonar la bocina, luego se apea y abre la puerta lateral y ella ve un rostro diferente del que había imaginado, los ojos tristes y conmocionados de un hombre cuya certidumbre se ha esfumado. Parece que el hospital ha sido alcanzado de nuevo, tal vez no es muy grave, todavía hay gente intentando entrar. Un hombre con un niño en brazos se baja de la camioneta y echa a andar rampa arriba y los otros lo siguen mientras el conductor pide que lo ayuden con el chico del suelo. Ella está en la rampa con Bailey viendo el humo que sale de la parte de atrás del hospital, el patio delantero es un caos, la gente grita y se agolpa en la entrada mientras dos vigilantes de seguridad y una enfermera están en la puerta tratando de contener a la gente, dos ambulancias bloqueadas en la rampa de salida hacen sonar las sirenas a modo de súplica urgente para que los vehículos que les impiden el paso den marcha atrás. Ella no logra articular ni un solo pensamiento, coge de la mano a Bailey y cierra los ojos a causa del dolor en el cráneo y cuando los abre ve una fila de enfermeras y celadores y civiles que llevan a niños en pijama o los empujan en camillas rampa abajo en dirección a un minibús rojo detenido en la acera, un chico en el sendero de acceso de una casa al otro lado de la calle presencia la evacuación mientras hace girar una naranja en la mano. Un corpulento payaso de peluca verde neón con zapatones y bata de médico se les ha acercado indicándoles que lo sigan, ella mira atrás para ver a quién se dirige mientras la boca pintada les grita que se den prisa, Bailey le tira del brazo hasta que están sentados en el asiento de atrás del Corolla baqueteado del payaso. Aprieta la mano a Bailey y cierra los ojos para aplacar la náusea que le brota de la base del cráneo, ve cómo todo esto ha ocurrido sin pensarlo, se ve arrastrada hacia delante como si estuviera atrapada en el seno de una enormidad de fuerza, el cuerpo ya no nada sino que es arrastrado por el agua torrencial, el coche sale del recinto del hospital para incorporarse a un pequeño convoy detrás del autobús. Bailey ocupa el asiento trasero de en medio mientras ella vuelve a doblar la manta y la sostiene contra su cabeza, se fija en que pasan por delante del antiguo centro comercial, por delante de hileras de comercios tapiados en dirección al canal, se fija en el payaso viejo en el espejo retrovisor, el ojo izquierdo melancólicamente ladeado mientras se limpia el maquillaje de la cara con una toallita. La peluca en el asiento, la cabeza ahora calva sudorosa y la boca auténtica oculta bajo la boca pintada cuando les dice que no tardarán mucho en llegar a Temple Street, allí me conocen, dice, todo irá bien. Una sensación de sigilo cuando el convoy de niños se acerca al canal, los sacos de arena apilados y alambre de espino, los soldados rebeldes franquean el paso del convoy a través de la tierra de nadie donde el autobús y los coches aminoran la velocidad hasta ir a paso de tortuga y asoman manos del autobús agitando pañuelos de papel blancos y lo que parece una hoja arrancada de un libro mientras el payaso saca un pañuelo de tela blanca que mueve lentamente por la ventanilla. No tardaremos mucho en cruzar, dice, y luego es todo recto, ni siquiera os he preguntado cómo os llamáis, yo soy James, por cierto, o Jimmy el payaso, como queráis, no he tenido tiempo ni de quitarme los zapatos, son un auténtico incordio para conducir. Ha levantado una rodilla para enseñar un zapatón de charol rojo con lazos en vez de cordones, luego baja el pie, se lleva el puño a la mano y sopla una nube de purpurina roja por el asiento delantero de modo que por un instante el mundo ha estallado transformándose en sangre reluciente, la lluvia roja cae sobre las marchas y sobre las barras de maquillaje de payaso y el pelo de la peluca en el asiento delantero y ella ahora se da cuenta de que el tipo está loco y tienen que salir del coche, Bailey le tira de la manga, mamá, dice en un susurro, ¿qué hostias está pasando? Este truco siempre molesta a las enfermeras, dice Jimmy, tiene que venir alguien a limpiarlo todo, bien, amigos, allá vamos, yupi, yupi. El payaso baja la ventanilla y es entonces cuando toma conciencia de que ha salido de casa sin documento de identidad, empieza a palparse los bolsillos de los vaqueros, ni siquiera lleva bolso o dinero, se lo susurra a Jimmy que finge no oírla mientras enseña el pase del hospital y su documento de identidad, señala a Bailey en el asiento de atrás, este chaval tiene metralla en el cráneo y necesita ir a Temple Street. Unos ojos se acercan al cristal, examinan a Bailey y Eilish y les piden los documentos de identidad, el payaso hace un risueño gesto de protesta, señala el autobús y los coches que ya han cruzado el punto de control. Mire, dice, más vale que no nos demoremos, este chaval necesita atención urgente... Ella rodea a Bailey con los brazos cuando el soldado ordena a Jimmy que se baje del coche. Quiero ver qué hay en el maletero. El payaso saca su corpulencia por la puerta, rodea el coche hasta la parte de atrás mientras el soldado le pide que levante la rueda de repuesto y cuando arranca el coche de nuevo se ha quitado los zapatos de payaso y parece desalentado, se frota la cara medio despintada, busca a tientas las toallitas con la mano izquierda. La carretera está despejada, el convoy se ha ido. No os preocupéis, dice, enseguida los alcanzamos. Va inclinado hacia delante en el asiento cuando golpea el volante y empieza a aminorar la velocidad. Maldita sea, dice. La bengala azul de un control de la Garda, dos gardaí en la calle haciendo señas de que pare al coche. El payaso baja la ventanilla y ya está dando explicaciones, muestra el pase del hospital, señala el convoy que ha seguido adelante. El cráneo calvo sudoroso, los pelos que le salen de las orejas, el Garda se inclina negando con la cabeza. Tengo órdenes de no dejar pasar a nadie más, dice, dé media vuelta ahora mismo. Por el amor de Dios, dice el payaso, lo estoy llevando al hospital, ¿no ve que este chico necesita atención médica? El payaso masculla para sí mientras da media vuelta, se pasa la manga por la boca y el maquillaje se convierte en una mancha horrible. Vaya panda de cabrones, dice, y perdón por hablar así. Está mirando el espejo retrovisor y entonces da un súbito giro cerrado por una callejuela. No puedo llevaros a Temple Street, dice, tienen mi matrícula y mi documento de identidad, pero no os preocupéis, el Hospital de Saint James es por este camino, puedes decirles que tiene dieciséis años y lo admitirán y, claro, qué van a hacer después de haberlo curado, parece lo bastante mayor, podéis mandarlos a tomar por culo y marcharos.

Eilish no recuerda qué día de la semana es, no tiene sentido de la noche o del día a la luz descolorida del pasillo del hospital, Bailey se apoya en ella medio dormido mientras está recostada en la pared palpándose el pie en busca de cristales. Las urgencias están saturadas, hay pacientes en diversos grados de desnudez y ensangrentamiento en asientos y sillas de ruedas o tumbados en el suelo, dos enfermeras se han parado en el pasillo a hablar y se les escapan unas risillas sofocadas, Bailey se incorpora con un bostezo. Se cruza de brazos y mira a Eilish fijamente con un gesto de agravio fingido mientras ella le alisa el pelo y le pone bien el vendaje. Me muero de hambre, dice él, ya estoy harto, ¿cómo se supone que vamos a comer si no has traído dinero?, ¿por qué no podemos ir a casa y volver luego? Ella está mirando a un hombre demacrado que está muerto o dormido en una manta cerca de ellos vestido con un traje color canela arrugado que tiene la manga manchada de sangre descolorida, su mano aferra una bolsa de plástico llena de panecillos, un zapato negro solo en un pie. Otro hombre al que ha visto que llevaban a urgencias solamente calzaba una zapatilla deportiva, cuántos zapatos perdidos, piensa, cuántos zapatos caídos mientras llevan a sus dueños por los brazos y las piernas o los arrastran por las axilas hasta la parte de atrás de coches y camionetas y los llevan a rastras otra vez a urgencias sin una camilla siquiera, los zapatos huérfanos apartados de un puntapié a toda prisa o abandonados en la calle o en senderos como un ojo imperturbable que esperara el regreso de su dueño. Bailey le da un codazo en las costillas cuando una robusta enfermera de cara cansada aparece por las puertas batientes llamándolo por su nombre, la sonrisa de satisfacción del chico cuando se sienta en la silla de ruedas y se da unas palmaditas en el regazo. Se te ve de maravilla, comenta la enfermera, seguro que estás como nuevo en un abrir y cerrar de ojos. La enfermera le hace un gesto con la cabeza a Eilish de que la siga y luego le mira los pies. Dios mío, dice, a ver si te encuentro algo arriba. Una silla gris apilable junto a la cama separada del pabellón por una cortina y le asalta una sensación de placer, ve que el futuro ha llegado tal como esperaba, Bailey está recostado en una almohada vestido con una bata de papel después de que le hayan limpiado el polvo y la sangre de la cara, tiene la cabeza vendada y está esperando que lo rasuren antes de la operación, ella se repite lo que ha dicho el escáner, los vasos sanguíneos y los tejidos no sufrirán daños internos. Quiere cogerle la mano, tiene que intentar llamar a Molly de alguna manera, observa el rostro impaciente de Bailey, las manos nerviosas a falta de algo que hacer, aparenta catorce años, quince como mucho, y luego al mirarlo de nuevo no los aparenta, parece un chico que cumplió los trece durante un bombardeo que duró todo el día. Es martes, dice Eilish batiendo palmas, y él la mira con perplejidad. Da igual, dice ella, no sabes la puñetera suerte que tienes, no quiero ni pensar lo que habría podido ocurrir si esa metralla llega a ser más grande. Eso ya lo has dicho, mamá, el caso es que no lo era, así que no tiene sentido seguir dándole vueltas, pregúntale a la enfermera si puedo comer una tostada o algo, voy a morirme de hambre, vete a decirles que no he comido en todo el día. La enfermera de abajo le deja en la mano unas tiritas y toallitas anestésicas y unas zapatillas de papel en un envoltorio transparente. La enfermera jefe me ha dicho que te pases al salir, dice, es la mesa al final del pasillo. Eilish se limpia y se cubre los cortes de los pies y cruza el pabellón preparando un semblante para la enfermera, recuerda la mentira que le dijo al empleado de admisiones, la flor venenosa colgando de la boca, piensa, habrá llamado a nuestro médico de cabecera o habrá descubierto su edad de alguna manera, ¿por qué ha mentido, señora Stack?, su hijo no tiene diecisiete años, esto no es un centro pediátrico, ya lo sabe, va contra las normas admitir a un niño, Eilish se tocará la nuca y fingirá sorpresa. Se planta delante de la mesa viendo a la enfermera hablar por teléfono y recibe una mirada ausente, distraída, la enfermera cuelga el teléfono y mueve la boca como disponiéndose a escupir, está girando un caramelo con la lengua. Me han dicho que quería hablar conmigo, soy Eilish Stack, la madre de Bailey Stack, que está en el pabellón. La enfermera se acerca una bandeja y empieza a rebuscar en ella, saca un expediente del montón. Ah, sí, tenemos una nota de abajo, estamos a la espera de información sobre el ingreso de su hijo, solo tenemos el nombre, la dirección y la fecha de nacimiento, pero no disponemos de su número de la seguridad social y necesitamos su documento de identidad, me temo que el protocolo es muy estricto. Sí, dice Eilish, ya lo he explicado abajo, no me sé de memoria el número de la seguridad social de mi hijo, ni siquiera recuerdo el mío, no llevo el bolso ni nada más encima, no teníamos previsto venir... Sí, claro, pasa constantemente, mire, no se preocupe esta noche, ya nos dará los datos cuando vuelva mañana. Eilish frunce el ceño, niega con la cabeza, lo siento, dice, pero no puedo dejar a mi hijo esta noche, ¿cuándo está programado que vaya al quirófano? Señora Stack, las horas de visita se terminaron hace horas, ni siquiera tendría que estar aquí ahora mismo, mire, lo cierto es que es imposible saber cuándo va a ir su hijo al quirófano, esto es un caos, el equipo de trauma está trabajando sin descanso, lo mejor es que vaya usted a casa y duerma un poco, una enfermera la llamará mañana por la mañana cuando su hijo haya salido del quirófano y entonces podrá volver. Eilish se mira los pies con las zapatillas de papel. No sé cómo voy a regresar a casa, dice, voy a tener que cruzar la línea del frente sin documentación, seguramente me detendrán. La enfermera ladea la boca. A ver si puedo conseguirle un pase de hospital, dice, pondrá que la han traído aquí los servicios de emergencia, la gente lo hace constantemente, puede usarlo para cruzar. Mira las manos de la enfermera sin verlas, ve en cambio un espacio mental interior, un súbito resplandor de sensación que le recorre el cuerpo, la sensación de que Bailey estará bien, ve cómo la vida se puede prolongar de pronto más allá de uno mismo y luego en un instante retomar su antigua forma, cierra los ojos y nota que la tensión abandona su cuerpo como si la hubiera dejado caer de las manos, le sobreviene una rauda fatiga, quiere sentarse y cerrar los ojos, levanta la mirada y ve que la enfermera frunce el ceño. Lo siento, dice, ¿qué ha dicho? Está un poco pálida, señora Stack, ¿seguro que se encuentra bien?, ¿quiere llamar por teléfono y hablar con su marido?, igual tiene suerte y hay línea. Se queda delante del teléfono y no recuerda su número, ¿y si Larry tampoco lo recuerda?, descuelga el auricular y no es la memoria lo que marca sino un patrón almacenado en los dedos.

La examinan a la luz de una linterna en el punto de control militar y tiene que explicar por qué intenta cruzar la línea del frente cinco horas después del inicio del toque de queda, le cogen la carta del hospital de la mano, se señala los pies sin zapatos, las zapatillas de papel hechas jirones, la hacen esperar antes de dejarla cruzar sola a oscuras en dirección al puente, toda una vida en cada paso, los autobuses con ventanillas rotas aparcados a lo largo de la calzada y los ojos sin rostro que la ven acercarse. No tiene carta ni documento de identidad para el soldado rebelde que está de guardia, e intenta explicárselo, no ve la cara detrás de la linterna, le parece que es muy joven para entenderlo, muy joven para saber nada del mundo más allá del blanco y negro y las órdenes del regimiento, alumbra con la linterna los pies ensangrentados y vuelve a mirarla a los ojos como si se preguntara qué aspecto tiene la locura, este es el aspecto que tiene, no el de alguien que agita los brazos y lanza imprecaciones a los dioses sino el de una madre que intenta volver a casa donde están sus hijos. El soldado llama a su superior que le indica a Eilish que se acerque, es un hombre más o menos de su edad, con sombra de barba incipiente y uniforme de faena oscuro, ya te llevo yo a casa, dice, la situación es muy peligrosa para que vayas sola. Le indica un Land Rover, se frota el mentón y bosteza, conduce sin luces. Supongo que no hace falta que te recuerde que te estás jugando la vida estando fuera después del toque de queda. Por la voz del hombre identifica el escenario de su infancia, sabe que jugó al rugby de pequeño y que fue a la universidad después y podría adivinar qué carrera cursó en la vida que vivió hace toda una vida. Guarda silencio y no es capaz de abrir la boca, explicarlo todo de nuevo de pronto la supera. La carretera ya no es una carretera, el conductor aminora y se detiene, se asoma con la linterna, luego encarama el Land Rover a la acera y avanza zigzagueando. Cuando se detiene en el cruce de Saint Laurence Street deja el motor al ralentí, se vuelve y la mira a los ojos.

Me pregunto, dice él, por qué decidiste quedarte, aquí ya no hay nada para ti. ¿Y tú?, dice ella, ¿por qué estás aquí? Estoy aquí porque tengo un trabajo que hacer, dice, y me quedaré hasta que el trabajo esté hecho o me iré en un ataúd. Ella hace una figura con la boca y no puede responder, tira de la manija de la puerta pero no se mueve. Tengo un hijo que se unió a las fuerzas rebeldes, dice ella, hace mucho tiempo que no tengo noticias suyas, ¿tú crees que quizá ha muerto? Sería difícil saberlo, dice él, igual está escondido, igual lo han detenido o quizá simplemente es lo bastante precavido para no enviar correos ni llamar, rastrean los mensajes hasta las familias, ¿sabes?, yo hice saber a mi esposa que estaba bien pero hace meses que no veo a mi familia. La observa apearse y le dice que vaya con cuidado. No es demasiado tarde para que te vayas, dice, este lugar va a convertirse en un infierno otra vez, el régimen está a punto de acceder a que Naciones Unidas abra un corredor humanitario desde el estadio de Lansdowne Road hasta el norte a través del túnel del puerto, se os permitirá salir como ratas siempre y cuando el flautista lleve la voz cantante, cuídate, ¿de acuerdo? Tiene todavía en las manos las zapatillas de papel mientras cruza la calle fijándose en que el polvo y el humo han desaparecido, media casa permanece en pie en la acera de enfrente como si la hubiera partido de un tajo un cuchillo de carnicero, un marco de ventana de la planta superior que sigue unido al enladrillado asciende hacia la nada, la otra mitad de la casa y las dos casas colindantes han sido reducidas a un derrumbe de escombros y madera, hay un coche calcinado en la calle. Se queda delante de su casa mirando la ventana delantera cubierta con bolsas de basura, el porche en ruinas, cuando Molly sale a la puerta con una linterna en la mano Eilish la abraza, Ben duerme bajo las escaleras. Molly alumbra con la linterna el techo dañado. El piso de arriba está peor, dice a la vez que le enseña dónde ha barrido el cristal, el polvo de cemento sigue suspendido en el aire, el polvo sobre el aparador, las estanterías y en los rebordes de los marcos de fotografías, Eilish coge las fotos y se sienta con ellas sobre el regazo en la butaca de Larry, el viento sacude suavemente las bolsas de basura de la ventana. Vas a tener que ir a por agua por la mañana con Ben, dice, yo tengo que volver con Bailey y traerlo del hospital a primera hora de la mañana, tuve que mentir sobre su edad para que lo admitieran en Saint James. Está demasiado cansada para comer lo que Molly ha recalentado y está demasiado cansada para dormir. Se queda en la butaca limpiando las fotos con la blusa, contempla el pasado como un desfile socarrón, le habla a Larry entre susurros del ataque aéreo, lo ve fruncir el ceño bajo el peso de la incomprensión, se tira de la barba con las manos, las manos se convierten en puños abrumados por una ira reducida a la impotencia ante la irrisión del mundo, esta casa ya no es una casa.

Va en busca de su hijo bajo un paraguas, el canto de los pájaros invoca el amanecer y luego los disparos instan al mundo a guardar silencio, ese miedo que habita en su abdomen se propaga, se desplaza hacia las piernas cuando un avión de combate pasa velozmente por encima de su cabeza. Cerca del control ve que han aparcado más autobuses a lo largo del canal y en una única fila a través del puente de Camac y hasta la tierra de nadie formando una barrera protectora. Le dicen que espere detrás de los sacos de arena, el soldado de anoche ya no está. Ve un paraguas del revés en la carretera en la que desemboca el puente, el asfalto sembrado de añicos de cristal y alrededor de una docena de personas detrás del último autobús al otro lado del puente esperando a que un soldado rebelde dé orden de avanzar. Un joven señala más allá de los sacos de arena. El francotirador está en esa torre de pisos en Dolphin's Barn, dice. Se oye un grito y entonces los soldados rebeldes abren fuego de cobertura y la gente que esperaba detrás del último autobús echa a correr, una madre con un ramo de flores silvestres tira de la mano de una niña pequeña que no puede seguirle el paso, un joven corre con la cabeza hundida entre los hombros, la descarga del disparo de un francotirador resuena como una palmada y la madre se encoge y da un tirón al brazo de la niña mientras un hombre de cabello entrecano se cubre la cabeza con un periódico. Una mujer entrada en años cruza pesadamente el puente a la carrera en dirección a los rebeldes con una mano sobre el pecho. Luego hay un largo silencio que llena el lento reverberar de un autobús conducido por un soldado rebelde que maniobra marcha atrás por el puente para prolongar el cordón, lo aparca detrás del último autobús mientras el francotirador prueba suerte, una palmada rápida tras otra, una ventanilla se rompe en pedazos y el autobús lanza un gemido neumático como si la bala le hubiera atravesado un pulmón. Se abren las puertas y un soldado rebelde se apea y regresa hacia el puente. Ella guarda el paraguas en el bolsillo y lo aprieta para aplacar el temblor de la mano. Va a cruzar, ahora lo sabe, dejará la mente en blanco y se convertirá en algo que corre sin pensar, pensando, todo parece ir bien, es solo un trecho corto desde el último autobús hasta la seguridad de las tiendas. Cruza el puente en fila detrás de un soldado que les dice que no se aparten de los autobuses mientras la gente sigue corriendo hacia el control rebelde, un disparo restalla en el aire y todo el mundo se estremece y aun así la gente consigue cruzar ilesa, un joven con un perrito en brazos pasa al trote mientras una mujer corre con una bolsa de la compra, hace una mueca como si se tensara para encajar un balazo, para que el hueso se astille y brote profusamente la sangre, para la liberación hacia la oscuridad. Es entonces cuando Eilish ve la bolsa de suero arrugada en la calzada, ve los restos de sangre que ha diluido la lluvia, un joven detrás de ella prueba suerte y sale a todo correr y logra cruzar, la mano del soldado rebelde sigue alzada indicándoles que se queden donde están. Mira con los prismáticos a través del autobús hacia la torre de pisos y ella se pregunta si el francotirador delata su posición al disparar, una nubecilla de humo o un movimiento borroso, el soldado se vuelve hacia ellos con el rostro ladeado. Hay un trecho de unos cincuenta metros antes de que estén demasiado cerca para el alcance del tirador, sigan corriendo al cruzar y quédense cerca de esos edificios, es muy difícil acertar contra un blanco en movimiento y ese tirador solo está probando suerte. Un hombre a su espalda le dice a su mujer que no lleva el calzado adecuado, llega desde el canal una ráfaga de fuego de cobertura y a la orden del soldado sale corriendo desde el último autobús hacia la carretera detrás de un hombre con un chubasquero negro que aletea al viento, una mujer a su derecha aferra una bolsa rosa, ella corre con la mirada fija en la carretera viendo en el asfalto resbaladizo las sombras de los corredores de más adelante como si no fueran corredores en absoluto sino fugitivos huyendo hacia un inframundo, se dice que más le vale no levantar la vista mientras echa un vistazo fugaz hacia arriba viendo quizá al francotirador en una suerte de contrato anómalo, es imposible saber si lo ha visto o no, corre mirando la intersección más adelante, corre con la mirada en el establecimiento de comida india para llevar y el supermercado con las persianas echadas, los dos coches que pasan por el cruce, y entonces con una palmada el hombre del chubasquero trastabilla y se le abre la chaqueta y cae y la mujer que está más cerca de ella levanta un brazo al sonar otra palmada y entonces la bolsa se le cae de la mano a la vez que se precipita bruscamente delante de los pies a la carrera de Eilish, el mundo está dando vueltas cuando tropieza y cae al suelo. Al abrir los ojos está tendida en la carretera cubriéndose la cabeza con las manos, las zancadas a la carrera dejan paso al silencio mientras un dolor punzante le roe el codo, no cree que haya sido alcanzada. Tiene que levantarse y correr, el hombre del chubasquero permanece inmóvil y la mujer detrás de ella emite un resuello congestionado mientras los soldados rebeldes se ponen a gritar y luego se abre fuego graneado desde el puente, de súbito surge el bramido del fuego de represalia desde algún lugar cercano, ella sigue tumbada con la nariz pegada al asfalto temblando por efecto del estrépito, es la boca de una bestia feroz que ha remontado el vuelo por encima de ella, no puede moverse y entonces empieza a darse cuenta de que no hay manera de escapar, los disparos siguen pasando por encima de su cabeza en un intercambio entrecortado y aun así incesante y le surge del corazón la sensación fría y triste de que va a morir, abre los ojos y sabe que ha cruzado alguna especie de frontera, hay una luz húmeda sobre el asfalto y un verde herrumbroso en la barandilla que bordea ininterrumpida la acera hasta los comercios y sabe que está tendida no sobre la calzada sino sobre algo postrero y la asombra su calma, la muerte aguarda y ella no estaba preparada, la muerte se había presentado ante ella con ominosas señales y ella en lugar de hacer caso se ha lanzado a sus brazos sin pensar en sus hijos, y es pena lo que se adueña de ella cuando ve a sus hijos abandonados, se da cuenta de que se le advirtió y no hizo caso, tenías el deber de evitarles el peligro pero en cambio te mantuviste en tus trece, qué insensatez y ceguera ante los hechos, tendrías que haberlos sacado de aquí, oye las palabras de advertencia de su padre una y otra vez, abandonar el país en busca de una vida mejor, ve aumentar ante sus ojos las oportunidades perdidas y cómo podrían haber escapado, todo reducido a polvo, todo una nada en un falso pasado, y se ve en un agujero en la tierra y ve las mejores partes de su amor, ve que una cosa deja paso a otra cosa y que la ley de la fuerza que lo rige todo ha consumido su vida y ella no es más que una mota de polvo en el seno de esa ley, un pequeño signo de resistencia, y en su aflicción vuelve la mirada y ve que la sangre del hombre escapa lentamente de su cuerpo, la sangre todavía viva con vida celular, los glóbulos rojos y blancos extrañamente ajenos a todo aspiran a hacer su trabajo mientras la sangre sigue el peralte de la carretera como si tuviera intención de que la cuneta la llevara al encuentro de las aguas subterráneas donde quedará disuelta y acabará por regresar, aprieta los puños y tantea el suelo con las puntas de los pies, quiere vivir y ver a sus hijos, un profundo silencio se abre en lo alto cuando los disparos cesan y un soldado rebelde les grita y ella teme hacer señas e indicar que sigue viva, y se queda muy quieta en contacto absoluto con el mundo y se topa con la sensación de que va a vivir, ve la piedra de la calzada envuelta en su betún, las piedras de la tierra formadas por el calor y la presión hace una eternidad pero solo existe este momento y tiene que ceñirse a él, una fuerza interior le recorre el cuerpo y cierra los ojos y puede ver los años de su vida transcurridos y el tiempo que aún queda por vivir y de pronto algo la ha hecho levantarse y ponerse en movimiento y se ha convertido en un cuerpo que corre.

Entra por la puerta del hospital y pasa por delante del mostrador de seguridad sin que nadie la detenga, va al ascensor y se encuentra un rostro distinto en el puesto de enfermeras, unos ojos azul claro que levantan la vista de una pantalla. ¿Puedo ayudarla? Mi hijo fue operado anoche, ¿podría decirme dónde puedo verlo? La enfermera se permite una sonrisita y niega con la cabeza. Lo siento, dice, las horas de visita son de dos a cuatro, o de seis y media a ocho y media de la tarde, tendrá que volver luego. El teléfono está sonando en el mostrador y la enfermera lo mira, luego mira a Eilish que sigue delante de ella. Disculpe un momento mientras contesto. Eilish se cruza de brazos y mira pasillo adelante, tres camillas con pacientes esperan cama en la planta y piensa en el hombre de traje color canela tendido en el suelo con la bolsa de panecillos aferrada en la mano cuando la enfermera cuelga. Lo siento, dice Eilish, mire, solo quiero saber cómo está, lo operaron anoche para extraerle metralla del cráneo. Amarillas son las yemas de los dedos de la enfermera que escribe suavemente con un bolígrafo y luego la mano se alarga hacia la bandeja de ingresos y se la acerca. Puedo consultar su expediente y decírselo antes de que se vaya, de todas maneras tendría que haber recibido una llamada. Suerte con conseguir llamar, dice Eilish, y la enfermera sonríe sin levantar la vista. Sí, ya lo sé, dice, todo ha sido una absoluta pesadilla, ¿cómo ha dicho que se llama su hijo? Observa el rostro de la enfermera mientras esta rebusca en la bandeja, la textura de la capa de maquillaje perceptible bajo la luz cenital, una mancha en la piel se le extiende desde detrás de la oreja hasta la clavícula, parece eccema, la enfermera se acerca otra bandeja, va pasando los expedientes hasta el final con el ceño fruncido y vuelve a la primera bandeja. Lo siento, dice, se llama Bailey Stack, ¿no? Sí, eso es. Me temo que no hay ningún Bailey Stack, ¿seguro que está en la planta correcta?, este es el pabellón Anne Young, la gente se confunde constantemente, son todos más o menos iguales. Sí, dice ella, el pabellón Anne Young, estuve aquí mismo anoche y hablé con la enfermera jefe, no recuerdo cómo se llamaba, mi hijo estaba en una habitación de ese pasillo esperando a que lo llevaran al quirófano, ella dijo que alguien me llamaría por la mañana. La enfermera pasea la vista por el mostrador. Ahora mismo todo es un caos, dice, déjeme que hable con la enfermera jefe. Empieza a sonar el teléfono en el mostrador pero la enfermera sale por una puerta y la cierra, aparece otra enfermera que contesta al teléfono, pronuncia un sí y un no y luego se va. Eilish ve cómo el pomo de la puerta se gira lentamente aunque no se abre y luego se entreabre una ranura y una enfermera distinta se asoma y cierra la puerta de nuevo. Quiere un café y un cigarrillo, quiere darle a Bailey ropa limpia y llevárselo a casa, la enfermera jefe sale por la puerta y no la mira sino que se va por el pasillo mientras que la otra enfermera se queda dentro. Eilish se vuelve y va hacia la sala con varias camas donde estaba Bailey anoche, un hombre mayor de rostro chupado está dormido en la cama que ocupaba Bailey, ella mira las otras caras y retira una cortina, un enfermero se le ha acercado por detrás. Perdone, dice, ¿puedo ayudarla? Pasa por su lado para salir al pasillo y ve a la enfermera jefe yendo hacia ella con los labios fruncidos. Señora Stack, soy la enfermera a cargo de este pabellón, lamento la confusión, esperaba que pudieran hablar con usted de admisiones, su hijo fue trasladado anoche a otro hospital, firmaron la salida poco después de medianoche, a veces ocurre, me temo. Lo siento, dice Eilish, no entiendo, ¿qué quiere decir con que fue transferido a otro hospital? Como decía, ocurre a menudo, tenemos que recurrir a hospitales secundarios durante la crisis, su hijo tenía que ir al quirófano pero en cambio lo trasladaron, las órdenes vienen de arriba y no tenemos ni voz ni voto, tengo todos los datos en el mostrador, entre tanto, tiene que firmar unos formularios. Un momento, responde Eilish, no entiendo nada, ¿me está diciendo que mi hijo ya no está en este hospital aunque anoche estaba programada su operación y tenía cama? Sí, así es, señora Stack, seguro que intentamos llamarla pero... Lo siento, esto es absurdo, nunca había visto nada parecido, mi hijo es menor, yo no di permiso para que lo trasladaran, firmé su ingreso en este hospital y en ningún otro, quiero hablar con su superior y quiero que vuelvan a traer a mi hijo aquí. Me temo que no podemos hacer nada al respecto, señora Stack, la decisión no se tomó en este hospital, vinieron a por él después de medianoche. ¿Quién vino a por él después de medianoche? La boca ante ella se frunce de nuevo y empieza a moverse algo en los ojos que semeja un destello de miedo y luego los ojos apartan la vista, la enfermera mira de soslayo el mostrador como buscando ayuda, cruza los brazos y los descruza. Mire, no sé quién toma estas decisiones, no tiene nada que ver con nosotros, lo transfirieron al Hospital de Saint Bricin poco después de medianoche. No lo entiendo, la verdad, el Hospital de Saint Bricin, se lo está inventando, no he oído nunca hablar del Hospital de Saint Bricin. Es el hospital militar de Smithfield, pertenece a las Fuerzas Armadas. Algo la recorre de arriba abajo y deja a su paso un rastro de náusea, intenta carraspear. ¿Qué hace mi hijo en un hospital militar?, ¿por qué está mi hijo en un sitio semejante? La boca sigue hablando porque la boca no sabe, así que la boca pregunta y espera una respuesta mientras el cuerpo habla como si lo hubiera sabido desde el principio, cree que va a vomitar, se encuentra sentada en una silla con un vaso de agua en la mano, intenta beber y luego se levanta en busca de una papelera para el vaso de papel, lo tiende para que se lo coja alguien pero temen acercarse a ella, hace un gesto rápido de ira con la mano. ¿Puede anotarlo alguien?, dice, ¿puede anotar la dirección del puto hospital?, y quiere alguien hacer el favor de coger este vaso.

Ocurre algo calle adelante, hay gente sentada bajo un toldo frente a un café comiendo y bebiendo, un hombre pincha con el tenedor una tostada junto a dos chicas inclinadas sobre las pajitas de las bebidas, dos ancianas conversan mientras toman el té con los carros de la compra al lado de la mesa y ella pasa por delante despreciando lo que ve y luego se corrige, piensa, la gente tiene derecho a vivir su vida, la gente tiene derecho a un breve momento de paz. Se pone a la cola en la entrada de seguridad del hospital militar bajo la mirada de una cámara, ensaya lo que va a decir, busca las palabras y el tono adecuados, dice las palabras una y otra vez, las altera, se imagina ante algún individuo sin cara, ha habido un error, trasladaron a mi hijo aquí pero solo tiene trece años, lo enviaron a un hospital general cuando tendría que haber ido a un hospital infantil... La cachean y le incautan el móvil para que lo recoja a la salida. Un severo edificio de tres plantas de ladrillo rojo se erige amenazante cuando enfila un camino de acceso bordeado de árboles, hay personal de las Fuerzas Armadas y gardaí de paisano por el patio mientras un paramédico cierra la puerta de atrás de una ambulancia. Dentro hay una pequeña cola delante del mostrador de administración, una cámara esférica enfoca desde el techo, hacen pasar a la gente por otra puerta donde monta guardia un soldado. Enseña su documento de identidad e intenta decir las palabras que ha ensayado pero le salen mal, no parece tener importancia, el funcionario de administración teclea el nombre, la dirección y el número de la seguridad social de Bailey pero cuando levanta la cara de la pantalla sus ojos indican que algo va mal. Lo siento, pero su hijo no está registrado aquí como paciente, tal vez se ha equivocado. Ella mira la cara con el ceño fruncido como si fuera ininteligible, sus manos se transforman en puños cuando se apoya en el mostrador. Pero vengo ahora mismo del Hospital de Saint James, dice, me han dicho que trajeron aquí a mi hijo anoche para operarlo, yo misma he visto el documento de traslado. Sí, pero aquí no figura como paciente, y de todos modos en este hospital no se realizan operaciones, esta ala del hospital se ha reservado para los pacientes que no tienen cama en los hospitales de la ciudad, quizá a su hijo lo detuvieron en el ala militar del hospital, a veces ocurre que traen aquí a personas detenidas en los hospitales de la ciudad. El funcionario está clicando en la pantalla, los ojos van de aquí para allá. Lo que dice no tiene sentido, dice ella, mi hijo tiene trece años, ¿por qué iban a detener a un chico de trece años?, hubo un bombardeo y llevaron a mi hijo al Hospital de Saint James por error, tengo una copia del documento de traslado en el bolso. Haga el favor, salga y doble a la izquierda, verá la entrada de seguridad y allí puede preguntar por su hijo. El funcionario está mirando a la mujer detrás de ella en la cola, le indica a Eilish con la mano que se retire pero ella no puede mover los pies, le piden de nuevo que se aparte y hace ademán de hablar pero las palabras han huido de su boca. Está caminando hacia la salida, se vuelve y mira el mostrador sin verlo, mascula algo, se sorprende plantada afuera mirando el cielo, esa sensación de pesadumbre en su interior, la pesadumbre que aumenta tanto por momentos que se siente embarazada de nuevo, esa sensación de masa y carga que es al mismo tiempo su propio tejido y su sangre, el niño que nace del cuerpo sigue siendo siempre parte del cuerpo. Va hacia el ala militar del hospital con el documento de identidad en la mano, le dicen que el personal no militar tiene prohibido el paso, le piden que se vaya pero ella se niega, sale de la garita otro policía militar y dice, lo siento, pero si se queda aquí será detenida, no nos deja alternativa. Se gira y regresa a la entrada pública del hospital, va al mostrador y ataja a una mujer que habla con el funcionario. Lo siento, dice, pero ha habido un error, seguro, igual el ordenador ha cometido alguna clase de error, tiene que comprobar los ingresos otra vez, a mi hijo lo trasladaron a este hospital anoche a las doce y cinco, eso pone aquí en el documento de traslado, conque no puede estar en ningún otro lugar más que aquí, mírelo usted mismo, por favor, esta es una copia del documento que me han dado en Saint James. El hombre tuerce la boca a modo de disculpa muda a la mujer que tiene delante, luego mira a Eilish, coge el documento y lo lee. Sí, dice él, pero me temo que este documento no hace referencia a esta ala del hospital específicamente, solo pone Hospital Militar de Saint Bricin y puedo decirle de manera categórica que su hijo no es uno de los pacientes que no tenían plaza en otros hospitales... Se le escapa de la boca una risilla extraña que espolea su terror, se apoya con las dos manos en el mostrador y mira fijamente el ordenador. Mi hijo tiene trece años, ¿lo entiende?, ¿cómo puede desaparecer un chico de trece años?, ¿quiere explicármelo? La condenada cara ante ella y ha golpeado el mostrador con el puño y todo el mundo está en silencio y ella no sabe qué ha dicho, palabras, palabras, todas ellas palabras equivocadas que se amontonan ante los ojos fríos y la boca pequeña que se vuelven para llamar al policía militar y ella se cruza de brazos y no piensa moverse, observa los pasos del policía que se acerca, observa al empleado de limpieza de mediana edad con mono azul que retrocede por el vestíbulo como sumido en un estupor íntimo, la fregona húmeda describiendo círculos superpuestos, el empleado se inclina para poner bien una señal de precaución amarilla mientras el policía la agarra por el codo y la hace salir por la puerta. Se queda mirando al cielo presa de una sensación de furia, se vuelve y mira las ventanas altas y las ve como si estuviera contemplando un árido precipicio, está sola y no tiene adónde ir, ahora volverá al Hospital de Saint James, volverá allí y solucionará este error. Ha caído la noche cuando regresa a pie al Hospital Militar de Saint Bricin, se queda inmóvil delante de la entrada del ala militar viendo ir y venir los coches sin distintivos, brota en su interior una sensación negra, una vocecilla que intenta hablar aunque ella no la quiere oír, piensa, qué es el conocimiento sin los hechos, no es más que especulación, vaticinio y adivinación, las suposiciones a menudo se equivocan, se equivocan la mayoría de las veces. Va a intentarlo por tercera vez en el ala de admisiones del hospital, oscuridad y luz en el cielo, se queda mirando el edificio del hospital como si contemplara el rostro del régimen, el empleado de limpieza de mono azul ha salido del edificio llevándose un cigarrillo sin encender a la boca, se sostienen la mirada un momento, él la aparta, lo enciende y luego va hacia ella tendiéndole el paquete de tabaco, el temblor en la mano de ella cuando acepta el pitillo, el olor a desinfectante en la mano tatuada que le acerca la llama a la boca. Te he oído antes, dice él, oigo lo mismo todos los días y siempre es lo mismo. Baja la cabeza sobre el cigarrillo y da una larga calada, luego levanta la cabeza y exhala todo el aire que le cabe en los pulmones. A tu hijo seguramente lo detuvieron, dice, los llevan al ala militar para interrogarlos y luego la puerta se cierra y no te dicen nada, mira, no tengo otra manera de decirte esto, pero deberías pedir que te dejen ir al depósito, se te permite pedir que te dejen ir al depósito, yo en tu lugar es lo que haría, aunque solo sea para descartarlo hoy. Se queda mirando al hombre con el ceño fruncido. ¿Descartar qué?, dice. El gesto de angustia en la cara del empleado de limpieza y luego se vuelve y se aleja y ella le grita, ¿por qué iba a querer ir allí?, dice, ¿qué se me ha perdido a mí allí?

Está delante de la locura sin dormir, imagina a su hijo devorado por el régimen, volviendo día tras día al hospital solo para que le digan lo mismo, plantada en el patio donde se acerca al personal de las Fuerzas Armadas, los gardaí de paisano, suplicando con la boca de alguna vieja mendiga, por favor, ayúdeme a encontrar a mi hijo, tiene que ayudarme, por favor, no es más que un niño, esa sensación ahora de que ya no forma parte del cuerpo y se desmoronará reducida a cenizas. Observa a los otros ir y venir e interpreta las noticias en cada rostro, no puede hacer lo que le ha dicho que haga el limpiador, no puede hacer lo que los otros están haciendo hasta que un poder oscuro la empuja a entrar en el edificio del hospital, está delante del funcionario de administración pronunciando las palabras que le han dicho que pronuncie, se hace una llamada de teléfono, dos oficiales militares conversan junto a la puerta interior y la acompañan del vestíbulo al edificio principal, sigue a un policía militar por un pasillo hasta una puerta que da a unas escaleras y baja por una escalera oscura hacia una penumbra cada vez más fría, sigue al policía militar hasta otra puerta y a un área de recepción donde un hombre de bata blanca le acerca un sujetapapeles por encima del mostrador, le tiembla la mano cuando coge el bolígrafo. Ve al hombre leer el formulario y pronuncia el nombre de su hijo y el oficial dice, aquí abajo no hay nombres, solo números me temo, no tenemos sus nombres cuando llegan, si su hijo está aquí estará como un número, tendrá que identificarlo usted misma. Le dan una mascarilla y guantes y se mira las manos, algo se ha desenganchado y repiquetea en su interior, no es su auténtico yo el que sigue a este hombre, este guardián de los muertos, sino un yo falso, algún otro yo que traspone un umbral. Dice, no sé qué hago aquí, todo esto es un error. El hombre no contesta y le indica que pase. No es una sala refrigerada llena de acero inoxidable sino un almacén con cadáveres tendidos unos junto a otros sobre el hormigón amortajados en bolsas grises con cremallera, el espacio ni siquiera está frío, apesta a desinfectante. Se le escapa de la boca una pequeña plegaria y no posee fe desde la que elevar una plegaria pero pronuncia la plegaria de nuevo y le susurra a Larry, se dice que tiene que irse de ese lugar, se ve como incorpórea, avanza, se agacha sobre el primer cadáver y abre la cremallera para encontrarse una cara hundida sin dientes y lo que parece un orificio de taladro en la mejilla y un ojo que no se puede cerrar, se levanta sintiéndose miserable, se retuerce las manos, mira al vigilante como para decir que ha cometido una equivocación, que se ha internado por error en la tierra de los muertos y tiene que regresar, pero el vigilante sencillamente le indica que cierre la cremallera y pase al siguiente cadáver. Se arrodilla ante la siguiente bolsa para restos humanos, abre la cremallera y susurra, este no es mi hijo, pasa de un cadáver a otro, ve cómo el régimen ha dejado su marca en cada cara y cuello, que el asesinato tiene un olor antiséptico, y una vez tras otra la boca susurra, este no es mi hijo, la boca susurra una y otra vez, este no es mi hijo, este no es mi hijo, este no es mi hijo, este no es mi hijo, y mira al vigilante que está mirando la hora en el reloj de pulsera y ella abre la cremallera de otra bolsa para restos al tiempo que dice, este no es mi hijo antes siquiera de haber mirado el rostro, este no es mi hijo, este no es mi hijo, este no es mi hijo, este no es mi hijo, tiene ante sí el rostro de Bailey serenamente quebrado, la piel con olor a lejía, y lo que estaba plegado en su interior se rompe y se le escapa del cuerpo un aullido de espanto y toma su cara entre las manos, mira fijamente la cara del niño muerto y solo ve al niño vivo, y piensa que ojalá pudiera morir ella en su lugar, acaricia la cara cubierta de fino vello, el pelo sigue húmedo de sangre. Susurra, mi niño precioso, ¿qué te han hecho? La piel ante ella nublada de magulladuras, los dientes que faltan o están rotos, abre la bolsa del todo y ve que le han arrancado las uñas de las manos y los pies, ve un orificio de taladro en la parte anterior de la rodilla, las quemaduras de cigarrillo por el torso, y le coge la mano y la besa, el cuerpo está lavado de modo que no queda sangre salvo por la sangre turbiamente acumulada bajo la piel que no se puede lavar. No oye lo que dice el vigilante mientras la ayuda a cerrar la bolsa, la hace salir por la puerta hablándole en voz queda. Número 24, dice, ¿quiere hacer una identificación positiva de su hijo, señora Stack? Y dice, una vez que haya cumplimentado el formulario, su hijo será transferido al depósito de cadáveres de la ciudad. Y dice, para que lo sepa, señora Stack, aquí pone que su hijo murió de un fallo cardiaco. Y Eilish se aparta del hombre viendo solo oscuridad, está perdida en la oscuridad, está en un lugar donde no se puede encontrar lugar alguno.

9

Despierta con la cabeza apoyada en la ventanilla y mira afuera sin ver, cierra los ojos y viaja a una oscuridad como si se desplazara bajo el agua con el corazón dolorido, aprieta y aprieta las manos. Molly la llama desde muy lejos y le zarandea el brazo a su madre. Mamá, dice, despierta, venga, el conductor acaba de decir algo ahora mismo, no sé qué, hace más de una hora que no nos movemos, voy a ver qué pasa. Le deja a Ben entre los brazos y Molly sigue a los pasajeros hacia la parte delantera del autobús. La puerta de delante lanza un suspiro y el conductor baja a la calzada y se sube los vaqueros, se mete un móvil en el bolsillo de la camisa mientras la gente se reúne alrededor. Ben salta en su regazo con una mueca malévola, le agarra la nariz, bip-bip, dice, bip-bip, bip-bip, y ella tiene que emitir un bocinazo una y otra vez intentando sonreír mientras él le pellizca la nariz, se vuelve y pega las manos al cristal. Coche, dice, coche, coche, coche, coche. Eilish mira afuera y le señala cada palabra, autobús, coche, camioneta, camión, mujer, niño, pájaro, un orondo grajo desciende con papel de aluminio en el pico, lo suelta para picotear un trocito de comida lanzado de la parte trasera de una camioneta donde hay demasiados niños sentados en colchones apilados dentro. Hay gente fuera de sus vehículos mirando los móviles, los maleteros llenos a rebosar de objetos enormes o electrodomésticos, las bacas cargadas y las pertenencias envueltas en plástico mientras la autopista serpentea en torno a una colina en dirección norte aunque no se mueve nada salvo los que van a pie, una procesión silenciosa en el arcén de gente que camina con abrigos de invierno o envuelta en mantas, niños en portabebés o en carritos o a hombros de hombres que tiran de maletas o llevan sus vidas a la espalda. Un niño pequeño que va delante de sus padres tropieza en la carretera y se da la vuelta llorando con los brazos tendidos y Eilish no siente nada al ver a ese niño salvo un entumecimiento dentro de ella, entonces le brota un dolor súbito en el pecho y cierra los ojos. Ben salta arriba y abajo en su regazo, vuelve a agarrarle la nariz, bip-bip, bip-bip, y ella intenta sonreír pero solo logra esbozar con la boca una forma rota, Molly ocupa de nuevo su asiento, las mejillas demacradas arreboladas por efecto de las novedades. Todo se ha ido a la mierda, dice, el chófer acaba de decir que el corredor se ha cerrado y han vallado la frontera justo después de Dundalk porque hay intensos combates allí, quiere dar la vuelta, dice que el tráfico no tiene adónde ir, vamos a tener que quedarnos aquí durante días, dice que va a tomar la siguiente salida de la autopista en cuanto los coches se muevan, las demás rutas están igual de mal por lo visto e iríamos más rápido a pie, la frontera está a unos cincuenta o sesenta kilómetros, se ha montado una bronca porque la gente pide que le devuelvan el dinero, pero él dice que no lo tiene. Eilish mira en el asiento al otro lado del pasillo a un hombre mayor que le enseña un mapa en el móvil a su mujer, o quizá es su hermana, quién sabe, se parecen mucho, Ben golpea el cristal con las manos, pío, pío, pío, pío, dice, y ella se vuelve y ve a un chico que pasa con un pájaro color lima en una jaulita blanca y cierra los ojos y no es capaz de pensar qué hacer, el corazón está muy dañado para pensar, el corazón ahora en una jaula.

Qué rápido da el día señales de noche, el cuerpo del cielo se llena de moretones y Ben gimotea pidiendo algo de comer, un paso sigue a otro con el niño en la mochila, ella tiene la mirada fija en algún espacio nulo, un vacío adormecido en el centro de su ser. El aire es cada vez más frío pero Ben se niega a llevar gorro, ella intenta volver a ponérselo pero Ben le palmotea la mano y grita, no, no, no. Abandonan la autopista por una rampa de salida y siguen las señales de la estación de servicio, con la mano izquierda le sujeta la nuca a Ben, la mano derecha estrujada por el asa del bolso que lleva a medias con Molly. La estación de servicio está llena de gente de pie por ahí o sentada en el asfalto con comida y bebidas mientras hay una cola que sale por la puerta. Ben tiene el pañal sucio, Eilish se lo cambia sobre el regazo en cuclillas haciendo cola para entrar al servicio, tiene los bolsillos del abrigo largo llenos de pañales y toallitas. Hace cola para comprar comida caliente mientras Molly se queda sentada encima de su equipaje a la entrada con Ben en el regazo. No hay donde sentarse, así que se ponen sobre las maletas mientras Eilish vigila un enchufe eléctrico donde un hombre está cargando el móvil, le pide a Molly que le envíe un mensaje a Áine, un guardia de seguridad se les acerca y les dice que vayan afuera, están bloqueando una salida, dice. Dejan el equipaje en el asfalto y se sientan a comer mientras Eilish observa a un joven con pinta de rata que se mueve como un mendigo entre la gente, se les pone delante y les ofrece un sitio donde pasar la noche, Molly quiere saber qué clase de sitio es y cuánto cuesta mientras Eilish le escudriña los ojos, la ropa harapienta, las uñas coronadas de mugre. ¿Por qué le has dicho que no?, pregunta Molly al ver que el hombre pasa al siguiente grupo. ¿Dónde vamos a dormir esta noche? Una mujer de chubasquero amarillo se inclina hacia ellos y le da un toque a Molly en el brazo. Hay que tener cuidado con tipos así, dice, te llevan a alguna parte y te roban, eso es lo que hacen. La mujer le acerca un paquete de galletas a Molly y durante un rato hablan mientras Eilish no escucha, está viendo a Bailey sentado en el asfalto al otro lado del patio de la gasolinera con las piernas estiradas, el pelo rapado en los laterales, una oreja y parte de la mejilla bajo la luz ámbar. Bebe de una lata, luego se levanta y la aplasta con la zapatilla y le da un puntapié hacia los surtidores.

Fuego en un campo oscurecido, mujeres envueltas en mantas y niños sentados en sus regazos con las caras iluminadas por móviles mientras la gente recoge leña entre los árboles y planta tiendas de campaña. Les hacen sitio junto al fuego, un hombre con barba mordisquea unas salchichas envueltas en papel de plata, se sopla los dedos e insiste en que cojan una mientras en algún lugar en la oscuridad una mujer llama a un niño, Molly coge una salchicha con una ramita, la sopla para enfriarla y parte un trozo para Ben, que lo sostiene con las dos manos y le da mordisquitos. El cielo del azul más oscuro sobre la oscuridad circundante, la oscuridad más negra en torno a la hoguera que desdibuja cada rostro y luego lo pinta de nuevo de tal modo que una mujer joven pregunta con los ojos arrasados de dónde son y adónde van mientras un hombre se hurga las sombras del rostro al tiempo que habla. Es mejor que crucéis la frontera por algún otro sitio, dice, Crossmaglen es seguramente la mejor opción desde aquí, allí vamos nosotros, mi prima cruzó la frontera sin ningún percance ayer, dice que la policía de fronteras deja pasar a la gente siempre y cuando se les unte. Corren rumores de gente que se arriesga a ser detenida cruzando la frontera por la noche, corren rumores de bandas violentas que rondan las zonas fronterizas, de patrullas armadas por las carreteras de la frontera y cuánto hay que pagar para pasar. Contempla las llamas como en trance, ve danzar ante sus ojos la luz del fuego, la luz del fuego alcanza los ojos que permanecen en la oscuridad, ¿y quiénes son esas personas sin sus ojos y quiénes son esas personas con los ojos cegados al futuro, esas personas atrapadas entre el fuego y la oscuridad? Cierra los ojos y ve cuánto ha sido devorado, ve la totalidad de su amor y lo poco que queda, solo hay un cuerpo, un cuerpo sin corazón, un cuerpo con los pies hinchados para llevar a los niños hacia delante... La mujer de los ojos arrasados les pregunta si quieren dormir en su tienda. Esta noche hace frío y va a llover, dice, no puedes dormir aquí fuera con un niño pequeño y de todas maneras es una tienda para ocho, anoche dormimos doce ahí dentro.

Ben le vuelve el rostro con la mano de manera que están aliento contra aliento en el saco de dormir y cuando él está dormido Eilish se queda escuchando el largo silencio de la noche, ve cómo la muerte continúa por la carretera, continúa en los sueños de quienes están muy cansados para dormir y quienes tienen que soñar con los ojos abiertos, los gemidos y los gritos que se les escapan de la boca como si la muerte desfilara ante ellos una y otra vez todas las noches de modo que cada muerte se revive numerosas veces, y ella yace oyendo a los durmientes murmurar muerte hacia la oscuridad, yace sintiendo la tierra fría en la espalda, oyendo la lluvia sobre la tienda como si fuese una lluvia que cayó hace milenios y fuera no hubiese nada salvo tierra deshabitada, el mundo exterior una oscuridad sin dolor, y estar sin dolor sería adentrarse plenamente en esa oscuridad pero no habrá huida, ahora lo sabe, no habrá huida hacia la oscuridad detrás de su hijo aunque ojalá pudiera seguirlo, se quedará viendo a su hijo pero no huirá hacia la oscuridad porque tiene que perdurar y ahora solo le queda esto, ser una nave en la que llevarse a los niños lejos de la oscuridad y no habrá paz y no habrá manera de escapar del dolor y ni siquiera la oscuridad de cerrar los ojos supone paz. Ben se vuelve, busca su cara con las manos y empieza a llorar y se calma cuando ella le acaricia la mejilla. Le susurra aunque no hay palabras para un niño de su edad, no hay explicación para lo que se ha hecho y aunque el niño nunca lo recordará siempre lo sabrá y lo llevará como veneno en la sangre. Mira a Molly y ve el corazón dormido que bombea el veneno por el cuerpo y aun así hay una luz que brilla desde dentro, tiene la piel azul debido al amanecer que ilumina la tienda pero hay también una luz que irradia desde el interior de su cuerpo, una luz que trae consigo un aumento de fuerza, y ella no sabe de dónde viene esa luz dentro de Molly, esa luz que brilla en la oscuridad. Pasos sobre la tierra hollada y humo de tabaco que va hacia la tienda, un hombre tose y las voces de los niños anuncian el nuevo día mientras un joven pasa por encima de ellos para salir. Molly se incorpora y se revuelve el pelo, luego empieza a masajearse los pies. Mamá, susurra, déjame peinarte. Eilish mira la cara de su hija y se da cuenta de que ha estado llorando dormida. Baja la cremallera del saco de dormir, se pone las zapatillas de deporte y sale. Una grisura baja y fría y el fuego reducido a cenizas, basura desperdigada por el campo en barbecho. Sienta a Ben en la mochila, pela un plátano y echa leche en su taza mientras Molly se palmea el torso con los brazos para entrar en calor, Ben camina por la tierra y luego va hacia los árboles. Eilish le grita que vuelva pero él continúa hacia el bosque por el linde del campo dando pisotones en la tierra y ella lo sigue haciendo caso omiso del dolor en los hombros y los pies. Ben está de pie entre la hierba musgosa, agita un palo y golpea un árbol, luego se vuelve con los ojos brillantes y lo levanta para pegarle a ella. No, dice ella agitando el dedo, no, no, no, y le quita el palo, lo agita delante de él y dice, no se pega, no se pega a otra persona, y tira el palo, le hace dar la vuelta y lo manda de nuevo al campo en barbecho, el campo muerto coronado de malas hierbas y debajo los gusanos que remueven la tierra y entre la tierra los restos de la última cosecha, materia muerta en descomposición para dar nutrientes a lo que crezca después, y Ben corre por el campo con los puños levantados hacia el cielo y ella vuelve la vista un momento hacia los árboles y ve la hierba llena de hojas caídas, ve las hojas que yacen sin tumba sobre la hierba, amarillentas las caras entre el marrón agonizante.

El minibús llega por detrás y carraspea con un cambio de marcha que empuja a los caminantes hacia el arcén, el vehículo aminora y luego se detiene junto a ellos mientras el conductor con la cara roja como si lo hubieran abofeteado se asoma. Voy a la frontera y quedan dos plazas si alguien quiere que lo lleve, cincuenta pavos por cabeza. Algunos caminantes se vuelven y se miran y niegan con la cabeza mientras Molly deja caer el bolso sobre la hierba. Mamá, dice, necesitas descansar y yo tengo la mano hecha polvo de llevar esto. Eilish mira el minibús, los ojos a la deriva como si esperara que una respuesta tomara forma en su mente, no hay nada más que silencio y oscuridad, exhala contra el peso del niño mientras sube los peldaños y el conductor no la mira a los ojos. Le deja el dinero de su hermana en la palma de la mano y entonces él se mira la mano y niega con la cabeza. El precio es cincuenta por cabeza. Sí, dice, pero solo somos dos y un bebé. Cincuenta por cabeza he dicho y cuento tres. Pero el niño va a ir sentado en mi regazo, dice ella, no ocupará una plaza. El conductor suspira y sigue negando lentamente. Son cincuenta por cabeza o siga a pie si quiere pero estará más segura en este bus que ahí fuera por su cuenta, usted misma. Está a la vista de todos los pasajeros que presencian la conversación, un niño llora en la parte de atrás, Molly le da un codazo por detrás y ella abre el monedero, saca otro billete y lo lanza al regazo del hombre obligando a los ojos de cochinillo a mirarla, la boca fina y glotona. Deja los bultos en la puerta, Molly, que los meta este hombre en el maletero. Ben quiere ir andando por el estrecho pasillo, quiere ponerse de pie en su regazo y saltar y jugar al escondite con la gente de atrás, tiene hambre y necesita echarse una siesta, Eilish vuelve la cara hacia el cristal y ve que el sol ha desaparecido del cielo, la carretera rural está llena de caminantes que se apartan para dejar paso al minibús, una mujer que empuja un carrito con un niño levanta la vista hacia la ventanilla y Eilish se ve a sí misma sosteniéndole la mirada. Molly dice algo sobre su padre y Eilish se vuelve para ver la cara de su hija en el espejito de bolsillo mientras se maquilla los ojos. No he oído lo que decías. Hablaba de papá, dice, dentro de poco es su cumpleaños, ¿en qué año había nacido? Eilish se vuelve hacia la ventanilla y cierra los ojos. No es que lo haya olvidado, es que cuando piensa en él ahora queda poquísimo, se ha convertido en una sombra, una ausencia en el sitio donde antes estaba el amor, o quizá queda un poquito de amor en una cavidad del corazón sellada bajo tantísimo peso. Ben está dormido en sus brazos cuando el minibús aminora y luego se detiene y el conductor baja el hombro para tirar del freno de mano y se levanta del asiento para abrir la puerta. Baja a la carretera y habla con un soldado que lleva una boina negra, luego enciende un cigarrillo mientras un segundo soldado sube al vehículo con una pistola a la cadera. Les dicen que se bajen, tengan los documentos de identidad a mano y saquen el equipaje del maletero para que lo inspeccionen. Se apean y no hay frontera sino campo abierto, la frontera queda a treinta kilómetros, dice un hombre, casi ha pasado una hora cuando vuelven a subir al minibús. Atardece y luego anochece, el bus se encuentra un punto de control tras otro, Land Rover militares o todoterrenos civiles cruzados en la calzada, soldados de las Fuerzas Armadas o milicianos con uniforme de faena procedentes de excedentes del ejército, cabezas rasuradas y manos con mitones que sujetan rifles automáticos a la altura del hombro apuntando al suelo, rostros diferentes cada vez que pronuncian las mismas órdenes, el conductor está apartado del minibús con un pitillo en la boca contando el dinero que tiene que pagar. Hay que enseñar la documentación, tienen que explicar adónde van, los obligan a abrir las maletas y dejar sus pertenencias en la calzada y luego volver a guardarlas y a veces el equipaje pesa un poco menos y cada vez es un precio distinto, un impuesto de salida lo llaman algunos, una contribución a la causa que estáis dejando atrás. Hay una carretera cerrada tras otra, una gasolinera asoma radiante en la oscuridad y hacen una parada para ir al servicio y comprar comida y bebidas. Percibe la frontera cerca en la oscuridad, la percibe alejándose de ellos como una marea que dejase la orilla atrás bajo la luna estéril. Necesita dormir pero no puede, tiene que despertar a Molly de nuevo y llevar a Ben dormido en brazos cuando bajan del minibús por quinta vez, Molly arrastra los pies, es casi la una de la madrugada, un muro de piedra y árboles encapuchados, el vehículo inmovilizado por las luces de un todoterreno mientras las linternas revisan una cara tras otra. Un miliciano de barba agita una pistola y les grita que se pongan en fila, viste ropa de paisano con las perneras de los vaqueros enrolladas por encima de la caña de las botas. Saca a un hombre de mediana edad de la fila y le pone la linterna en la cara. Bueno, ¿de qué crees que estás huyendo, calvo, por qué no te quedas a luchar por tu país, cobarde de mierda? El hombre permanece inmóvil con la cara apartada de la linterna, tiene los ojos entrecerrados y entonces parpadea lentamente como intentando entender lo que le han dicho.

Ella desvía la mirada cuando el miliciano patea al hombre en la parte posterior de las piernas. Ponte de rodillas y enseña tu documento de identidad. Ella vuelve a mirarle la cara al miliciano y no ve más que su perversidad del revés de forma que la luce abiertamente, le agarra el brazo a Molly y busca sus ojos pidiéndole que aparte la vista, mira al conductor y lo ve frotarse los ojos de cansancio y ahora entiende su precio, es mejor conducir en círculos toda la noche encontrando un control tras otro que estar ahí fuera solo en la oscuridad topándose con tipos así, el hombre de rodillas se palpa los bolsillos del abrigo, sus dedos han huido dejando dos puños inútiles, al final saca un documento de identidad. El miliciano se lo lanza a otro hombre que lo recoge del suelo y transmite los datos por radio, el hombre de barba le clava la pistola en el hombro al que está arrodillado, acerca la boca del cañón a la sien del hombre y se la desliza poco a poco cuello abajo, luego levanta una bota y la apoya en su hombro. Bueno, ¿de qué trabajas, gilipollas? El hombre susurra algo con la cara hacia el suelo. No te he oído. El hombre medio grita, soy técnico. ¿Técnico de qué? El hombre carraspea y comienza a llorar, el miliciano apunta la linterna a los rostros de la gente que está en fila junto al minibús, dicen algo aderezado de ruido de estática por la radio y entonces la bota vuelve a bajar y le tiran al hombre la documentación. El precio para ti no es el mismo que para los demás, el precio para un cobarde de mierda como tú es el doble. Ella ve al hombre quedarse de rodillas mientras el miliciano se aleja, lo ve llevar su humillación al bus con los hombros encorvados, las manos temblorosas sobre el regazo cuando toma asiento. Sin pensarlo, ella le ha puesto una mano en el brazo y se lo aprieta y el hombre levanta la vista e intenta sonreír pero algo en sus ojos ha quedado destruido.

No tendría que haber nada al otro lado salvo el borde de un acantilado que iniciara la larga caída hacia la nada, en cambio la carretera continúa después de la frontera, los barracones prefabricados grises bajo el amanecer, los cables de electricidad sin interrupción a través de la línea internacional, un camión articulado que aminora hasta detenerse mientras un soldado que bosteza se tapa la boca. Se ponen a una cola para los que van a pie, la gente intenta dormir o entrar en calor mientras están apoyados en sus bultos o unos contra otros, Molly se recuesta en el brazo de su madre y se duerme. Empieza a mascullar y luego emite un gritito, se incorpora frotándose los ojos y Eilish ve en ellos el terror que se prolonga desde el sueño. La cola por fin empieza a avanzar cuando se abre el punto de control y arrastran el equipaje unos pasos para luego volver a sentarse. Ven alejarse los últimos retazos de noche, el punto de control británico en la carretera cada vez está más definido, las barreras de metal ondulado y el alambre de espino, la torre de vigilancia militar y la carretera que continúa y ella sabe que una vez que crucen esa línea comenzará la pesadumbre, que lo que queda atrás no quedará atrás en absoluto, sino que será cada vez más pesado y lo llevarán siempre a cuestas. Están en una sala de espera prefabricada donde todas las sillas apilables están ocupadas por personas que rellenan formularios sobre el regazo, el suelo vibra cuando la gente se desplaza en grupo hacia el cristal y ella no encuentra el bolígrafo, tiene que pedírselo prestado al hombre mayor que está a su lado, él la mira a los ojos y sonríe pero ella no puede devolverle la sonrisa y mira al suelo, ve que el anciano calza dos zapatos diferentes, uno color café con leche y otro gris. Cuando llega a la ventanilla entrega por debajo los formularios y los documentos y se queda esperando a que le digan cuánto tendrá que pagar, la tarifa vigente cambia cada vez, te miran la ropa y calculan un precio, miran si les gusta tu sonrisa, todo depende del momento del día, la luna y la marea. Le dicen que ha cumplimentado el formulario equivocado, que está intentando cruzar con un niño indocumentado y tiene que rellenar otro formulario y esperar a que le hagan una entrevista, tiene que salir por la puerta a su derecha e ir al siguiente barracón prefabricado. No hay nadie en la sala fría sin calefacción ni nada que mirar aparte de una ventana de cristal esmerilado y una mesa con un ordenador y una taza vacía, trata de esconder el temblor de la mano cuando oye unos pasos rápidos fuera y una tos sofocada, Molly le coge la mano y se la aprieta cuando el funcionario entra en la sala y acerca una silla delante de ellas, es un hombre anguloso de nariz aguileña, camisa pálida con el cuello desabrochado, ella no sabe qué es, un policía o un oficial militar o un burócrata de medio pelo, teclea con rapidez en el ordenador y exhala bruscamente, luego mira a Eilish como si viera alguna otra cosa a través de ella. Le pide los documentos y se vuelve hacia la pantalla y teclea, Ben se revuelve para zafarse, ella hace lo que puede para retenerlo sobre el regazo pero el niño grita y se pone a patear y Molly se suelta el pelo y le da la goma elástica para que juegue, el funcionario vuelve la cabeza como para examinar al niño, mira fijamente a Molly mientras ella se pasa los dedos por el pelo. Le hace una pregunta tras otra y niega con la cabeza con gesto críptico cada vez que Eilish responde, se rasca la punta de la nariz con una uña, teclea con rapidez en el ordenador, a ella le parece estar respondiendo mal una y otra vez y empieza a apretar los dientes. Escudriña los ojos azul grisáceo del hombre y oye a su boca hablar pero los ojos dicen algo distinto de las preguntas que hace la boca, el dedo presiona con poca decisión la tecla de desplazamiento hacia abajo mientras los ojos calculan cuánto vale Eilish, ella aprecia una leve sonrisilla que le tira de la comisura de los labios como si le hubiera leído el pensamiento, es entonces cuando se da cuenta y deja de creer en el fundamento de la entrevista. Mira por la sala vacía viéndolo todo como un juego, ha estado toqueteando la partida de nacimiento del niño pero la deja y se recuesta en la silla e intenta sonreír cuando se inclina otra vez hacia delante. Podemos ser francos el uno con el otro, dice Eilish, ¿cuánto dinero quiere? El hombre se permite mostrar un semblante ceñudo de sorpresa, mira a Molly y parece chasquear la lengua en señal de desaprobación entre dientes mientras se recuesta en la silla. Habrá un coste extra por cruzar la frontera, explica, una tasa de salida por así decirlo, pero también hay un coste adicional, quiere abandonar el Estado con un niño que no tiene documentación para viajar, y, aunque esta partida de nacimiento demuestra su ciudadanía, no le otorga el derecho a salir del Estado y le niega la protección de la que gozaría como ciudadano de este Estado de viaje por otras jurisdicciones, lo que tiene que hacer es comprarle un pasaporte temporal al niño, el pasaporte no tendrá validez legal después de hoy y más adelante tendrá que solicitar un pasaporte como es debido en su nuevo lugar de residencia, naturalmente tendrá un precio, cosas así siempre tienen un precio. El hombre coge un bolígrafo, garabatea en una hoja de papel y se la pasa a Eilish, que lee el papel al revés, luego le da la vuelta y se echa a llorar, vuelve a mirar la hoja, niega con la cabeza y cierra los ojos, los imagina obligados a arriesgarse a cruzar la frontera por la noche, las patrullas militares y los perros aullando, Molly le agarra la mano de nuevo pero Eilish la retira. No tengo tanto dinero, dice, nadie nos advirtió que costaría tanto. El hombre lanza un bufido por la nariz mientras hace dibujitos con el boli, ella mira la mano que ha encontrado tiempo para adivinar algo del subconsciente del hombre, un motivo geométrico que se desembrolla transformándose en una planta rodadora, mientras el funcionario levanta los ojos un pensamiento empieza a tirarle de la boca. Le va a costar mucho más pagarle a un

303

contrabandista para cruzar por la noche y la mitad de lo que le dé volverá aquí. Mira al individuo y no puede hablar, él suspira otra vez y se levanta como para marcharse. Espere, dice ella, y el funcionario se queda de pie y cuando ella vuelve a hablar él se pasa la lengua por la comisura de la boca y rehúsa negando con la cabeza lentamente. Eso cubrirá el pasaporte provisional de su hijo y su visado de salida, pero no cubrirá el coste de su hija. Las voces resuenan fuera, las voces y el sonido de pasos que avanzan en constante transferencia a través de la frontera, y ella se muerde la lengua y no percibe nada en los ojos del hombre, a ella le asoma a la cara una sonrisa agónica. Pero, por favor, dice, seguro que podemos acordar un precio, le daré todo lo que tengo. El funcionario la observa un largo momento, luego mira a Molly y le hace un gesto con la cabeza. Quiero entrevistarte a solas, dice. Eilish mira a su hija y luego busca los ojos del hombre pero está haciendo clic en la pantalla, busca los resultados del fútbol quizá, alguna migaja de información inútil, ella mira el cristal esmerilado con una náusea repentina. Le pasa a Ben a Molly y le dice que salga del barracón. Te he dicho que te lleves afuera al niño. Molly se levanta con expresión ceñuda, se lleva a Ben afuera y cierra la puerta mientras Eilish estudia al funcionario. Quiere entrevistarla a solas, dice, ¿por qué quiere entrevistarla a solas? Algo ha quedado prendido del deje de su voz mientas mira la puerta, sin decir palabra él niega suavemente la cabeza, luego se rasca la punta de la nariz. He detectado incongruencias en el relato que ha hecho sobre su familia, lo mejor es que hable con ella a solas. Ella se ladea en el asiento y mira la pantalla, ve que está jugando al solitario. ¿Y cuánto rato quiere hablar con ella a solas?, dice, ¿no quiere entrevistarme a mí a solas?, puedo pintarme los labios si es lo que quiere, me puedo peinar, pero no soy lo que quiere, ¿verdad?, igual lo que quiere es algo que solo puede arrebatarle a una niña. El rostro ante ella se queda muy quieto y luego la boca hace ademán de hablar pero tropieza, la mano busca a tientas el bolígrafo mientras Eilish empieza a abrir la cartera de viaje que lleva a la cintura, deja un fajo de billetes encima de la mesa. Mire, dice, esto es todo lo que tengo, seguro que es suficiente cuando lo que nos quita es todo. Al funcionario se le sonroja de ira la cara y ella ve bajo esa ira la llegada quizá de la vergüenza, el hombre lanza un fuerte bufido al tiempo que pone las dos manos sobre la mesa. No tengo tiempo para esto, dice, ¿cree que puedo estar aquí sentado todo el día?, la entrevista ha terminado, deje el dinero en la mesa y vuelva a la sala de espera.

Eilish hace el propósito de no mirar atrás mientras cruzan la frontera, se vuelve y se forma una piedra en su boca por lo que tiene que susurrar al hablar, la piedra se le desliza por la garganta de forma que tiene que respirar en torno a ella mientras enseña la documentación, el soldado al otro lado es firme pero amable y les dirige a un centro de registro en un barracón de chapa ondulada. Busca al hombre con el que se supone que deben reunirse, hay coches aparcados a lo largo del arcén al otro lado del punto de control y un puñado de personas esperan cerca mirando quién cruza, escudriña las caras en busca de un rápido cabeceo o sonrisa pero no obtiene respuesta, mira a Molly que lleva a Ben en la mochila, no sabe qué se supone que debe hacer, las instrucciones eran muy imprecisas, otro soldado los hace seguir y se ve empujada hacia delante. Alguien se ha puesto a su altura y le toca el codo, una risueña voz resonante dice, más vale que no vayas ahí. Se vuelve y un joven con forro polar la abraza y ella deja el bolso y se queda con los brazos a los costados tratando de no retroceder hasta que él la suelta, la intrusión de otro cuerpo, el olor a sudor y colonia, el hombre sonríe a Molly y a Ben. Eilish, dice, cuánto me alegro de veros, vamos, rápido, el coche está por aquí. Coge el equipaje y camina con su peso tirándole del hombro mientras lo siguen hasta un Ford granate aparcado al lado de la cuneta. No es el hombre que le han dicho que iría a recogerlos, se llama Gary y les abre las puertas, le indica a Molly que ponga a Ben en el asiento para niños. Mete sus bultos en el maletero, luego toma asiento en el coche hurgando en el bolsillo de la portezuela y el organizador entre los asientos, encuentra las gafas y se las pone, se vuelve y le sonríe a Ben. Bien, dice, perdonad, no os he visto cruzar. Se da media vuelta para colocarse bien el cinturón de seguridad y sus ojos se detienen en Eilish, que está sentada muy pálida y todavía con las manos en el regazo, la piedra se ha hecho tan grande que no puede respirar, le parece que se le ha parado el corazón. ¿Qué ocurre?, dice Gary, pero ella no puede hablar, el hombre mira a Molly en busca de ayuda mientras esta se inclina hacia delante y la sacude por el hombro. Mamá, dice, ¿qué pasa? Eilish niega con la cabeza, respira hondo y expulsa el aire poco a poco mientras Gary le da palmaditas en la mano. No te preocupes, cielo, estáis haciendo lo correcto, lo malo habría sido entrar en ese edificio de registro de ahí atrás y renunciar a vuestra vida con una firma, os habrían subido a un autobús al limbo, os habríais visto atrapados en los campos durante vete a saber cuánto tiempo sin derecho a salir de Irlanda del Norte, podríais pasar el resto de vuestras vidas en una de esas tiendas todo el día bajo la puñetera lluvia, al menos cuando hayamos acabado seréis libres de ir adonde queráis, estáis haciendo lo correcto, así que tranquila, está todo arreglado.

Se siente atontada mirando la carretera, la línea de la costa y la ola coronada de espuma, Ben gimotea pidiendo leche pero no tiene nada que darle, Gary se ofrece a parar por el camino. Ella cierra los ojos incapaz de pensar o sentir, busca en su interior alguna manera de seguir adelante, en las sombras se le aparece Bailey y ella le toca la cara y le acaricia el pelo y el entumecimiento de su propio cuerpo se hincha hasta convertirse en un dolor que la obliga a abrir los ojos, ve por el retrovisor a Molly, que se cepilla el pelo y luego abre el espejito para pintarse los ojos, de pronto Eilish alarga el brazo entre los asientos, le coge el espejo a Molly de la mano y lo cierra de golpe, señala una gasolinera en el otro extremo de la carretera. Si no te importa, me gustaría parar ahí. Mete dos dedos en el forro del abrigo y saca un rollo de billetes del grosor de un cigarrillo. Compra fruta y leche, vuelve al coche con la llave del servicio, Ben la mira con la cara lívida mientras llena el biberón. Va al maletero, abre la cremallera del bolso y coge una caja ovalada, da unos golpes en la ventanilla y le indica a Molly que la siga. El servicio apesta a orina y desinfectante cítrico y al verse en el espejo ve el espectro de su futuro, cuando saca de la caja unas tijeras ve en el rostro de Molly una expresión de desasosiego líquido. Mamá, dice, ¿qué pasa? Quédate quieta y no te muevas, dice Eilish, voy a cerciorarme de que nadie vuelva a mirarte. A Molly se le encoge el semblante al ver acercarse las tijeras, retrocede contra la pared y aparta a Eilish que le coge el pelo y empieza a cortárselo, Molly abofetea a su madre, deja escapar un grito y se queda lánguida, se tapa la cara con las manos. Cuando Eilish ha terminado se vuelve hacia el espejo y empieza con su propio cabello, una tijeretada salvaje tras otra hasta que ve ante sí una mata trasquilada y desigual, Gary llama a la puerta. ¿Estáis ahí?, dice, lleváis mucho rato, tenemos que volver a ponernos en marcha. Está apoyado en la portezuela del Ford manipulando el móvil con el pulgar cuando Molly sale con la cara entre las manos, él levanta la vista y dice, pero qué coño, mira a Eilish mientras niega con la cabeza y la ve tirar a la papelera el neceser del maquillaje de Molly. Gary no se vuelve para mirarla cuando ella se sienta en el coche y guarda silencio mientras conduce, mirando a Molly de vez en cuando por el retrovisor, Eilish va con los brazos cruzados y la mirada fija al frente. Ahora no hay voluntad, no hay soberanía ni fuerza, solo un cuerpo vacío reflejado en el cristal, un cuerpo arrastrado hacia delante por la carretera a través de campos para ganado y tierra de cultivo, árboles y setos esporádicos, casas al borde de la carretera con fachada rústica de guijarros y perros dentro ladrando para que los dejen salir, el coche avanza suavemente hacia las montañas Sperrin. Gary mira el reloj, su mano busca el móvil en el organizador, se pone unos auriculares y hace una llamada. Ya no queda mucho trecho, dice, un cuarto de hora a lo sumo. El coche toma una curva y suben hacia las colinas y poco después no hay nada más que cielo y abetos ahusados a un lado de la carretera, el coche aminora para girar hacia el bosque y oscurece dentro del Ford, Gary mira el espejo donde ve la cara de Molly angustiada. No te preocupes, dice él, no pasa nada, llegaremos en un momento. La carretera hundida entre colinas da paso a un claro en el que hay aparcada una camioneta de reparto blanca, un rostro con barba de chivo mira intensamente desde detrás del parabrisas. Ya estamos, dice Gary, voy a charlar un momentito con ese tipo y luego os ponéis en camino. Eilish lo observa ir a la camioneta, se vuelve y les indica que bajen. Intenta despertar a Ben, lo coge en brazos pero él hunde la cara en su cuello y se vuelve a dormir, el de barba de chivo se apea de un salto de la camioneta con carita mezquina, Eilish se fija en cómo va a grandes zancadas hasta la parte de atrás del vehículo y lanza hacia arriba la puerta trasera de persiana con un traqueteo. El interior está lleno de gente y ella no quiere montarse, el conductor les coge los bultos, los pone dentro y les hace un gesto con el pulgar de que se monten pero ella es incapaz de moverse, Molly mira mientras el de barba de chivo permanece ante ellas con semblante furioso, se pasa la manga por la boca y grita, deprisa, joder. Ella ya no es una persona sino una cosa, eso es lo que piensa, una cosa que se sube a la camioneta con un niño en brazos, Molly sube detrás de ella, al cerrarse la puerta oye a su espalda un extraño sonido quejumbroso procedente de los árboles.

De la oscuridad de la camioneta descienden a un patio de fábrica, edificios grises pintarrajeados con ventanas rotas y malas hierbas que crecen entre el cemento mientras un tipo enjuto de anorak habla por el móvil sin volverse, los ojos escondidos bajo una gorra de béisbol. Ben patea para zafarse de sus brazos y se pone a gritar y cuando Eilish lo deja en el suelo se va corriendo y ella lo atrapa y tiene que llevarlo a un lado bajo el brazo. El conductor sube a la parte de atrás de la camioneta y aparta de una patada un saco de dormir suelto, luego vuelve a bajar, señala al hombre del móvil. Ese de ahí es el Jefe, haced lo que diga y no tendréis problemas. Siguen al Jefe por una puerta metálica y un pasillo de pintura descascarillada hasta una sala industrial vacía, el olor a humedad y miseria, palés de cartón en un suelo de cemento con mantas marrones y tres ventanas nuevas con rejas que dan a un patio. Molly ha ocupado un sitio bajo una ventana, deja el bolso y tiende los brazos para que le pase a Ben mientras una mujer sin forma definida indica a dos chicos adolescentes que vayan a los palés de al lado, la mujer mira a Eilish, se presenta como Mona y Eilish la mira a los ojos y sabe la historia de la vida de esa mujer sin necesidad de que diga ni una palabra. El Jefe junto a la puerta manipula el móvil, levanta dos dedos y cuenta cuántos son en silencio, luego carraspea. A ver, gente, atentos, el asunto va así, solo vais a estar aquí unos días pero mientras estéis aquí nadie puede salir y esta puerta estará cerrada en todo momento, hay un baño en ese cuarto con una ducha apañada y hay dos cubos en el rincón, se os darán tres comidas al día hasta que llegue el momento de marcharos, los que tengáis niños pequeños, haced una lista de lo que queréis, pañales y leche en polvo, esas cosas, vuelvo a por ella dentro de un rato. Un hombre con chaqueta de tweed se adelanta con un niño en brazos señalando el cuarto de baño. ¿Estás de broma?, dice, este lugar no está en condiciones de habitabilidad, mira cuántos niños y bebés hay y ni una sola estufa y solo un lavabo pequeño para todos, tú estás chiflado. El Jefe se planta inmensurable delante del hombre, se lleva una mano a la cara y se la pasa por la barba incipiente sin apartar la mirada del otro. No seas gilipollas, dice, y el hombre baja la vista, empieza a mascullar y se aleja. Eilish observa al Jefe, nota que se le tensa el pecho cuando busca los ojos a la sombra de la gorra e imagina que no los hay mientras este sale y cierra la puerta. Nota un súbito retorcijón de pánico, se vuelve hacia las ventanas enrejadas y apoya una mano en el cristal, mira el ángulo de un edificio al otro lado del patio y más allá los contenedores marítimos granates y más lejos aún un campo cubierto de zarzas, colinas y cielo. Hay veintitrés personas en la sala y para el atardecer son cuarenta y siete, una fuerte lluvia hace caer la oscuridad, a una embarazada tienen que ayudarla a sentarse en el suelo y la gente ya ha empezado a hacer corrillos. Ella no quiere hablar con nadie, no hay suficientes tomas de electricidad para cargar los móviles. Seguro que Áine quiere saber cómo están. Un niño con un mechón de pelo gris está el primero de la cola del baño agarrándose la entrepierna con las manos mientras su padre grita y llama a la puerta con el puño. Ben gimotea pidiendo comida pero a Eilish solo le queda una galletita, nadie sabe a qué hora van a traer la cena. Un hombre mayor golpea la puerta principal y les grita que se den prisa con la cena, no hay respuesta, son las ocho y cuarto cuando oyen que se abre la puerta y un joven triste con coleta entra vestido con un abrigo de excedentes del ejército, las manos anilladas con bolsas de plástico de comida para llevar, asoma a sus ojos una expresión de pánico cuando la gente empieza a arremolinarse a su alrededor. Hostia puta, dice, apartaos un poco. Deja las bolsas encima de la mesa y vuelve con más. Es Mona la que levanta las manos y pide orden en la sala. Acuerdan formar una cola encabezada por un miembro de cada grupo. Molly va y vuelve con arroz frito chino y lo sirve en platos de papel. Eilish solo puede comer un poco, hace tiempo que no veía comer así a Molly, Ben tira un puñado de arroz al suelo y Eilish lo recoge con la mano. La oscuridad de fuera se condensa contra el cristal mientras la sala permanece intensamente iluminada, hay una reunión para organizar el uso del cuarto de baño, se acuerda que lo usará un grupo cada vez, nadie se pone de acuerdo acerca de la hora de apagar la luz, los niños están llorando y no pueden dormir. Ya son más de las nueve, dice un hombre al tiempo que se pone en pie. Si no apagáis esas luces ahora y dejáis dormir a mis hijos, voy a apagarlas yo de una vez por todas.

Pasan los días y contempla la luz de lluvia en su caudalosa deriva, a cada día que pasa el invierno va tomando la forma de lo que los días han llegado a saber y sin embargo el corazón está aún por conocer, ese corazón que bate como un tambor su tristeza. No hay noticias del Jefe sobre cuándo llegará el momento de partir, la gente se acurruca en grupos y algunos duermen durante el día mientras ella intenta entretener a Ben con algunos juguetes, él quiere salir y ella no se lo puede explicar. Se sorprende mirando a Molly pero viendo a Bailey, el pelo al rape y los ojos moteados, los dientes separados en la boca estrecha, la nariz fina y respingona es lo único que no coincide y sin embargo debajo de la nariz está el surco del labio superior que ella misma le pintó sobre la boca al nacer. Eilish lo mira y está presente con él y busca seguir con él en este espacio nulo de contemplación, Molly le lanza una mirada extraña antes de volver la cabeza. Cuando Eilish cierra los ojos ahora solo ve el pasado, un pasado que pertenece a otra persona y ella es vacío que mira desde una oscuridad fría e insondable y le asalta la sensación de que el mundo se ha vuelto intolerable, ve a su marido y su hijo mayor arrebatados por un silencio imposible de atravesar, es como si se hubiera abierto una puerta a la nada y uno tras otro hubieran entrado y desaparecido. Día tras día consulta en el móvil los certificados de defunción que publica a diario el régimen, esperando que aparezca el nombre de Larry y el alivio cuando no lo encuentra no hace sino agravar su tristeza. La lluvia que azota las ventanas, pan blanco en rebanadas y tarrinas de mantequilla para desayunar con salchichas frías. Hacen cola para el cuarto de baño mientras un joven sentado contra la pared se inclina sobre un cigarrillo y expulsa el humo hacia el techo y una mujer se vuelve con un niño al pecho y le grita que lo apague, el joven se pone en pie enojado y se une a un grupo de hombres. No hay pestillo en la puerta del baño, la ducha está conectada a un grifo en la pared y el agua fría se desagota por un sumidero abierto, no tiene más que un trocito de jabón y una toalla de manos para secarse, Molly se niega a lavarse, sostiene a Ben que se revuelve en el aire mientras Eilish lo enjabona con agua fría. Hay un niño enfermo en la sala y es el mismo niño que ha estado llorando todas las noches, Mona vuelve del grupo que se ha formado en torno a los padres. Esa mujer que tiene al niño en brazos ahora es enfermera de cuidados intensivos, dice, el niño tiene que ir al hospital pero los padres no saben qué hacer. Cuando el joven entra por la puerta le sale al encuentro la enfermera que señala a los padres y el niño, lleva las manos llenas de bolsas de plástico y no ha tenido tiempo de quitarse la capucha. Pone mala cara cuando la enfermera lo sigue a la mesa. Pasadas las tres el Jefe entra en la sala con un llavero en la mano. Se acuclilla junto a la pareja y se quita la gorra para revelar unos ojos estrechos y un cráneo rasurado, es mayor de lo que le había parecido a Eilish, se incorpora y los mira con recelo mientras niega con la cabeza. No puedo traer un médico aquí, dice, en cuanto mejore el tiempo os marcharéis, entonces podréis ir a todos los médicos del mundo. La enfermera se acerca al Jefe y lo coge del brazo pero este se zafa con una mirada furiosa. Si os llevo al hospital no hay vuelta atrás, ¿me oís?, tampoco vais a recuperar lo que pagasteis, eso queda descartado por completo, ni siquiera es mío para devolvéroslo, así que si queréis ir estaréis decidiendo ir por vuestra cuenta y riesgo y estaréis solos, lo arreglaré para que alguien os lleve a un hospital, decidme qué queréis hacer. Música de las llaves que tintinean en la mano del Jefe y los jóvenes padres no son capaces de decidirse, la madre agacha la cabeza y se echa a llorar. Por el amor de Dios, dice el Jefe, voy a daros una hora para que toméis una decisión. Eilish ve al niño lánguido en brazos del padre y piensa, no es más que un niño pequeño, ¿qué pérdida les supondrá?, apenas han tenido tiempo de vivir con él, y mira las manitas y se echa a llorar y Mona se acerca de rodillas y tiende los brazos para coger a Ben, le hace el caballito sobre el regazo. Qué niño tan bueno que eres, ¿verdad?, tan grande y fuerte, seguro que serás un buen atleta. Se le queda la cara muy quieta y por un momento mira al vacío y luego niega con la cabeza. Cuánto sufrimiento, susurra, mi marido fue a hacer la compra y no regresó, nunca volví a verlo, mi hermano, mi primo y su mujer y sus hijos todos desaparecidos. Por un momento da la impresión de que la musculatura de su cara va a ceder y entonces con esfuerzo la recompone. Nos ofrecieron visados, ¿sabes?, a Australia, y los rechazamos, mi marido dijo que no, así de sencillo, dijo que era imposible ir en ese momento y supongo que tenía razón, y cómo iba a saberlo él de todos modos, cómo íbamos a saber ninguno lo que ocurriría, supongo que otros por lo visto lo sabían, pero nunca entendí que estuvieran tan seguros, lo que quiero decir es que no podrías haber imaginado, ni en un millón de años, lo que iba a ocurrir, y yo no entendía a los que se marchaban, ¿cómo podían irse así sin más?, dejarlo todo atrás, toda esa vida, todo ese vivir, para nosotros era absolutamente imposible hacerlo entonces y cuanto más lo pienso más convencida estoy de que no había nada que pudiéramos haber hecho, lo que quiero decir es que nunca tuvimos verdadero margen de acción, esa vez con los visados, ¿cómo íbamos a irnos cuando teníamos tantos compromisos, tantas responsabilidades?, y cuando las cosas fueron a peor sencillamente no teníamos capacidad de maniobra, creo que lo que intento decir es que antes creía en el libre albedrío, si me hubieras preguntado antes de todo esto te habría dicho que era libre como un pájaro, pero ahora no estoy tan segura, ahora no veo cómo es posible el libre albedrío cuando estás atrapado en semejante monstruosidad, una cosa lleva a otra hasta que la maldita cosa cobra su propio impulso y no hay nada que hacer, ahora me doy cuenta de que lo que yo tomaba por libertad no era en realidad más que una lucha y que no había libertad en ningún momento, pero oye, dice a la vez que coge a Ben de la mano y le hace bailar, ahora estamos aquí, ¿verdad?, y muchos otros ya no están, somos los afortunados que buscan una vida mejor, ahora solo queda mirar hacia delante, ¿a que sí?, igual en esa noción se puede encontrar un poco de libertad porque al menos puedes apropiarte del futuro en la imaginación y si seguimos mirando atrás en cierto modo acabaremos muriéndonos y todavía hay por lo que vivir, mis dos chicos, míralos, los dos son la viva imagen de su padre, tienen vidas que vivir y me aseguraré de que así sea, tus hijos también, tienen que vivir... Ay, por favor, no llores, lo siento, Eilish, si he dicho algo que te ha molestado, déjame arreglarte el pelo, llevo mirándotelo desde que llegamos aquí y es evidente que te lo hiciste tú misma, solo hace falta arreglarlo un poco, nada más, yo trabajaba de ayudante en una peluquería durante los veranos cuando estudiaba, hace una eternidad, puedo arreglarle el pelo a tu hija ya que estamos.

Eilish está mirando por la ventana cuando la madre sigue al Jefe con el niño en brazos y el padre va detrás con el equipaje, la lluvia azota el hormigón, cae en forma de cuentas contra la ventana y ella mira su reflejo en el cristal y ve la sombra de un rostro envejecido, su cara es la de otra. Contempla el cielo viendo la lluvia caer a través del espacio y no hay nada que ver en el patio en ruinas salvo el mundo que insiste en sí mismo, el sosegado desmenuzamiento del hormigón deja paso a la savia que asciende por debajo, y cuando el patio sea pasado perdurará la insistencia del mundo, el mundo insistiendo en que no es un sueño y aun así a los ojos de quien mira no hay escapatoria del sueño y el precio de la vida que es el sufrimiento, y ve a sus hijos traídos a un mundo de devoción y amor y los ve condenados a un mundo de terror, ojalá acabara ese mundo, ojalá llegara la destrucción de ese mundo, y mira a su hijo pequeño, ese hijo que sigue siendo inocente, y se da cuenta de que ha caído en desgracia consigo misma y se horroriza, entiende que del terror surge compasión y de la compasión surge amor y gracias al amor el mundo se puede redimir de nuevo, y alcanza a ver que el mundo no termina, que es vanidad creer que el mundo acabará durante tu vida por algún acontecimiento repentino, que lo que termina es tu vida y solo tu vida, que lo que cantan los profetas no es sino el mismo cantar cantado a lo largo del tiempo, la caída de la espada, el mundo devorado por el fuego, el sol que se pone en la tierra a mediodía y sume al mundo en la oscuridad, la furia de algún dios encarnado en la boca del profeta que clama furioso contra la crueldad que será expulsada de la vista, y el profeta no canta sobre el fin del mundo sino sobre lo que se ha hecho y lo que se hará y lo que se les está haciendo a unos pero no a otros, que el mundo siempre está acabándose una y otra vez en un sitio pero no en otro y que el fin del mundo siempre es un acontecimiento local, llega a tu país y visita tu ciudad, llama a la puerta de tu casa y para otros se convierte en poco más que una advertencia lejana, una breve noticia en los informativos, un eco de sucesos que han pasado a formar parte del folclore, la risa de Ben detrás de ella y se vuelve y ve a Molly haciéndole cosquillas en su regazo y ella mira a su hijo y ve en sus ojos una intensidad radiante que remite al mundo antes de la caída, y está de rodillas llorando, le agarra la mano a Molly. Lo siento mucho, dice, y Molly la mira con el ceño fruncido y niega con la cabeza, luego le da un abrazo a su madre. No tienes nada por lo que pedir perdón, mamá, y Eilish intenta sonreír mientras Molly le enjuga los ojos. ¿Qué hora es?, pregunta Eilish, necesito que le envíes un mensaje a Áine. Coge a Ben en brazos, se vuelve y lanza una mirada implacable al adolescente que escucha techno a todo volumen en el móvil, le dice a Molly, ¿tú crees que parará alguna vez?

Las luces están apagadas cuando se abre la puerta y el Jefe entra en la sala alumbrando la pared con una linterna. ¿Dónde están las putas luces?, dice, y contesta un hombre, quedan por este lado. La gente se incorpora frotándose los ojos ante la súbita luminosidad mientras el Jefe pasa por encima de los cuerpos dormidos en el centro de la sala. Bien, todo el mundo, escuchad, os vais esta noche, vamos a venir a las dos de la madrugada clavadas, así que tenéis que estar preparados para salir en fila y tener a los críos callados, no va a haber sitio para equipajes, solo podéis llevar una mochila pequeña o una bolsa de plástico por persona y eso incluye una bolsa por niño, si no hacéis lo que os decimos os quitaremos vuestras cosas y os iréis sin ellas de todos modos, no tengo más que decir. Se ha dado la vuelta para marcharse cuando una mujer le grita, ¿qué quieres decir con lo del equipaje?, nadie nos advirtió al respecto, otros empiezan a rezongar pero el Jefe levanta las manos y los acalla. Una bolsa por persona, no tengo más que decir sobre el asunto. Cuando ha salido por la puerta la gente se pone a descartar pertenencias maldiciendo al hombre, Eilish lo deja todo en el suelo mientras Ben sigue dormido, Molly está sentada con los brazos cruzados. Mamá, no sé qué llevar, no quiero ir. Coge dos mudas de ropa, siempre puedes comprar ropa más adelante, tienes que llevar las cosas que no se puedan sustituir. Sostiene en la mano un marco de fotografía y le da la vuelta, retira la parte de atrás y mete la foto en el pasaporte, Molly la observa y luego agacha la cara llorando. Mamá, dice, por favor, ¿por qué tenemos que ir?, yo no quiero ir, no es seguro, sabes que no es seguro, toda esa gente... Eilish le coge la mano y se la aprieta. Lo hemos hablado un montón de veces, ¿verdad?, dice, podríamos seguir hablándolo la noche entera, Áine lo ha organizado todo, no tenemos alternativa, ahora no. La puerta se abre a las dos de la madrugada y una mano busca el interruptor de la luz y no es el Jefe sino un hombre sin afeitar con gorro de lana que les dice con acento escocés que no metan ruido, Eilish está con Ben dormido sobre el pecho y una mochila a la espalda y en la mano una bolsa de la compra con todo lo que necesita para él, se vuelve a mirar sus pertenencias, la sala está llena de maletas abandonadas, basura y cartones en mal estado y el aire cargado de olor a sudor y a pañales sucios, fuera sopla un aire frío refrescante y las nubes se han desvanecido. Siguen hasta la parte de atrás de la propiedad donde hay aparcado un camión articulado, un hombre con linterna les da instrucciones de que se metan en el contenedor y un niño berrea mientras la gente empieza a subir la empinada escalera de mano, Molly no quiere avanzar y Eilish la apremia, le dice que siga, le empuja la espalda hasta que Molly cede y sube la escalera viendo por dónde ir a la luz de un móvil y hay palés en los que sentarse y todo el mundo mira cuando el hombre del gorro de lana se planta en la puerta y dice, esto no llevará mucho rato, acordaos de guardar silencio cuando pare el camión y tened a esos críos callados. Suena un chirrido de bisagras al cerrarse las puertas y un niño grita cuando quedan encerrados en el contenedor, en algún sitio una mujer se pone a rezar y Molly le agarra la mano a su madre al ponerse el motor en marcha. Eilish le susurra a Larry, le dice que todo irá bien y cuando abre los ojos el contenedor está lleno de luz blanca de los móviles y la gente envía mensajes y sigue la ruta del camión y un rato después el camión aminora, toma un desvío y sigue por un camino a poca velocidad hasta que se detiene y emite un jadeo. Retiran el pestillo de la puerta trasera, que deja entrar un poco de luz, y un hombre les dice que bajen sin hacer ruido, Molly va cogida de la mano de su madre cuando cruzan el contenedor. El deseo de estar en sintonía con el amanecer, esa sensación del nuevo día por despuntar, y un hombre le ofrece a Eilish la mano y al apearse reconoce la silueta del Jefe que está plantado con las manos en los bolsillos. Un viejo bungalow plomizo en la oscuridad, la noche sigilosa y el mundo sin más expresión que una brisa que los empuja a apresurarse. No tardará en amanecer y avanzan en grupo por un camino estrecho con los niños en brazos, pasan por delante de un campo de ganado silencioso y nadie pronuncia ni una palabra y por un momento la luz de la linterna del Jefe brilla y luego se apaga otra vez. Es entonces cuando ven el mar, el sonido del océano entreverado con la brisa que corre mientras cruzan una carretera y siguen un sendero arenoso entre dunas hasta una playa y ella sabe el nombre de la playa, ha estado aquí muchísimas veces, y hay un hombre de anorak claro con la capucha puesta enviando un mensaje de texto con el móvil y Eilish ve dos lanchas inflables en la orilla y algo da un vuelco en su interior cuando ve el océano oscuro y yermo salvo por las olas que rompen blanquecinas contra el cabo. El hombre grita algo pero sus palabras no se oyen y ella sigue a los demás hacia los chalecos salvavidas amontonados en la playa y no hay suficientes para todos, coge uno para Molly pero Molly rechaza ponérselo, niega con la cabeza y Eilish dice, mira, llevo a Ben en la mochila, de todos modos no podría ponérmelo, y Molly llora sin disimulo mientras el hombre del anorak escoge un piloto para cada lancha, y Eilish atina a oír lo que dice el hombre cuando le entrega a cada uno un GPS, dirigid el motor hacia las coordenadas y llegaréis en un abrir y cerrar de ojos. Molly tiene problemas con el chaleco, agita las manos y Eilish le ajusta las correas y mira a su hija a la cara. Por un instante parece que el mundo ha sido silenciado, un silencio solo propio de las fauces abiertas de la oscuridad del horizonte más allá, y Molly le suplica que no vayan, se pone a gritar, mamá, por favor, no quiero ir, no quiero hacerlo, y Eilish se queda un momento observando a la gente montarse en las lanchas y ve que el viento se les mete en la boca como para arrancarles algo y ve el cabo borroso en pendiente y ve en un campo lejano un caballo de un azul tenue y contempla el caballo azul y tiene una revelación. Busca los ojos de Molly y no encuentra las palabras adecuadas, no hay palabras ahora para lo que quiere decir y mira hacia el cielo viendo solo oscuridad, sabe que ha estado en sintonía con esa oscuridad y que quedarse sería permanecer en esa oscuridad cuando lo que quiere es que vivan, y le toca la cabeza a su hijo y le agarra las manos a su hija y se las aprieta como dándole a entender que nunca la soltará, y dice, al mar, tenemos que ir al mar, el mar es vida.

Este libro se terminó
de imprimir en
Castellar del Vallès, Barcelona,
en el mes de
octubre de 2024